Thomas Strittmatter

Raabe Baikal

Roman

Diogenes

Umschlagzeichnung von Thomas Strittmatter

Diogenes Verlag AG Zürich
200/90/8/1
ISBN 3 257 01848 7

Inhalt

Wie arbeitet der Tod 7
Rauhreif 13
Fleisch 14
Ei 19
Sau 22
Bulldog 26
Brüder 30
Tau 33
Das Compliziertenheft 35
Das Unglück 37
Ruf 41
Das rechte Maß 44
Asche und Frost 46
Geteilte Freuden 47
Starke und Stumme 51
In den Pilzen 52
Jähzorn 57
Tiere in großer Entfernung 61
Der Tod eine Maschine 67
Leise Unruhe 71
Das Abgehackte wächst an anderer Stelle 72
Die verlorene Melodie 75
Basilikum 78
Drei Maulwürfe 80
Unruhe 84
Wunder der Fotografenkunst 88
Im Rollschrank 92
Das Erwachen des Diebes 98
Der verspeiste Vater 101
Im Museum, der erste Besuch 106

Das schmelzende Gesicht 110
Inbesitznahme des Opfers 112
Mittlere Reife 117
Kurze Drogistenlaufbahn, lustige Gläslein 123
Inventur 130
Hasentod 136
Einführung ins Gewerbe 147
Russische Fliegen 156
Fleisch und Genick 169
Zum Ölberg 172
Zwei Nasen 174
Zeiten, unverhoffte Tage 178
Skarabäus 180
Auf den Straßen 192
Fischtöter 202
Marmelade 211
Verhebung, der zweite Besuch im Museum 218
Lebendfrisch 227
Nichttragende Säulen 229
Ankunft, Langeweile, neue Sprache 243
Solferino 248
Blindenfalle 251
Das absolute Gehör 253
Schnecken, Hufeisen, Steigbügel 257
Blutuhr 259
Frösche und Fäuste 261
Apfelduft 264
Ohrenmitzler 267
Rauschen der Welt, Schmerz der neuesten Art 271
Ins Mark 272
Getriebe 284
Eingang in die Maschine 286
Fertigstellung des Monuments 287
Durchs Mikroskop 288
Zum Baikalsee 291

Wie arbeitet der Tod

In einer kalten Herbstnacht war Raab eingeschlafen mit dem Geräusch des Brunnens im Hof und den leisen, schnellen Schritten der Schwestern. In dieser Nacht würde er zum ersten Mal erleben, wie der Tod arbeitet.

Wenn er auch, wie alle anderen, durch die Fotografien in den Zeitungen, im Fernsehen schon Tote gesehen hatte und einmal sogar aus der Ferne einen von einer schwarzen Plastikplane bedeckten Leichnam auf der Straße neugierig betrachtet hatte, so hatte er doch noch nie den Tod aus der Nähe gesehen. Wer auf der Welt hätte geglaubt, daß Raab kurze Zeit später selbst um ein Haar, oder genauer, um eine Handvoll Haare, zu Tode gekommen wäre und daß er, nur zwei Jahre später, einen Menschen töten würde.

Er erwachte gegen zehn Uhr, als ein dunkles Brüllen begann, erst in längeren Abständen, dann jedoch immer heftiger und lauter, und unverkennbar war es ein Brüllen vor Schmerz.

Raab hörte auf die gleichmäßigen Atemzüge seines Zimmergenossen und atmete auch selbst wie ein Schlafender. Seine Augen waren weit geöffnet, er starrte in die Dunkelheit. Das Geräusch hatte Fieber und Raab geweckt, doch keiner von ihnen wollte sein Wachsein eingestehen. Jederzeit könnte eine der Schwestern ins Zimmer kommen, und wer wach ertappt wurde, mußte am nächsten Morgen als erster aufstehen und beim Zubereiten des Frühstücks behilflich sein. So nahm der alte Hausmeister, der ins Zimmer kam, um sie zu wecken, zwei blitzende Augenpaare wahr, die sich, als er Licht machte, ungeheuer schnell schlossen. Doch er war mit den Jahren milde und sanft geworden. Er sagte mit leiser Stimme, sie sollen aufstehen, sich etwas warmes anziehen, vor allem aber ihre Gummistiefel. Waschen sollen sie sich nicht, sie sollen sich beeilen.

Beinahe dankbar verließen sie ihre Betten, alle aus ihrer Klasse kamen aus den anderen Zimmern, das Gebrüll hätte sie nicht schlafen lassen. Schnell und gespannt zogen sie sich an und folgten dem Pedell zum Büro der Internatsleiterin, die in ihrem gewohnten, schlichten Kostüm auf sie wartete, allerdings wie sie selbst in Gummistiefeln. Als die jüngste von ihnen, Andre, die Internatsleiterin so dastehen sah, brach sie plötzlich in Tränen aus und gestand, daß sie vor einer Woche aus Wut eine Glastüre beim Speisesaal eingetreten hatte. So sehr war sie eingeschüchtert und verängstigt durch das Gebrüll der Kuh, daß ihr schlechtes Gewissen ein unerwartetes Geständnis aus ihr herauspreßte. Darüber würde man am nächsten Morgen sprechen, sagte die Internatsleiterin mit einem befriedigten Blick und mochte das Geständnis als ein weiteres Zeichen zunehmender Reife des Kindes unter ihrer Obhut betrachten. Und zu den anderen sagte sie, sie seien jetzt in einem Alter, in dem sie über verschiedene Dinge aufgeklärt werden müßten. Sie sollen sich nun nicht erschrecken, wenn sie etwas wissen wollten, sollten sie unbefangen fragen, und falls es einem übel werde, soll er rechtzeitig Bescheid sagen. So verließen sie das Haus und folgten der Internatsleiterin, die eine große Taschenlampe trug, und gingen zu dem benachbarten Hof, wo sie von der Bäuerin, die sie alle vom Milchholen her kannten, empfangen wurden. Es sei gleich soweit, sagte sie und ging vor ihnen in den Stall. Dort standen bereits der Bauer und sein seltsamer Bruder, vor dem sich die jüngeren fürchteten, während sich die älteren über ihn lustig machten. Der Mann war von Geburt an taub.

Raab wendete seinen Blick schüchtern vom Taubmann ab und ging zum Hinterteil der Kuh, deren Schwanz mit einem Hanfstrick an die Decke gebunden war. Mit Blut vermischter, durchsichtiger Schleim troff aus dem prall geschwollenen Geschlecht des Tieres. Auf dem Boden stand eine Flasche mit Desinfektionsmittel, und mehrere Stricke lagen herum, an deren Ende Holzstücke befestigt waren. Er und die anderen Jungs zuckten bei jedem Schrei des Tieres zusammen, es war entsetzlich laut. Und auch die Internatsleiterin, die eigentlich längst ihre Erörterungen hatte beginnen wollen, betrachtete fasziniert und erschreckt das Geschehen. Die Bäuerin, die sie alle mit einem offenen, amüsierten Lächeln betrachtete, erklärte, es dauere in diesem Fall ungewöhnlich lange, wohl habe das Kalb eine ungewöhnliche Lage, es habe sich noch nicht vollständig herumgedreht. Da erzitterte das Tier, atmete schwer und bereits erschöpft. Der Bauer krempelte seinen Ärmel hoch, rieb Hand und Arm mit einem Desinfektionsmittel ab und griff, zum Entsetzen der Knaben, in das Tier hinein. Ein großer Teil seines Armes verschwand in dem Leib und tastete nach dem Körper des Kalbes. Es hat sich noch nicht richtig herumgedreht, es wird schwer werden, sagte er. Die Internatsleiterin erklärte dazu, daß man mit dem Kopf zuerst auf die Welt kommt. Wenn nur erst die Vorderbeine kommen, dann können wir es herausziehen, sagte die Bäuerin. Und während der ganzen Zeit sah der Taubmann Raab an.

So warteten sie, schwiegen und hörten, wie das Atmen der Kuh schneller wurde, wie sie nach und nach zu schwach wurde, um zu brüllen. Allmählich ging ihr Atmen über in ein Keuchen, ein Röcheln, das sich so mitleiderregend anhörte, daß der Bauer ging, um nach dem Tierarzt zu telefonieren. Raab wußte nicht, wieviel Zeit vergangen war, bis der Bauer zurückkam. Den Veterinär hatte er nicht erreicht. Doch kaum war er in den Stall gekommen, knickte das Tier mit den Vorderbeinen ein und wälzte sich langsam auf die Seite. Vielleicht durch den Druck, den das Körpergewicht der Kuh auf das in ihr liegende Kalb ausübte, rutschte plötzlich die Spitze eines kleinen Hufes aus der Scheide, um die der Bauer sofort den bereitgelegten Strick schlang, um dann mit aller Kraft daran zu ziehen. Gleich darauf erschien auch ein zweiter Huf, und die Bäuerin zog an dem zweiten Strick, um das Kalb auf die Welt zu zerren, die es offenbar nicht sehen wollte. Als ahnte es bereits, daß es nicht zwischen wiederkäuenden Kühen auf den flachen Wiesen herumspringen sollte, nicht einmal die Abgrenzung des tickenden Elektrozaunes durchbrechen würde, um sich in dem lichten Fichtenwäldchen suchen zu lassen, daß es niemals durch die feuchten Matten stapfen würde, sondern bestimmt war für ein kurzes Leben im Kunstlicht des Stalls.

Der Taubmann zog ein Schulheft aus der Tasche, an das er mit Paketschnur einen Kugelschreiber gebunden hatte, schrieb hastig in seiner akribischen Schrift und reichte es der fasziniert auf die sterbende Kuh starrenden Internatsleiterin.

Notschlachtungen und Schlachtungen von Tieren mit Störungen des Allgemeinbefindens sind in öffentlichen Schlachthäusern im Seuchenschlachthaus vorzunehmen; in Ermangelung eines Seuchenschlachthauses und bei Schlachtungen außerhalb der öffentlichen Schlachthäuser dürfen sie nur zeitlich getrennt von den übrigen Schlachtungen vorgenommen werden. Nach Beendigung der im Absatz 1 bezeichneten Schlachtungen sind der Schlachtplatz sowie die benutzten Geräte gründlich zu reinigen, las sie laut, mit der Stimme, die sie auch für ihre Biologie- und Physikstunden gebrauchte, wenn es ein lautes Experiment, die Vakuumpumpe oder das Brummen des Generators zu übertönen galt.

Und während der ganzen Zeit sah der Taubmann Raab an. Je heftiger die Kuh schnaufte und je haltloser der Blutstrom aus ihr floß, desto mehr bemühte sich die Bäuerin, von anderen Dingen zu erzählen, damit die Kinder sich nicht ängstigten. Sie redete über die Kuhrassen: die Appenzeller Kuh, die Schwarzbunte, die Oberländer Kuh, die Bayerischen Kühe, welche Vor- und Nachteile sie hätten, wie ihr Charakter sei und wie ihre Milchleistung, welche am besten steigen kann und welche am schnellsten laufen. Die Kuh hatte unterdessen aufgehört zu brüllen und gab nur noch, in immer länger werdenden Abständen, keuchende und pfeifende Atemtöne von sich, die so weit entfernt klangen, daß sie selbst aus einem großen Kuhleib fast nicht mehr entstammen konnten. Der Bauer mühte sich ab und zog und zerrte am Kalb, und mit ihm der Taubmann.

Nun sagte niemand mehr etwas, fast wurde es still, auch die Geräusche der anderen Kühe, der Schweine wurden leise und zart, da hörte die Kuh auf zu keuchen, fast tat es wohl, denn es hatte sich so schmerzhaft angehört, daß man sich beinahe selbst an die Brust greifen mußte bei jedem Ton.

Der Bauer nahm sehr schnell, man sah gar nicht, wo er es herzog, ein scharfes Messer, machte einen gigantischen Dammschnitt, und mit einem letzten Blutstrom wurde das Kalb nun auf die Welt geschwemmt. Nun habt ihr etwas gelernt, sagte die Internatsleiterin und drängte die Kinder aus dem Stall. Auch ihr war unwohl. So schnell wollte sie einen solchen Anschauungsunterricht nicht mehr halten.

Einige von ihnen bekamen Alpträume und schrien nachts, Fieber erwachte, und es war ihm schlecht, das Opfer weinte im Schlaf, Andre schien wie in einer Ohnmacht zu schlafen, und Raab blieb die Nacht über wach, starrte ins Dunkle.

Die Heimleiterin machte sich Vorwürfe, die Kinder einem solchen Erlebnis ausgesetzt zu haben. So wollte sie in der nächsten Biologiestunde das Thema wechseln.

Rauhreif

An dem folgenden Herbstmorgen, Rauhreif lag über der Wiese, und in den Senken schwebte der eisige Bodennebel, erwachte wie jeden Tag seit sechsunddreißig Jahren der Pedell. Er wartete einige Sekunden, nachdem er die Augen aufgeschlagen hatte, und lächelte zufrieden, als der Wecker losschepperte. Er richtete sich auf, vielleicht etwas zu schnell, denn er fühlte einen Schwindel, ein Unwohlsein kündigte sich an und eine leise Lustlosigkeit, ein Gefühl der Sattheit, das ihm neu war. Er stand auf, schlurfte in den leeren Waschraum, sein Zahnglas in der Hand. Er wusch sich und spülte das Gebiß mit ODOL und kaltem Wasser. Aus der Küche holte er einen Weidenkorb, ging zurück in sein Zimmer und zog sich an. Er griff nach einem frischen Hemd, ließ es dann aber liegen und streifte noch einmal das alte Hemd über.

Er ging aus dem Haus, räusperte sich, doch weder die Nase noch der Hals noch die Bronchien wollten sich so recht klären, der Atem ging etwas mühsam hindurch, und man hörte Geräusche des Widerstandes.

Er ging die fünf Minuten zu dem benachbarten Bauernhof, wo sie schon arbeiteten, die Bäuerin sah ihn herankommen, schlüpfte schnell aus den Stallschuhen und winkte ihn in die Küche, der Hund bellte wie immer kurz und wedelte dann mit dem Schwanz. In der Küche lagen an die siebzig Eier, braune und weiße. Wie immer suchte er sich seine Eier selbst aus und zählte sie mit heiserer Stimme in seinen Korb. Der Bäuerin dauerte es etwas zu lange. Mit einer solchen

Vorsicht faßte der alte Mann ein jedes Ei, als säße ein kleines Kind darin, ja so aufgeregt wurde er durch seine übertriebene Vorsicht, daß er stärker und stärker zu zittern begann. Er ging zurück, stieg in den Keller, wo die Naturwissenschaften unterrichtet wurden, und legte zehn Eier auf den Tisch der Internatsleiterin. Draußen hörte er ein lautes Motorgeräusch und schüttelte den Kopf darüber. Wer macht da soviel Aufhebens um sich? Ist es das wert? dachte er.

Dann schloß er wieder hinter sich ab, stieg die Treppe hinauf, in die Küche, wo es schon nach Kaffee roch, er trank eine halbe Tasse. Das würde kein schöner Tag werden, dachte er und ließ den Kaffee stehen.

Fleisch

Erschreckt stoben die Hühner auseinander, denn es knatterte auf seinem überlauten Moped der Fleischbeschauer am Internat vorbei. Das kleine Fahrzeug verbreitete einen Lärm wie eine Rennmaschine oder wie die aufgebohrten und frisierten Mopeds der Bauernjungen, mit denen sie ihre wilden Motocrossrennen in den Wäldern zu fahren pflegten. Doch das Moped des Fleischbeschauers war nicht aufgebohrt, sondern nur verrostet, der Auspuff war vom Rost durchfressen, und immer wieder lösten sich Teile ab und flogen in weitem Bogen auf die Straße. Dann mußte der Fleischbeschauer bremsen, was sehr lange dauerte, da auch die Bremsen nicht mehr zogen, zurückfahren und die Teile suchen. Und mehr als einmal war ihm der Gepäckkorb mitsamt dem schwarzen Mikroskop- und Chemikalienkasten und drei, vier Äpfeln davongeflogen.

Das Mikroskop war ein beeindruckendes Modell aus Leipzig, das schon mehreren Generationen von Fleischbeschauern, Schullehrern, Ärzten und Anatomen gedient hatte. Es war scheinbar unverwüstlich. Nicht die beiden Weltkriege, nicht die deutsche Teilung und auch nicht die Mopedfahrten mit dem Fleischbeschauer hatten seiner Präzision etwas anhaben können. Außerdem waren mehrere Chemikalien und ein Sortiment schärfster Messer in dem Kasten, daneben Objektträger, ein sogenanntes Trichinoskop, gläserne Gefäße zum Aufnehmen der Präparate, Mullbinden, Pflaster und Jod, falls er sich schnitt, Alkohol zum Desinfizieren, die Äpfel, ein Flachmann mit Kirschwasser, eine kleine Kiste Sumatrafehlfarben und ein Bündel Gefrierbeutel, falls die Präparate nicht in die Gläslein hineinpassen wollten oder die Gläslein doch endlich nach einem Sturz zerschellen würden. Als Mopedfahrer trug er, ob es stürmte, ob, was selten genug vorkam, die Sonne schien, eine schwarze Klepper-Gummipelerine, bei Hagel- und Schneefall eine schwarze, schwere Motorradjacke. Darunter trug er alle Tage einen grünblauen Nadelstreifenzweireiher, der von den Spuren seiner Arbeit zwar gezeichnet war, doch die Farbe war so geschickt gewählt, daß man die Flecken erst bei genauem Hinsehen wahrnahm. Doch dazu hätte man ihn mit derselben Eindringlichkeit und Genauigkeit begutachten müssen, wie er seine Nieren-, Leber-, Lymphknoten-, Darm- und Muskelschnitte. Kaum jemand sah sich den Fleischbeschauer so sorgfältig an.

Doch so lächerlich der kleingewachsene, krummgehende Fleischbeschauer mit seiner schwarzen Zipfelmütze und seiner daumendicken, schwarzen Hornbrille auch auf andere wirkte, um so mehr Respekt und Bewunderung wurde ihm vom Taubmann entgegengebracht. Wenn der Fleischbeschauer angefahren war und in der Stube erst einmal einen Schnaps kredenzt bekam, bevor er seinen Präparierkasten auspackte, das war für den Taubmann weit mehr als ein bloßes Hereinkommen, es war ein Auftreten, ja ein Erscheinen. Kaum hatte er den Schnaps getrunken, zog er aus seiner Sakkotasche einen angerauchten Stumpen, eine halbe Sumatrafehlfarbe, der schon, wenn er noch nicht angezündet war, einen so ätzenden und beißenden Geruch verbreitete, daß er allein schon genügt hätte, seine sämtlichen Präpariermesser zu sterilisieren. Doch wenn er ihn erst entzündete, erhob sich ein solcher Gestank und Qualm, daß die Augen zu brennen begannen und daß der ehrfürchtige Zuschauer eine gute Minute kaum mehr sehen konnte. So war es auch immer wie nach einem gelungenen Zaubertrick, wenn ein Kaninchen, eine Taube oder des Zauberers Assistentin in einer Rauchwolke wie aus dem Nichts, aus dem unendlichen magischen All erschien: Wie durch Zauberei stand das Leipziger Mikroskop neben den Flaschen und den Brillantgrün-Phenolrot-Laktose-Agarplatten, daneben wiederum das aus Wetzlar stammende Trichinoskop, das mitgebrachte Kirschwasser nebst den Gefrierbeuteln, dem Jod, Pflaster und den Mullbinden.

Dann stand er auf, immer gefolgt von dem wie in Bann

geschlagen blickenden Taubmann, ging in seinem verkrümmten Gang zum Schlachtplatz, das Ledertäschlein mit den Messern in der einen, die Gläser in der anderen Hand und die qualmende Sumatrafehlfarbe im Mund. Man sah an seinem zerquälten und traurigen Gesichtsausdruck, daß ihm der Anblick von geschlachteten Tieren, der Eingeweide und der dampfende Blutgeruch zuwider waren. Er haßte seinen Beruf geradezu und war, kaum hatte ihn das Schicksal mit dem Beruf des Fleischbeschauers geschlagen, zum strengen Vegetarier und Alkoholiker geworden. Mit dem Kauf jenes einstmals teuren und ansehnlichen Anzuges half er sich etwas über die Jahre des Ekels und der Unzufriedenheit hinweg. Er hatte ihn damals, kurz nach dem zweiten Weltkrieg von der Witwe eines gefallenen Arztes gekauft, und wollte sich so den Hauch einer seriösen helfenden Wissenschaftlichkeit geben. Er hatte sein letztes Geld für diesen Anzug ausgegeben, so wollte er es nicht wahrhaben, daß die Ärmel zu kurz waren und die Schultern einen schmerzhaften Hauch zu eng. Er gewöhnte sich unbewußt eine solche Haltung an, daß die Länge der Ärmel kaschiert wurde und der Schmerz in den Schultern mit der Zeit erträglich. Das ständige Zusammenziehen der Schulterblätter ließ die Muskeln wohl schrumpfen, so daß er nun gar nicht mehr anders als mit zusammengezogenen Schultern gehen konnte, was auch seine leicht nach vorne gebeugte Haltung erklärte; er hielt sich, als hinge er an einem um den Bauch gewundenen, unsichtbaren Seil. Warum er aber unter dem zu engen Jackett kein Hemd, sondern einen grünen Pullover trug, war selbst dem Taubmann unbegreiflich. Er wird es vielleicht mit den Nieren haben, dachte er, als er sah, daß er die Nierenprobe mit einem ganz besonders gequälten Gesichtsausdruck aus dem Tier schnitt. Nun hatte der Fleischbeschauer wohl mit den Jahren gespürt, welche Hochachtung ihm der Taubmann entgegenbrachte. Da er sich nicht mit ihm unterhalten konnte, schenkte er ihm im Jahre 1960, als die Fleischbeschaugesetze geändert wurden und eine Neuauflage der Gesetzestexte erschien, sein altes Exemplar. Er hatte sich schon seit einigen Wochen darauf gefreut, dem Taubmann dieses Geschenk zu machen, und er überreichte es, während er in der Stube Schnaps und Kaffee trank und gemeinsam mit dem Metzger ein Stück Hefezopf und einen Apfel verzehrte, derweil die anderen sich über das frische Kesselfleisch hermachten. Alle sollten sehen, was er für eine gute Seele war. Und in der Tat nahm der Taubmann das Buch, ließ sein Kraut und sein Kesselfleisch stehen und lief in seine Kammer, unfähig sich zu bedanken. Der Metzger sagte, da ihm Leute, die nichts redeten, verdächtig waren, ob der denn überhaupt lesen kann?

Nun also kam der Fleischbeschauer, um die notgeschlachtete Kuh zu begutachten. Gleich, als er in den Stall getreten war, sagte er, da sitzt etwas Krankes drin.

Und in der Tat konnte er nach den üblichen Untersuchungen das Fleisch nicht einmal für den Freibankverkauf abstempeln. So endete die Kuh als Tierfutter.

Der hat immer so etwas Totes um sich rum, sagte der Bauer, wobei er dem davonfahrenden Moped nachschaute.

Das Kälbchen schlachteten sie, kaum war der Fleischbeschauer wieder vom Hof hinweggeknattert, und legten die Teile in die große Tiefkühltruhe.

Der Bauer war davon überzeugt, daß sämtliche Erreger und Keime durch den Kälteschock abgetötet würden. Doch er war der einzige, der seiner Theorie vertraute und von dem Fleisch aß. Es sollte ihm nicht bekommen.

Ei

Die Zelle als Grundeinheit des Lebens, schrieb die Internatsleiterin mit grüner Kreide an die Tafel. Die Kennzeichen des Lebens, das Wechseltierchen, die Amöbe.

Mit blauer Kreide schrieb sie: Die Eizelle. Das Ei. Das Ei als Modell für die Zelle.

Sie malte den Querschnitt eines Hühnereis in weiß.

Die Eierschale, Kalk, bis zu einem Millimeter dick, je nach Ernährung des Huhnes, das Eiweiß, in dem der Dotter eingekleidet schwebt, zusammengehalten von der flexiblen Dotterhaut, geschützt und ernährt, die Hagelschnur, man denke an die Nabelschnur, und, hier, sagte sie, was oft vergessen wird: Der Luftraum in der Spitze des Eis, denn auch ein Ei atmet.

Bevor die Internatsleiterin das erste Ei in eine Glasschale schlug, mit spitzen, aber sanften Fingern, band sie eine weiße Schürze um, um ihr graues Schneiderkostüm vor Flecken zu bewahren. Entweder besaß sie von diesen Kostümen eine große Anzahl, oder aber nur ein einziges, denn nie hatte Raab sie in einem anderen Kleid gesehen.

Nun gab sie aus einem Plastikgefäß die anderen Eier aus, weiße und braune, die der Pedell heute morgen vom Nachbarn geholt hatte. In Gruppen zu fünfen hatten sie je ein Glasschälchen umringt. Raab benutzte das auf der einen Seite mit Blech verstärkte Lineal, um das Ei mit einem scharfen Schlag zu öffnen. Unverletzt flossen der Dotter und der durchsichtige Schleim des Eiweißes aus der braunen Schale.

Andre war zu zaghaft beim Öffnen, sie ging vor, als wollte sie das rohe Ei schälen, grub die kleinen, vor Aufregung feuchten Finger in die zarten Risse, ein Loch entstand, durch das sich der Dotter zwängte. Die Hülle spannte sich, doch kurz vor dem Platzen lag er im Schälchen, eilig gefolgt vom gleitenden Eiweiß.

Dem Opfer, sie war im Moment des Eiaufschlagens gezwickt worden, schien das Ei in den Fingern zu zerspringen, sie erschrak noch mehr, das Eiweiß spritzte auf ihre Bluse, sickerte durch das Leinen und rann langsam gleitend zwischen den Brüsten hinunter. Der Dotter schlitterte neben das Gefäß, ließ sich aber von ihrer warmen Hand über die Tischplatte schieben und in die Schale betten.

Fieber mußte schon beim Herausnehmen des Eis heftig atmen und hörbar schlucken, er traute seinen dicken Fingern nicht, die dazu neigten, plötzlich ein Ding zu ergreifen und mitunter zu quetschen, mitunter zu drücken, um es dann fallen zu lassen. Er wollte unter keinen Umständen ein Ei öffnen, doch er hatte das Opfer gezwickt, die Internatsleiterin hatte es, wie meist, genau beobachtet, und nun kam die Strafe. Er versuchte zu lächeln, wollte, um sich mit einem Scherz zu helfen, das Ei andeutungsweise nach Raab werfen, doch dabei glitt es ihm schon um ein Haar aus der unruhigen Hand. Er konnte es noch halten, bewegte es auf die Schale zu, hielt es zu fest, schlug es zu fest auf den gläsernen Rand, sein Fingerdruck und der Schlag waren zu hart, die Dotterhülle platzte, und das Anschauungsei zerfloß. Die Hagelschnur schwamm obenauf, und ein roter Samenfleck erzählte, daß der Hahn, den sie alle haßten, das Huhn vorgestern wieder gewaltsam bestiegen haben mußte. Sie untersuchten die Eier und zeichneten sie mit Buntstiften, gelb, blau, bleistiftgrau das Eiweiß und aus Mangel an Weiß mit Grün die Hagelschnur.

Was war zuerst da. Das Huhn oder das Ei. Na?

Das Ei, weil es die Reptilien lange vor den Hühnern gab, sagte Raab. Endlich wußte er einmal eine Antwort.

Dann, um nichts zu verschwenden, sollte je einer der Gruppe das rohe Ei aufschlürfen. Die Lehrerin führte es vor und schlürfte, das Eiweiß trennte sich vom Eigelb und verschwand in dem saugenden, gespitzten Mund der Internatsleiterin. Genießerisch durchdrang sie mit einem feinen Biß die Hülle des Eigelbs und ließ es mit einem zufriedenen Ausdruck in die Kehle rinnen. Das wollte aber niemand außer Fieber überzeugen, so daß die beiden je fünf rohe Eier, eines nach dem anderen aufschlürften und nicht genug versichern konnten, wie gut das schmecke und wie wohl das tue. Dann, satt und zufrieden, kam sie zum Aufbau einer menschlichen Zelle. Da hob Raab die Hand und erzählte, er habe gehört, daß das Schwein und der Mensch sich so ähnlich seien, daß die Chirurgen an den Schweinen das Operieren lernten. Außerdem habe er gelesen, daß die menschliche und die schweinische Zelle sich vermischen könnten. Wenn also einer viel Schweinenacken aß, würden die Schweinenackenzellen und die Menschennackenzellen sich vermischen, so daß der Mensch alsbald mehr und mehr Schweinenackenzellen besaß und über kurz oder lang insgesamt einen Schweinenacken zwischen Kopf und Hals sitzen hatte.

So ein Unsinn, sagte die Internatsleiterin und fuhr mit ihrem Unterricht fort.

Doch die Schüler waren nun von den Schweinen weitaus mehr angetan als von den Eiern.

Sau

Sie saßen im Geschichtsunterricht und hörten von der verschütteten Stadt Pompeji und betrachteten verstohlen die Bilder von den letzten Kunden des Bordells und ihrer Damen, die vom Ascheregen eingelegt wurden wie die chinesischen tausendjährigen Eier, als Fieber den Ford Capri seines Bruders an einem unverwechselbaren Getriebedefekt, einem Krachen beim Schalten, erkannte.

So stand er auf, bat darum, auf die Toilette gehen zu dürfen, lief zum Parkplatz hinter dem Gebäude, wo man ihn vom Fenster des Klassenzimmers nicht sehen konnte.

Sein Bruder war größer als Fieber, seine Züge waren

eigenartig weich und schlaff. Vielleicht kam das daher, daß er während einer Kochlehre an die zwanzig Kilo zugenommen hatte, die Lehre abgebrochen und anschließend das Übergewicht durch Drogenmißbrauch unter Kontrolle gebracht hatte. Die Familie hatte ihn zwar quasi enterbt, so daß sich ihre ganzen Hoffnungen auf Fieber konzentrierten, doch bekam er eine kleine monatliche Summe, die er durch allerlei illegale und halblegale Tätigkeiten aufstockte. Alle drei, vier Wochen besuchte er seinen kleinen Bruder, um das Gefühl des Respektes und der Hochachtung zu genießen, das der ihm aus eigentlich unerfindlichen Gründen entgegenbrachte. Ab und an brachte er Mitbringsel, die Fieber in seinem Medizinbeutel verstaute. Diesmal war es eine Handvoll selbstangebautes Marihuana. Er riet Fieber, zwar großzügig damit umzugehen, aber nur bei denen, denen er absolut vertrauen konnte. Sollten Mitschüler etwas bei ihm kaufen wollen, so solle er sich im voraus bezahlen lassen und nicht erwähnen, woher der Stoff stamme. Das Geld solle er dann einfach ihm geben. Sie rauchten einen kleinen Joint zusammen, der Bruder versprach, alsbald wiederzukommen, und fuhr mit ächzendem Getriebe davon.

In der nächsten Schulstunde sprach der Lehrer über den Satz »Der Mensch ist was er ißt«.

In der Turnstunde fiel Fieber, der ansonsten träge war, durch übermäßigen Einsatz auf, im Umkleideraum nach dem Duschen führte er immer noch das große Wort.

Nun, nach der Schule, wurden sie von den Schweinen nicht mehr losgelassen. Zu Mittag gab es Schweinswürste mit Kraut, Fiebers Leibgericht, das in der Woche mindestens einmal auf dem Speiseplan stand.

Fieber war von jeher ein triebhafter Junge, der seine Gefühle nur schwer unter Kontrolle halten oder gar verbergen konnte. Doch in nichts war er so haltlos, wurde so rücksichtslos und bisweilen raffiniert, wie bei der Verteilung der Schweinswürste, wenn sie in der großen Schüssel duftend und dampfend ineinandergekrümmt lagen, als wären sie inmitten einer gigantischen orgiastischen Feier ertappt und zur Strafe unmittelbar gebraten worden wie die nach dem Ausbruch des Vesuvs in heißem Aschenregen Eingeschlossenen im Bordell von Pompeji. Und eine ähnlich unübersehbare Lüsternheit fuhr in den mit großen Augen starrenden und schwitzenden Fieber, wenn die Schüssel in seine Reichweite kam. In seinem Hirn begann es zu arbeiten, und Partien darin, die er sonst nie in Betrieb setzte, wurden tätig und machten aus ihm einen gewieften Strategen.

Noch bevor die Mitschüler, die ebenfalls gespannt auf die lasziven Würstchen blickten, ihre Gabeln hineinstechen konnten, wobei ein hellroter Saft hervorsprühte, da hatte er schon einen Plan. Sonst war seine Art zu sprechen gehemmt und schwerfällig, nun aber kam ein von Leidenschaft erhitzter Strom an Worten aus ihm.

Auf dem Hof haben sie große Säue, so sprach es aus ihm, die fressen alles und viel, auch ihre Jungen; wenn wir nicht aufpassen, beißen sie sich und fressen sich gegenseitig. Sie sind dumm und halten nicht rein. Überall scheißen sie hin und suhlen sich in ihrem Kot. Aber sie haben auch die kleinen Schweine, die sind zwar wählerisch beim Fressen, dafür stinken sie nicht, sie koten nur in eine Ecke und wälzen sich nicht im Kot, sie beißen sich nicht, sind klug und hören zu, wenn man mit ihnen spricht. Wenn man an ihren Stall herantritt, dann stellen sie sich auf zwei Beine wie ein Mensch und richten sich auf und schauen dich an und stellen die Ohren und hören dir zu.

Die Kannibalen in Neuguinea, sagte Fieber weiter, dürfen heutzutage nur noch Schweine essen. Das Wort für Schwein hieß eben Schwein, das Wort für Mensch hieß nicht Mensch, sondern Langschwein.

So ist das, die kleinen Schweine, wenn du sie in einen Anzug steckst, könnten als Mensch gelten.

Im Winter sei es so kalt gewesen, daß der Bauer das kranke Ferkel zu seiner Frau, einer Wöchnerin, ins Bett gelegt habe, damit es schön warmliege und bald gesund werde. Da kam die Nachbarin die Bäuerin besuchen und Wein bringen, sah das Ferkel neben der Wöchnerin und sagte Eieiei, der Kleine, wie aus dem Gesicht geschnitten, ganz der Vater.

Es schien der Appetit der Essenden kleiner und kleiner zu werden, eine Gabel nach der anderen wurde neben den Teller gelegt oder stocherte nur noch im Kraut umher, bis Fieber auch noch ein großes fettes Stück Speck fand und sich hemmungslos daran machte.

Das Thema setzte sich so sehr in den Köpfen der Kinder fest, daß sich einige mehrere Wochen lang weigerten Schweinefleisch zu essen. Dagegen ließ der gefräßiger werdende Fieber sich nicht vom Schweinebraten und den

Schweinswürstchen abbringen. Er wurde von dem, was die anderen nicht wollten, fett und brauchte bald eine neue, weitere Hose.

Bulldog

Mochte es vom Kalbfleisch kommen oder von der Kälte beim Traktorfahren, das Wasserlassen fiel ihm von Tag zu Tag schwerer, und seine Frau mußte sich nächtlich mehr und mehr Mühe geben, um einen ehelichen Verkehr zu entfachen.

Hättest du bloß auf den Fleischbeschauer gehört, sagte sie, während er sich wieder einmal ein paar Tröpflein Harn abrang und dabei vor Schmerz stöhnen mußte.

Jetzt kann man nicht einmal mehr recht seichen, fluchte der Bauer, wenn es der Fleischbeschauer nicht gestattet.

An diesem Tag entschloß er sich, einen neuen Traktor mit einer heizbaren Fahrerkabine zu kaufen.

Vier Nächte hatte er nicht geschlafen, da die Schmerzen immer heftiger wurden. Er hatte sich auf dem Abtritt gequält und dabei gestöhnt wie ein Tier, und seine Frau kochte ihm einen Kamillentee nach dem anderen, den er, in dem Glauben, der Knoten würde sich durch die Wärme lösen, trank, bis er meinte, seine Blase platze. Doch dann traten, Tröpfchen um Tröpfchen, kleine Mengen aus ihm aus, doch so wenig, als preßte eine unsichtbare böse Hand sein Glied, um nur soviel herauszulassen, daß er nicht platzte.

Er saß nachts in der Stube, mit Taschenrechner, Bleistift und Steuerbescheid, er studierte die Informationsschriften des Bauernverbandes und der Raiffeisenkasse, der Banken und der Sparkassen und rechnete so lange hin und her, bis er davon überzeugt war, er könne sich so ein Wunderwerk von Traktor leisten, denn nur davon erwartete er sich Heilung. Beim Arzt war er noch immer nicht gewesen, denn er hoffte, daß die Beschwerden in kurzer Zeit verschwinden würden, wenn nur der verfluchte alte Bulldog ihn nicht mehr länger malträtieren könne, und er schob einen solchen Haß auf den guten alten Bulldog, als wäre er ein Mensch und keine Maschine. Nein, da mußte etwas sein in diesem Dieselmotor und in diesem dicken grünen Eisenblech, in dem Ledersattel auf der hübsch geschwungenen Blattfeder, was ihm übel, was ihm Böses wollte. Und auch seiner Frau sah er mit fiebrigem, mißtrauischen Blick nach, ob sie in der Küche nicht etwas heimlich in seinen Tee mischte. Er ging herum mit einer ängstlichen Hitze in sich und einem nach allen Seiten lauernden, Schlimmes erwartenden Blick.

Wenn seine Frau ihn immer wieder aufforderte, zum Arzt zu gehen, so sagte er, er sei schon seit dreißig Jahren nicht beim Arzt gewesen, und es habe ihm nichts geschadet. Wenn seine Schmerzen zu groß wurden, so sagte sie, nun geh doch endlich. Er sagte dann darauf, er habe ja nichts Rechtes anzuziehen, und so herumlaufen wie der Fleischbeschauer, das wolle er nicht.

So mußte ihn seine Frau nicht nur zum Arztbesuch,

sondern, und das war fast ebenso schwer, auch zum Kauf eines neuen Anzugs überreden.

Doch zuallererst vertraute er auf den neuen Traktor, einen FENDT FARMER TURBO, da war er sich sicher. Er würde der einzige in der ganzen Region sein, der einen solchen FENDT FARMER TURBO fuhr, alle anderen hatten schon vor Jahren ihre Ersparnisse für neue Traktoren verpulvert, er, so sagte er jetzt, habe gewartet, bis es etwas Rechtes geben wird.

Am frühen Morgen fuhr er mit dem alten Bulldog, auf den Knien ein Schaffell und darunter eine Decke, zur Landwirtschaftlichen Zentralgenossenschaft, um sich die neuen Traktoren vorführen zu lassen. Während der Fahrt schimpfte er laut vor sich hin, die Harnröhre brannte, als ob sich eine Säure darin befände, die Blase war prall gefüllt und konnte sich nicht entleeren. Das ist die Kälte, Scheiß Bulldog, fluchte er und holte aus dem Fahrzeug das letzte heraus, um so kurz wie möglich dieser Kälte und diesem Fahrtwind ausgesetzt zu sein, der, so glaubte er, immer kälter und heftiger blies und zwischen seine Beine zielte.

Erschrocken ob des fiebrigen wilden Blicks seines Kunden zeigte ihm der Maschinenmeister den FENDT FARMER, der noch glänzend und frisch lackiert in der Maschinenhalle stand.

In der Tat war diese Maschine völlig anders als frühere Traktoren, die Vorderräder reichten ihm bis zu den Schultern und die Hinterräder überragten ihn fast, die mächtigen Stollen, auf die er zärtlich seine Hand legte, waren zehn Finger lang, die Hinterräder doppelt, und vor allem war die Fahrerkabine geschlossen und luxuriös mit Heizung, ja sogar mit Radio ausgestattet. Wie im Flugzeug, dachte er, und auch der Maschinenmeister, der beim Vorführen dieses Gerätes immer wieder in Begeisterung geriet, sagte statt Fahrerkabine Cockpit. Und tatsächlich war da etwas wie ein kleiner Steuerknüppel. Das sei für die Zusatzgeräte, hydraulisch gesteuert und in Nullkommanichts montiert. Er sprang aus dem Cockpit, zog eine Plane von einem Gerät in der Ecke, stieg wieder auf und startete den Motor. Wirklich hatte er in kurzer Zeit eine Frontladeschaufel montiert. Worte wie drückende Hydraulik, elektrohydraulischer Regelkraftheber und enorme Hubkraft flogen durch die Halle wie verlockende Vögelchen, umgurrten und umflatterten den Kunden und klangen um so süßer, je weniger er davon verstand. Er hob und senkte die Schaufel immer wieder. Nimmt der Fahrer die rechte Hand vom Lenkrad, erklärte der Meister auswendig aus dem Prospekt, so gelangt sie nahezu automatisch auf die gewünschten Bedienungshebel.

Nun gab es für den Kranken kein Halten mehr, am liebsten hätte er den Bulldog auf der Stelle verschrottet und den FARMER mit nach Hause genommen. Und schon, so glaubte er, ging es ihm besser, kaum daß er seine Entscheidung gefällt hatte.

Brüder

Kurz nach seiner Geburt war der Taubmann ein großes, kräftiges Kind mit lautem Schrei aus voller Kehle. Er gedieh prächtig, doch schrie er bei der Geburt seines Bruders noch immer wie ein Neugeborenes, ja schrie lauter als der Ankömmling. Während der Bruder schon längst nach allem tastete und griff, was man ihm hinhielt, beobachtete der Taubmann ausgiebig und griff zögerlich und tastend zu, und oft roch er lange an den Dingen. Daß er nicht auf Geräusche reagierte, bemerkten sie recht spät, da er immerzu schrie, da die Melkmaschine lief, der Hund bellte oder das Vieh im Stall rumorte. Der Bruder wuchs heran, war eine Zeitlang gar größer als der Ältere, doch gab sich das. Eifersüchtig beobachtete er, wie der Taube mit mehr Zuwendung bedacht wurde als er selbst. Der Taubmann zeichnete schöner und sah sich Bücher an. Während der Bruder in der Volksschule das Lesen unwillig erlernte, hatte der Taube auf der Sonderschule, die er kurze Zeit besuchte, erstaunlich schnelle Erfolge im Lesen. Die Sonderschule befand sich in der Kreisstadt, so war die Schulzeit des Taubmanns bald vorbei, denn zum einen konnte er alles, was sie ihm beibringen wollten, zum anderen war der Weg dorthin sehr weit. Als seine Mutter verstorben war, folgte ihr in wenigen Tagen der Vater nach. Da war der Taubmann bereits volljährig, und sein Bruder litt unter der Angst, der andere könne ihn nun beherrschen und hätte mehr Anrecht auf den Hof, doch dem war nicht so.

Der Taubmann wurde sehr verschlossen, als sein Bruder

heiratete, ja er wurde geradezu wunderlich, und die Leute wußten nicht, ob er auch an einer Geistesschwäche litt oder ob seine langsamen Reaktionen, seine merkwürdig verstümmelte Sprache von seinem Hörfehler herrührten. Der Bruder wahrte zu dem Tauben eine eigenartige Distanz, fast war es, als schämte er sich des Behinderten in seiner Familie, und obwohl er wußte, daß der Taubmann keinerlei geistige Behinderung hatte, daß er im Gegenteil ein sehr genau beobachtender und scharf nachdenkender Mann war, behandelte er ihn mitunter so herablassend, als wäre er ein Kind oder ein Halbwüchsiger. Mochte sein, daß eine Art von Ähnlichkeit zwischen den beiden bestand, die über eine äußere Ähnlichkeit hinausging. Mag sein, der Bauer vermutete in seinem Bruder Wesenszüge, die er in sich spürte, aber niemals zulassen könnte. Dagegen war die Schwägerin des Taubmanns eine offene, liebevolle und freundliche Frau, die ihren verstockten Gatten oft zurechtwies, wenn er seinen Bruder ungut behandelte. Unter keinen Umständen war er bereit, den Taubmann mit dem neuen FENDT FARMER fahren zu lassen, niemand außer ihm sollte die Maschine bedienen dürfen, und obwohl die Handhabung des alten Bulldog weitaus komplizierter war, tat er so, als wäre der neue Traktor ein technisches Wunderwerk, für dessen Bedienung nicht jedermann die Klugheit besaß. Das verletzte natürlich den Taubmann, doch fand er sich bald damit ab. Er fuhr weiter meisterlich mit dem Bulldog und war im Grunde der einzige, der dieses Fahrzeug genau kannte. Immer wieder klemmte der zweite Gang, und es gab keine andere Möglichkeit, als so lange unablässig im Kreis zu fahren, bis man durch Zerren, Streicheln und

Rütteln das Getriebe überzeugen konnte, etwas in seinem Innern loszulassen. Mit dem FENDT fährt mir keiner, sagte der Bauer immer wieder, als schon lange keiner mehr ein Interesse daran hatte, darüber mit ihm zu streiten.

Wollten die Internatsschüler den Tauben ärgern, so riefen sie ihn Taubmann. Konnte er die entsprechenden Mundbewegungen sehen, wurde er rasend vor Wut, verfolgte die Schüler, doch holte er sie niemals ein, da er nicht gewußt hätte, was dann mit ihnen tun.

Raab hatte Mitleid mit ihm und ärgerte ihn nie, versuchte im Gegenteil, freundlich zu ihm zu sein. Das wurde von dem Mann nur sehr mißtrauisch bemerkt, auf jede Freundlichkeit reagierte er zurückweisend und tat so, als ob er Grüße nicht sah. Wurden ihm Zigaretten angeboten, so zog er sie aus der Schachtel, warf sie dann auf die Erde, um sie, wenn er sich allein glaubte, dankbar zu rauchen. Raab empfand den strengen und abweisenden Blick des Mannes als eine Ungerechtigkeit, weil er sich aus irgendeinem Grund die Zuneigung und das Vertrauen des Taubmannes wünschte. Er ging sogar soweit, von seinem wenigen Geld Zigaretten zu kaufen und auf einer Bank am Waldrand, einer Stelle, wo der Taubmann gerne zu sitzen pflegte, hinzulegen, zusammen mit einem Comicheft. An diesen Heften müßte der Taube Gefallen finden, weil in ihnen die Geräusche aufgeschrieben standen. Läutete etwa eine Glocke, stand dort, neben der Zeichnung der Glocke, dick das Wort DONG geschrieben. Bekam einer einen Kinnhaken oder ein blaues Auge verpaßt, stand neben der Zeichnung, auf der die Faust auf das Kinn oder das Auge krachte, das

Wort BANG. Und knallte ein Schuß aus einem Revolver, so hieß es natürlich PENG.

Als er eines Abends zu der Zeit, in der der Taubmann im Stall arbeitete, nachsah, ob die Zigaretten noch da waren, fand Raab das Päckchen randvoll gefüllt mit frischem Kuhmist. Auch das Heftchen fehlte.

Tau

Als wäre der Tod ein Hauch, der sich wie Tau auf ein Haus, ein Dorf, eine Stadt sanft niedersenkt und bleibt und nicht mehr geht, bis noch mehr gestorben ist, entwich zwei Tage später unerwartet und aus scheinbarer Gesundheit gerissen, dem alten, milden und sanften Pedell sein letzter Atemzug mit einem leise röchelnden Ton.

Er starb ebenfalls nachts.

Ein Notarzt kam aus der entfernten Stadt, er ließ Sirene und Blaulicht lange vor Erreichen des Internats ausschalten, denn auf der Straße befand sich niemand mehr, der seine schnelle Fahrt behindern konnte, und Aufsehen, darum hatte die Internatsleiterin gebeten, sollte er nicht erregen. Fieber behauptete später, er habe den Notarztwagen heranfahren sehen und habe ebenso gesehen, wie er unverrichteter Dinge wieder abfuhr. Auch habe er erstaunlich kurze Zeit später den mit hoher Geschwindigkeit heranpreschenden Wagen des Bestattungsdienstes beobachtet, und er erzählte schaudernd, die Männer, einer davon der Fleischbeschauer, der in der Tat mitunter als Leichenordner ein Zubrot verdiente, wenn seine Rückenschmerzen es zuließen, hätten, um Gewicht zu sparen, den Leichnam im Sarg ohne Sargdeckel aus dem Hause getragen.

Am Morgen wurde die traurige Nachricht verkündet, und da der Pedell keine Angehörigen hatte, das Internat sozusagen seine Familie darstellte, suchten die Leiterin mit einem Lehrer und einem Vertreter der älteren Schüler einen passenden Grabstein für den Mann aus. Dazu kam ein alter Steinmetz auf einem Fahrrad angefahren, schimpfte auf die für Radfahrer ärgerliche und umständliche Verkehrsführung wegen der Autobahn und legte einen Din-A4-Schnellordner vor, in den er Fotografien von Mustergrabsteinen in Sichthüllen geheftet hatte. Zusätzlich lud er das Auswahlgremium zu einem Besuch seiner Werkstätte ein, wo man die Steine in natura besichtigen konnte.

Raab weigerte sich mitzukommen, denn er glaubte, daß in einer solchen Grabsteinwerkstatt nicht nur die Steine, sondern auch die Toten gestapelt und aufbewahrt wurden. Er überzeugte die anderen Schüler, und man einigte sich darauf, einen Grabstein nach den Fotografien auszusuchen.

Das Compliziertenheft

Am Abend gingen Fieber und Raab zu ihrer Bank am Waldrand, um heimlich zu rauchen. Fieber ging einige Schritte voraus, falls es sich ein trockenes Plätzchen zu sichern galt. Und Raab sah, wie er etwas, das unter der Bank lag, aufhob und schnell einsteckte. Was hast du da, fragte er, und Fieber mußte, wohl oder übel, das Paket wieder aus der Jacke ziehen. Es war ein Comicheft, säuberlich in eine Plastikfolie verpackt. Gehört mir, sagte Raab und steckte das Heft ein.

Noch am selben Abend ging er nach dem Essen zu der Stelle zurück und legte ein anderes Comicheft unter die Bank. Er hatte sich schon einige Schritte zum Gehen gewandt, zögerte dann aber, kehrte um und wollte sich eine Zigarette anzünden. Er setzte sich auf die Lehne der Bank, es war etwas feucht geworden, und er suchte in seinen Taschen, doch in der Eile hatte er die Streichhölzer vergessen. In seinem Ärger wollte er schon aufstehen und doch gleich zurück zum Internat gehen, tatsächlich aber erschrak er wie vom Blitz getroffen, als neben seinem Gesicht ein Feuerzeug mit einer gewaltig hohen Stichflamme aufleuchtete. Geräuschlos war der Taubmann hinter ihn getreten und war wohl einige Zeit so gestanden. Er bemerkte, daß er Raab erschreckt hatte, hieb ihm herzlich auf die Schulter, ging um die Bank und setzte sich neben ihn. Beide rauchten und starrten ins Dunkle. Ihre Gesichter glommen rötlich im Licht der beiden winzigen Punkte der Glut ihrer Zigaretten. Raab wußte nicht, wie lange sie so gesessen hatten, bis der Taubmann ihm ein Schulheft in die Hand drückte.

Ein solches Heft hatte er schon in jener Nacht gesehen, in der das Kalb geboren war. Der Taubmann nahm seinerseits die Comics, die unter der Bank lagen, schlug ihm auf die andere Schulter und verschwand in der Nacht. Raab blickte dem roten Punkt nach, der sich wie ein Glühwürmchen von ihm entfernte, noch kleiner, noch winziger wurde und mit einem Mal wie ausgeblasen war. Eilig ging er jetzt nach Hause, zog sich in das Zimmer zurück und betrachtete das blau eingebundene Schulheft.

In großen Buchstaben, die denen des Comics nachgemalt schienen, stand darauf geschrieben COMPLIZIERTEN-HEFT.

Darin waren, nach vielen Zitaten aus dem Fleischbeschaugesetz, das der Taubmann fast auswendig zu kennen schien, Zeichnungen zu sehen, zum Teil mit Sprechblasen und zum Teil mit den Gedankenblasen, die wie Rauchwolken aus den Köpfen stiegen. Sich selbst hatte der Taubmann eigenartigerweise mit riesigen Ohren und einer enormen Nase, aber ohne Mund gezeichnet, die fett umrandete Figur mit dem Bauch mußte Fieber sein, das Strichmännchen mit zwei winzigen Brüsten und zerzausten Haaren war unverkennbar Andre, das mit den großen Brüsten das Opfer, und er selbst war ganz schwarz gemalt, die Kleidung wie das Gesicht, man konnte weder Mund noch Nase noch Augen erkennen. Trotzdem hatte Raab sofort das Gefühl: das bin ich.

Alle trugen sie Gummistiefel, die Heimleiterin ein mit Bleistift graugemaltes Kleid und eine große Brille, und vor ihrem Schoß hatte der Taubmann, das verwunderte Raab ganz besonders, eine Mischung aus einem Phallus und einem schwebenden Ei gemalt.

Nun aber verstand er, warum der Taubmann COMPLIZIERTENHEFT auf den Einband geschrieben hatte, denn er sah die Menschen nicht einfach, sondern kompliziert, und was er mitzuteilen hatte, war nicht einfach mitzuteilen, sondern kompliziert, und so, wie er die Dinge sah, waren sie nicht einfach, sondern kompliziert.

Raab überlegte. Würde der Taubmann, da er ja nicht hören und nicht reden konnte, das Komplizierte jemals verstehen können, und wenn nicht, würde er deswegen leiden müssen? Über diesen Gedanken wurde Raab unendlich traurig, und so schlief er ein.

Am nächsten Morgen sah sich Fieber die Zeichnungen des Taubmanns an. Er sagte: Du siehst aus wie ein Rabe, so schwarz. Genau, sagten die anderen, Raab sieht aus wie ein Rabe. Er hat was Dunkles um sich, sagten sie. Der Zögling Raab hieß von da an Raabe.

Das Unglück

Die Internatsleiterin setzte zwei Annoncentexte auf und gab sie auf die Zeitung. Am Samstag erfuhren die Menschen in der ganzen Region: Eingeführtes Internat stellt Pedell (Hausmeister) ein. Drei Seiten darauf verkündete die zweite Anzeige: Mitten aus dem Leben gerissen verstarb . . .

Schon am Sonntag fuhr, sofort hatten es die Schüler umstellt, ein gewaltiges Automobil auf dem Internatshof vor. Mitunter hatten die Schüler reiche Eltern oder Verwandte, aber ein solcher Wagen war noch niemals vorgefahren. Ein kleiner Mann stieg aus, versuchte ein schüchternes Lächeln und bahnte sich zögernd einen Weg durch die Menge der Zöglinge.

Sein Gesicht sah zerknittert aus wie seine Kleidung, er roch nach nächtlichem Schweiß, und in seinem Auto sah man Decken und die Spuren mehrerer Übernachtungen. Das Auto war neben dem, was er anhatte, einer Tube Brillantine und 24 Liter Superbenzin das einzige, was er noch besaß. Wo, bitte, finde ich die Direktorin? fragte er.

Es werde sich alles richten, es werde sich alles fügen, alles komme ins Lot und alles habe seinen Sinn, wenn er sich auch oft erst spät erschließe.

Diese und ähnliche Bemerkungen hatte der neue Hausmeister für die Zöglinge parat, wenn sie an einer Sache zu verzweifeln schienen, wenn ihnen ein Mißgeschick passierte, wenn sie vom Unglück schier erdrückt zu werden glaubten oder wenn das Pech sie auf grausamste Weise verfolgte.

Er, sein Name war Glück, mußte das genau wissen, denn schon nach wenigen Tagen war bekannt, wie sehr, wie bitter er seinen unbeugbaren Optimismus nötig hatte. Zum Teil hatte er selbst es der Heimleiterin erzählt, um ihr Mitleid zu wecken, zum Teil wußten schon einige Zöglinge darüber Bescheid, da das Schicksal des Herrn Glück bereits Stadtgespräch war.

Einmal in seinem Leben war der kleine Mann, der seine Haare mit Brillantine zu einer Tolle formte, vom Glück überhäuft worden. Durch eine unerwartete Erbschaft fiel ihm ein mittelgroßes Autohaus zu, ihm, der ein leidenschaftlicher Autoliebhaber war. Eine Leidenschaft, der er aus Mangel an Geld nicht nachgehen konnte. Mit einer entsprechenden Hingabe machte er sich an die Leitung dieses bis dahin florierenden Geschäftes. Anfangs erwirtschaftete er gar noch Gewinne, die ihn ermutigten, seiner Leidenschaft mehr und mehr nachzugeben: Er empfand eine tiefe, fast geschlechtliche Liebe zu amerikanischen Limousinen aus den fünfziger Jahren. Die spitzen, aggressiv starrenden Heckflossen des DE SOTO FIREDOM SPORTSMAN mit ihren drei Rückleuchten ließen ihn erschaudern, und das wie von Zauberhand sich einklappende Cabriodach seines FORD FAIRLANE SKYLINER schenkte ihm seltene Glückserlebnisse. Er erwarb einen ersten Wagen und war für Wochen selig. Er stellte das Fahrzeug in seinen Verkaufsräumen aus und berauschte sich an den kleinen Kundentrauben, die um dieses Fahrzeug herumgingen und darüber ihre Klein- und Mittelklassewagen, die sie zu kaufen gewillt waren, vergaßen. Er kaufte sich einen zweiten, einen dritten Wagen, alles wahre Schiffe, die jedes andere Fahrzeug in dieser eigentlich geräumigen Halle überflüssig und störend erscheinen ließen.

Der Umsatz sank rapid. Aus den schwarzen Zahlen wurden rote, aus den Gewinnen Schulden, so daß allein die monatlichen Zinsen dem Preis eines Kleinwagens entsprachen, wie er schon längst keinen mehr am Lager hatte. Bald war er gezwungen, das erste Schiff zu einem Liebhaberpreis anzubieten – und dann weit unter Wert zu verkaufen. Der Verlust setzte ihm zu, als ob eine ihm nahestehende Person verstorben wäre. Er trauerte, war wochenlang wie gelähmt, alles schien ihm sinnlos und grau. Bald mußte er, da er durch seine Niedergeschlagenheit arbeitsunfähig wurde, den zweiten Straßenkreuzer zum Verkauf anbieten, man drängte ihn dazu, die Bank konnte seine Liebe zu diesen beweglichen Immobilien nicht begreifen. Sein Seelenzustand wurde ruinös wie seine geschäftliche Situation.

In dunkelster Stimmung mußte er an die Geschäftsaufgabe denken. Mit dem geringstmöglichen Verlust wollte er sein Geschäft abgeben, aber damit meinte er nicht finanziellen Verlust, sondern den seiner Straßenkreuzer. Er war auf das Schlimmste gefaßt, und er schwor sich, wenn mein Cadillac mir bleibt, werde ich mein Leben lang der glücklichste Mensch sein. Das hatte er erreicht, wenn er auch alles andere dafür aufgeben mußte. Seine Familie ächtete ihn, seine Wohnung gehörte der Bank, sein Ruf war ruiniert.

Als er beim Internat vorfuhr, um sich für die vakante Hausmeisterstelle zu bewerben, dachte man zunächst, der Herr scherze, denn er war dort aufgewachsen und als Sohn des reichen Autohändlers Glück eingeführt. Da auch ein Schülerbeirat, der ein solches Automobil gerne ab und an entlehnt hätte, über die Einstellung der Kandidaten mitentschied, und als früherer Schüler, dem man einen solchen Wunsch nicht abschlagen konnte, wurde er eingestellt. Er war fortan der glücklichste Mensch, gleich was passierte, er war der Ansicht, es werde sich schon alles richten, es werde sich alles fügen, alles komme ins Lot und habe einen verborgenen Sinn, der sich – irgendwann – erschließen werde. Der Mann pflegte seinen Cadillac, seine Brillantinetolle und wurde allgemein das Unglück genannt.

Ruf

Das Internat hatte noch vor zehn, fünfzehn Jahren einen Ruf von Exklusivität genossen, so daß zahlreiche wohlhabende Eltern aus sogenannten besseren Kreisen ihre Kinder dort untergebracht hatten. Doch dieser besondere Ruf schwand Jahr für Jahr. Man munkelte, daß seit dem Tode des alten Direktors gemeines Volk in das Internat aufgenommen wurde. Der Direktor war ein Kommißkopf, der zu seinem Glück bei den Nazis wegen eines jüdischen Cousins keine Karriere hatte machen können. Er galt also als untadelig und pflegte beste Beziehungen zu den Besatzern. Männer dieses Schlages waren damals rar. Am liebsten hätte dieser Mann immer eine Uniform getragen, aber das war zu jener Zeit noch unmöglich. So besorgte er sich durch einen Bekannten, einen britischen Oberst, zwei Ballen besten schottischen Tweeds und ließ sich drei Anzüge schneidern, alle gleich und verwechselbar. So wurde dies seine getarnte Uniform. Dank seines Rufes und seiner Beziehungen florierte das Internat, doch nach seinem Tod durch Schlaganfall wegen schwindelerregender Cholesterin-Werte –

er wußte schon, warum er lieber ein soldatisch karges Leben geführt hätte – ließ sich seine Tochter aus dem übriggebliebenen Ballen Tweed drei ebenfalls identische graue Kostüme schneidern und trat tapfer die Nachfolge des Vaters an.

Nun waren die Fußstapfen, die der Geheimgeneral im übertragenen Sinne hinterlassen hatte, die von beschlagenen Knobelbechern, während ihre Füße in Collegemädchenschuhen mit flachen Absätzen steckten. Unsicher, schwankend und verloren hüpfte sie also von Fußstapfen zu Fußstapfen und glaubte bald selbst, niemals eine angemessene Nachfolgerin ihres Vaters zu werden. Doch die wohlanerzogene, eiserne Disziplin verbot ihr, das einmal angenommene Amt, das angetretene Erbe, den Auftrag des Vaters aufzugeben. Advance, Advance, hatte ihr Vater immer gerufen, Vorwärts, Vorwärts, wenn sie mit Schwierigkeiten zu ihm gekommen war.

Das erste Anzeichen des Niedergangs einer Privatschule, so sagte der General, sei die Aufnahme von externen Schülern. Das zweite Anzeichen, so sagte er zehn Jahre später, sei allein das Vorhandensein des Gedankenguts einer gemischtgeschlechtlichen Schule.

Pflichtgetreu schritt sie also voran, die Schüler wurden mit den Jahren weniger und kamen aus weniger edlen Familien, die Schulgelder, die nach dem Einkommen der Eltern bemessen wurden, nahmen mehr und mehr ab. Nur noch wenige Schüler waren sogenannte Interne, die meisten waren Heimfahrer oder Wochenendfahrer. Dann wurde das Internat in eine gemischtgeschlechtliche Schule umgewandelt, wie es der Lauf der Zeit erforderte.

Da die Internatsleiterin eine klassische Jungfer war, die Schüler sahen ihr förmlich an, daß sie noch nie im Leben mit einem Mann geschlafen hatte, woben sich manche Gerüchte um ihren Lebenswandel.

Tatsächlich kam es zu einem eigenartigen Vorfall, der einiges Aufsehen erregt hatte. Es gab einen Abiturienten mit braunen Augen und pechschwarzen Haaren, in den sich sämtliche Mädchen verliebten. Er hatte eine sanfte Stimme, und wenn Frauen in seiner Nähe waren, hatten sie den Drang, ihn zu berühren. Offensichtlich war es der Internatsleiterin nicht anders gegangen, die schwärmerischen Blicke, die Zustände der Verwirrung während des Unterrichts, die Absencen, die plötzlichen Pausen mitten im Satz: all das gab Anlaß genug für ein fürchterliches Gerücht. Die Internatsleiterin habe sich in einen Schüler verliebt. Niemand, der sie kannte, wollte ihr zutrauen ihn anzufassen, doch delikate Gerüchte machen sich schnell frei von Tatsachen. Und es drang hinaus aus dem Kreis des Internats, es drang zu den Eltern des Jungen, der anderen Schüler, und nun gab es einen kleinen Skandal, als die Eltern des Jungen ihn kurz vor dem Abitur auf eine andere Schule schickten, damit seine Seele keinen Schaden nehme. Auf der neuen Schule wußten alle vom Anlaß seines Wechsels, machten sich über ihn lustig, die Lehrer und besonders die Lehrerinnen waren verkrampft im Umgang mit ihm, er wurde zur Zielscheibe von Witzen und Spott, fühlte sich verunsichert, wurde unkonzentriert und ängstlich, fiel schließlich durch die Prüfung und mußte das Abitur noch ein Jahr später, erneut auf einer anderen Schule, nachholen.

In solchen sogenannten besseren Kreisen sprach sich ein Vorfall wie dieser mit der Geschwindigkeit eines Steppenbrandes herum. Nur Fiebers Familie war wohl zu neureich, um zu wissen, was angesagt war, und so war Fieber der einzig wirkliche Sohn aus reichem Hause, der das Internat besuchte.

Das rechte Maß

Als der Bauer nach dem ersten morgendlichen Urinieren entsetzt in die Schlafkammer kam, bleich wie eine Leiche und mit kaltem Schweiß auf der Stirne, da hatte er Schlieren von Blut in seinem Urin gefunden.

Morgen gehst du zum Doktor! befahl seine Frau.

Morgen geh ich, sagte er.

Am nächsten Tag aber verschob er den Gang zum Arzt wieder auf den nächsten Tag. Dann wieder sagte er, er könne in den alten Kleidern nicht in die Stadt, nicht zum Arzt, nicht unter Leute. Und die Bäuerin überzeugte ihren Mann endlich davon, daß er sich einen neuen Anzug kaufen müsse.

Das ging so vonstatten, daß die Frau in die Stadt fahren und beim Herrenausstatter vier, fünf Modelle, die einen bestimmten Preis nicht überschreiten durften und die auf keinen Fall zu enge Hosen und eine andere Farbe als zwischen Grau und Schwarz haben durften, aussuchen mußte. Mit dieser Kollektion kam sie dann zurück, wobei es nicht leicht war, den Ladenbesitzer von der Notwendigkeit einer solchen Prozedur zu überzeugen.

Mehrere Tage mußte der Mann mit den Anzügen immer wieder einige Stunden alleine sein, bis er seiner Frau schließlich zwei Modelle vorführte. Dann öffnete er die Tür der Schlafkammer einen Spalt breit und winkte sie eilig hinein. Kein Stücklein Stoff war dabei zu sehen, überhaupt benahm er sich eher, als wäre er splitternackt und wolle einen fürchterlichen Ausschlag verbergen. Schließlich entschied er sich für ein Nadelstreifenmodell, das ihm in der Tat ausnehmend gut stand, nur waren die Hosenbeine noch nicht abgenäht. Wie sollte nun der Schneider ohne Anprobe die richtige Länge herausfinden? Die Bäuerin versuchte, sie mit dem Zollstock abzumessen, der Mann stand dabei nicht stille. Sie kamen durcheinander, und als sie die Hose wieder bekam, war die eine gute Handbreit zu kurz.

Auf alle Fälle bekam nun der Taubmann den abgetragenen Anzug seines Bruders.

Wie hatte ihm seine Schwägerin eingeschärft, den Anzug zu schonen und vor allen Dingen nicht im Stall zu tragen. Doch so sehr liebte der Taubmann den Anzug, daß er vergaß, ihn vor dem Misten auszuziehen. So zog er wenigstens die Jacke aus und hängte sie an einen Nagel. Er mistete die Sauen, erst die großen, dann die kleinen. Und als er fertig war und seinen Kittel wiederholen wollte, hatten ihn die großen Sauen bis zur Brusttasche aufgefressen.

Asche und Frost

Raabes Vater sollte vom Rauchwarenhandel zurückkehren, doch kam statt dessen ein schwarzgeränderter Einschreibebrief, der den Vater in Form von Asche, eingelötet in eine Dose aus Zinkblech, ankündigte. Die Mutter reagierte gefaßt, tadellos war ihre Haltung, fast schien es, sie hätte den Tod des Mannes vorausgeahnt. Doch alles brach für sie zusammen, als die angekündigte Urne nicht eintraf. Irgendwo, auf dem Postweg zwischen Quebec und London, war der Vater abhanden gekommen. Er hatte sich gänzlich zerstreut, aufgelöst ins Schwarze und ins Graue, körnig und einige Knochenpartikel darin, und man wußte nicht einmal, ob er nun ganz oder nur zum Teil verschollen war, sich seiner Familie verweigerte und gar welche Teile seines Körpers zurückgeblieben waren in einem fremden, sommers außerordentlich heißen, winters ungewöhnlich kalten Land, wo man im Winter ungern bestattet, lieber verbrennt, da der Bodenfrost sich erst im Juni für wenige Monate zu lösen beginnt. Oftmals kam es vor, daß der Frost die Särge aus der Erde getrieben hatte wie hölzerne Pilze.

Wie also hätte Raabe je verstehen können, daß ein Tod eingetreten war. Noch immer haftete der Erinnerung an den Vater der Geruch von Naphthalin an, der Geruch der Pelze, der zugleich nach Leben, nach etwas Wildem duftete wie nach Tod, Verwesung und Balsamierung.

Und wie der Lebensweg des Vaters war, auch davon wußte er nichts; hatte er als Rauchwarenzurichter begonnen, war aufgestiegen zum Händler, war er gar Jäger gewesen, Fallensteller, ein Trapper? Wie gerne hätte er Fieber entgegengesetzt, sein Vater sei ein Trapper gewesen.

Fieber hätte nicht zugelassen, daß Raabes Vater einen solch abenteuerlichen Beruf gehabt haben könnte. Mit einer seltsamen, bubenhaft grausamen Lust erzählte er Raabe immer wieder Geschichten über den Vater. Einmal lebte er noch im Ausland und hatte Frau und Sohn betrogen und verlassen. Dann wieder war er bei einer Schießerei mit der Polizei ums Leben gekommen, ein wenig heldenhafter Bankräuber, der eine hilflose alte Dame als Geisel genommen hatte. Raabe glaubte im Grunde nichts davon, doch gingen diese Geschichten nicht folgenlos durch seinen Kopf.

Geteilte Freuden

Als Raabe ihn kennengelernt hatte, war Fieber ein dickes, stilles Kind, das sich ungerne bewegte, morgens nicht gerne das Bett verließ, um jeden kleinen Widerstand einen Bogen zu machen versucht war. Er war weinerlich, faul, hatte ein übergroßes Bedürfnis nach zärtlicher Zuwendung und Wärme. Er hieß mit Familiennamen Liebherr, war aus reichem Haus, der Vater besaß ein Hotel. Liebherr wurde bald aber nur noch Fieber genannt.

Zunächst fiel er auf, weil er so oft wie möglich, den ganzen Tag im Bett verbrachte: Beim kleinsten Anzeichen eines Schnupfens behauptete er, er habe eine schwere Grippe, es schwindele ihn, ihm sei heiß. Es wurde ihm mit dem Fiebermessen gedroht, weil man ihm nicht glaubte. Zu Anfang war man damit zufrieden, es unter seiner Achselhöhle zu messen, dann, als er mehrmals die Gutmütigkeit der Schwestern auf die Probe gestellt hatte, wurde, der größeren Genauigkeit halber und weil man Fieber das Krankwerden erschweren wollte, das Thermometer mit Hilfe von Vaseline in seinen After eingeführt. Raabe hatte Mitleid mit ihm und brachte ihm bei, wie man das Thermometer durch Reiben klettern lassen konnte, der Erfolg war ausgezeichnet, doch bald fand Fieber auch das Reiben zu lästig und half mit einem Feuerzeug nach, das er sich für diesen Zweck von seinem Bruder ausbedungen hatte. So kam es, daß eine der Schwestern zu Fieber sagte, man müsse auf der Stelle einen Pfarrer kommen lassen, denn an die fünfzig Grad Fieber, das habe noch kein Mensch überlebt. Von diesem Tag an wurde aus dem Zögling Liebherr der Zögling Fieber.

Fieber brachte Raabe eine große Zuneigung entgegen, denn er war sehr still, quälte ihn nicht, zog ihn nicht auf und gab ihm sogar des öfteren von seinem Essen ab. Eine Zeitlang war Raabe Fiebers Vorbild. Wenn Raabe alleine spazierengehen wollte, bat Fieber, mitgehen zu dürfen. Und als Raabe ihn um Verständnis dafür bat, daß er alleine gehen wollte, begann Fieber ebenfalls, einsame Spaziergänge zu unternehmen. Als Raabe keine Freude mehr an den Spaziergängen hatte, verlor auch Fieber die Lust daran. Auch berührte er ihn gerne und versuchte, ihn in Raufereien zu verwickeln, nur um ihn nahe bei sich zu haben, aber Raabe raufte als einziger im ganzen Haus ungern und gab sich, um die Sache abzukürzen, sofort geschlagen, was Fieber wiederum den Eindruck vermittelte, er sei stark.

Raabe stand frühmorgens auf, um zu hören, welche Vögel in welcher Jahreszeit als erste singen. Kaum hatte er sich angezogen und ohne Geräusch das Zimmer verlassen, nicht ohne einen Blick auf den schlafenden Fieber geworfen zu haben, schlug der seine Augen auf, zog sich ebenfalls an und folgte Raabe. Raabe bewegte sich geschmeidig wie eine Katze, die Zweige und Büsche schienen vor ihm zurückzuweichen, ohne daß er sie berührte.

Fieber machte Lärm beim Gehen, als bräche eine Kuh durchs Unterholz. Er trat auf Äste, die unter seinem Gewicht lautstark barsten, er entlockte den trockenen Blättern, auf die er trat, Geräusche, als brenne der Wald lichterloh, er redete laut und viel, sang und pfiff selbst, so daß die Vögel aufgescheucht in Schwärmen hochflatterten, statt zu singen und zu pfeifen.

Raabe ging schneller, ging tiefer in den Wald hinein und sagte nichts. Fieber folgte ihm wie ein Hund, trottete ihm ungeschickt nach, brach noch mehr Äste, und sein Redeschwall nahm kein Ende. Raabes Stillschweigen nahm er als aufmerksames Zuhören und sah darin eine Fähigkeit, die er nicht besaß und die er, allerdings im geheimen, bewunderte, da er sich selbst, auch wenn er sich aufs äußerste zusammenriß, nicht dazu zwingen konnte. Betrachtete er ein Ding, so zuckten erst seine Zehen, dann zuckten ihm die Finger, dann zuckten ihm die Gedanken und dann zuckten die Augen und der ganze Kerl zum nächsten Ding, von dem er sich ebenso schnell wieder trennte, um zum übernächsten Ding hinzuzucken. So war sein massiger Körper in einem ständigen Zucken begriffen, auch wenn man ihm von außen nichts ansah, und so brach er völlig unvermittelt in Schweiß aus, und sein Atmen wurde mitunter ein Keuchen, ohne daß eine äußerlich wahrnehmbare Anstrengung zu sehen gewesen wäre. Mehr und mehr dachte man, er sei schwach und kränklich, fand keine Ursachen und leistete seinem Simulantentum willkommenen Vorschub. So wurde Raabe in Fiebers unerwünschter und mit der Zeit schwer und schwerer zu ertragenden Gesellschaft unzufriedener, und er wurde gereizt und bissig – was Fieber nicht bemerkte, da er nie zuhörte und sich nie Gedanken darüber machen konnte, was ihm jemand sagte. Raabe wurde nun wirklich boshaft, aber Fieber nahm es nicht wahr, jede Gemeinheit prallte an ihm ab, da Raabes Bosheit eine viel feinere war als die grobe Bosheit Fiebers.

Nun wollte er ihn überlisten, er stand noch früher auf, es war noch stockdunkel, und er schaffte es, gegen nichts zu stoßen, im Finstern den Raum lautlos zu verlassen. Als er aber nur ein einziges Mal endlich die Vögel erwachen hörte, brach Fieber kurz darauf laut rufend aus dem Gebüsch, verscheuchte alles, was da fliegen konnte, und paßte fortan auf wie ein Luchs, daß Raabe ihm nicht wieder entwischen konnte.

Wolltest mich abhängen, sagte er schnaufend und grinsend. Da mußt du früher aufstehen, keuchte er und versteckte seine Gekränktheit hinter einem hohen Kichern, das sich überlegen anhören sollte.

Später dann, als Raabe lange Spaziergänge unternehmen

mußte, um mit seinen tobenden Hormonen, seinen Hoden, seinem Glied und seinen Gedanken alleine zu sein, kam er so weit, Fieber wirsch abzuweisen, ihn in den Bauch zu puffen und mit Rippenstößen, ja sogar mit Steinwürfen wegzuscheuchen, wenn er ihn begleiten wollte. Doch dann kam es vor, daß Fieber, der mit den Jahren gelernt hatte, sich erstaunlich leise anzuschleichen, plötzlich zwei Büsche weiter saß, ihn in seiner Einsamkeit, seinen Gedanken oder in der Beschäftigung mit seinem Glied überraschte, kurz erstaunt schaute, etwas nachdachte, um dann ebenso sein Glied auszupacken. Er drehte sich dabei beiseite, in die andere Richtung, so daß Raabe auf keinen Fall sehen konnte, was ihn ohnehin nicht interessierte.

Von seinem großen Bruder kannte er einen Spruch, den er nicht so recht verstanden hatte: Onanieren ist schöner, aber beim Bumsen lernt man mehr Leute kennen.

Fieber schaute sich ab, was Raabe tat, und tat es selber ebenso.

Starke und Stumme

Drei Tage nach einem Besuch in ihrem Elternhaus – ihr Vater war verstorben, und ihre Mutter hatte vor kurzem einen ebenfalls verwitweten Mann mit zwei Kindern geheiratet – bemerkte die Internatsleiterin eine seltsame Veränderung im Verhalten Andres. Die beiden letzten Tage hatte sie so gut wie nichts gesprochen, das war nicht ungewöhnlich. Aber nun schien sie auch nichts mehr zu hören. Ihre Augen blickten ins Leere, und wenn man sie ansprach, bewegte sich nichts an ihr. Sie verließ ihr Bett nicht mehr, und als die Schwester, die geglaubt hatte, ihr seltsames Verhalten sei eine Trotzreaktion, eine Ungezogenheit, ihre Temperatur maß, hatte sie so hohes Fieber, daß sie die Internatsleiterin mit ihrem Wagen zum Kreiskrankenhaus in die Stadt brachte.

Durch ihre Abwesenheit bewirkte das Mädchen gänzlich ungewollt, daß Raabe auf sie aufmerksam wurde. Weil sie nicht da war, fand er sie hübsch, weil sie, die ohnehin nie viel sprach, gänzlich schwieg, da sie nicht da war, fand er sie geheimnisvoll, weil sie erkrankt war, fand er sie empfindsam, und weil sie sich einen eigenen Namen gewählt hatte, fand er sie stark. Das erzählte er Fieber. Der sagte nur, ein a wegzulassen sei keine Stärke, ich zeige dir, was Stärke ist. Fieber, der bislang eher träge war, wurde sich seiner Schlauheit, seiner Größe und Körperkraft bewußt und versuchte nun allenthalben zu zeigen, was Stärke ist.

In den Pilzen

An jenem Sonntagmorgen, an dem der Taubmann Raabe die Pilze vorstellen wollte, läuteten entfernt die Kirchenglocken zur Frühmesse. Die Bäuerin stellte einen großen

Eimer Milch neben die weißgekachelte Milchkammer, den der Hausmeister später abholen sollte, die Melkanlage summte und saugte, die Katze schmiegte sich frierend und schnurrend an den wärmenden, chromblitzenden Apparat.

Das Unglück hatte seinen Cadillac auf dem Vorplatz abgestellt und wusch und polierte glücklich und saugte ebenfalls; er lag unter, in und auf dem Automobil. Das waren seine schönsten Stunden.

Der Taubmann verblüffte Raabe damit, daß er jedesmal, wenn die große Glocke schlug, DONG sagte, und Raabe war es ein Rätsel, wie er das wissen konnte. Der Taubmann ließ Raabe die Hand auf seinen Bauch legen, bis er glaubte, er könne ebenfalls die Erschütterungen durch den Glockenschlag auf dem Zwerchfell des Taubmannes spüren.

Die Feuchtigkeit lag schwer in der Luft und wurde von Haaren, Kleidern und Pflanzen aufgesaugt. An diesem Morgen also ging der Taubmann mit Raabe in den Wald, um ihm die Pilze vorzustellen.

Die Bauern aßen nie Pilze, sie mißtrauten den tückischen Gewächsen, doch der Apotheker hatte dem Taubmann einen Pilzführer geschenkt, der Taubmann hatte sich seine Kenntnisse aus dem Buch angeeignet, denen er allerdings selbst nicht vertraute. Vor allem hatten es ihm die Namen der Pilze angetan. Der Beringte Flämmling etwa, dem man schon anhörte, daß er nicht genießbar war und ein Brennen verursachen würde, ebenso wie der Flache Krüppelfuß, sein Kollege, das Gallertfleischige Stummelfüßchen, und der Blattartige Zitterling mehr Mitleid als Appetit erweckten, während das Judasohr etwas Heimtückisches hatte, haftete dem Gezonten Ohrlappilz etwas Unnahbares an. Doch er verkaufte ab und an einen Spankorb voll an den Apotheker, der ein großer Pilzliebhaber war, aber kein Freund von frischer Waldluft und sein kampferduftendes Haus nur verließ, wenn es sein mußte. Sie wußten nicht, ob er die Pilze aß oder ob er Medikamente daraus herstellte, doch immer, wenn der Taubmann Pilze brachte, war der Apotheker hocherfreut und zahlte freiwillig eine recht hohe Summe und gab obendrein ein paar Halspastillen oder ein Schnupfenspray dazu.

Die Jahreszeit und das feuchte Wetter trieben die Pilze so schnell aus dem Boden, daß man dabei fast hätte zusehen können. So gierig konnten die Maden und die Schnecken gar nicht kriechen und fressen, wie die Pilze in diesem Jahr schossen. Der Bronzeröhrling mit dem samtweichen und kirchenglockenfarbenen Kopf war der erste, den sie fanden. Der Taubmann schwang ihn hin und her, damit Raabe sich die Farbe einprägte, und er erfand Namen, die noch besser zu den Pilzen paßten.

1. DONG, schrieb er in das Heft.

Zwar gleich daneben, aber hinter einem Gebüsch versteckt, der Taubmann mußte es gerochen haben, stand eine ganze Familie Maronenröhrlinge. Der Taubmann zeigte Raabe, wie sich das Fleisch blau färbte, wenn man es berührte und ein Stück abbrach.

2. BANG, schrieb er in das Heft.

Sie gingen zielstrebig geführt vom Taubmann zu einer großen Lichtung, auf der zwei Eichen standen, von deren gelblichen Blättern es tausendfach tröpfelte und ein zartes, aber lebhaftes Geräusch entstand, das sich mit dem leisen Windesrauschen vermischte. Dort auf der Wiese stand eine Gruppe von rundköpfigen weißen Pilzen, die der Taubmann sorgfältigst betrachtete. Sie hatten weiße, hübsche Lamellen, verströmten einen angenehmen Duft nach alten Kartoffeln, dem Grundnahrungsmittel der Bauern. Um den Stiel trugen sie ein Häutchen als hätten sie einen Kragen umgelegt. Einige hatten ihre Schirme schon entfaltet, andere lagen im Gras wie Eier. Lieblich sahen sie aus und vertrauenserweckend. Der Taubmann pflückte mit vorsichtigen Bewegungen einen der Pilze und musterte den Knollen, der in der Erde stak und sich etwas über den Stiel stülpte. Mit einem Ausdruck des Schreckens ließ er den Pilz fallen. Er führte den Finger wie eine Pistole gegen die Schläfe, drückte ab und schrieb

3. PENG.

Raabe war erstaunt, daß ein so gut riechender und harmlos aussehender Pilz eine solch fatale Wirkung haben sollte, und prägte sich dessen Aussehen ein.

Die Geräusche hatten sich verändert, der Wind rauschte nicht mehr, nur noch das vielfache Tröpfeln aus den herbstlichen Blättern war zu hören, es wurde ein wenig dunkler, schwere Wolken schoben sich heran. Raabe war es, als hätten die Vögel mit einem Mal zu singen aufgehört. Beunruhigt schaute er sich um. Auch der Taubmann hatte eine Veränderung bemerkt, seine Nasenflügel weiteten sich, er sah in den Himmel und runzelte die Stirn.

Beide wurden sie von einer erdrückenden Unruhe erfaßt. So beschlossen sie, nach Hause zu gehen. Kaum hatten sie den Wald verlassen, lag der Himmel über ihnen, als befänden sie sich auf dem Grund eines grüntrüben, schmutzigen Sees. Die Katze lag nicht mehr neben der Melkanlage. Sie lief mit steilerhobenem Schwanz auf und ab, die Schwanzspitze peitschte ins Leere, die Nackenhaare hatten sich gesträubt. Wäre sie größer gewesen, hätte man sich vor ihr fürchten müssen. Raabe wollte den bereitgestellten Milcheimer mit zum Internat nehmen, doch als er den Deckel hob, zeigte schon der Geruch an, daß die Milch sauer geworden war.

Der Wasserspiegel des Himmelsees sank und drückte auf die Landschaft, die Häuser, die Tiere, auf die Menschen wie auf die Pilze und die Milch.

Das Unglück hatte seinen Staubsauger ausgeschaltet und schaute ängstlich zum Himmel, zur Oberfläche, denn auch er befand sich auf dem Seegrund und fürchtete um seinen Wagen. Er versuchte hastig, das Verdeck zu schließen, doch in seiner Eile verhedderte er es noch gründlicher, es war unentwirrbar. Er sprang in den Wagen und fuhr zu dem alten Schopf, der in der Nähe stand, ein windschiefes dunkles Gebäude aus schweren, fast schwarz gewordenen Eichenbalken gebaut. Dort sollte sein schutzloses Auto einen Unterschlupf finden, denn was kommen würde, das war nun gewiß, war ein Sturm, dessen Gewicht schon gewaltig auf allem lastete, es knirschte im Gebälk, und der Wind erhob sich plötzlich heftig nach der Windstille. Der Himmel befand sich wenige Meter über ihnen, er war nun meergrün, schwefelgelb und graublau, tief flogen, schon von Böen geworfen, Vögel über ihre Köpfe. Der Geruch war böse, es begann zu stinken. Die tiefsten Gerüche wurden vom Luftdruck aus ihren hintersten Winkeln gepreßt und stiegen nach oben und blieben in dem schmalen Raum, dem See zwischen Himmel und Erde. Es begann ein Regen, als das Unglück sein Auto befriedigt verlassen hatte und eilig zum Internat gerannt war. Es war ein solcher Regen, der in der Tat alles in einem wirklichen See zu ertränken drohte. Der Donner ließ die vom Blitz spiegelnden Scheiben zittern, und wie froh waren die Menschen, unter ihren Dächern zu sitzen. Die Blätter wirbelten wie dichter Schneefall und wurden im nächsten Augenblick von den dicken Tropfen zu Boden gestampft. Was nicht angenagelt war, das flog davon, und der windschiefe Schopf neigte sich, die rostigen Nägel brachen, und das gewaltige Gewicht der Eichenbalken ließ alles in sich zusammenfallen und machte den Cadillac des Unglücks flach.

Jähzorn

Nach dem großen Sturm folgten drei schwüle Tage. Dann wurde es kalt. Vier Nächte lang hatte es ungewöhnlich frühen Frost gegeben. Eine dünne Eisschicht hatte sich auf dem Weiher gebildet, als Raabe glaubte, er habe sich zum ersten Mal verliebt. Sicher war er sich nicht, denn er war immer der Ansicht gewesen, man könne sich nur im Frühling verlieben. Das Mädchen war nach ihrer Rückkehr aus dem Krankenhaus noch immer sehr schweigsam, sogar mehr als schweigsam, denn sie sprach die ersten Tage danach noch immer mit niemandem ein Wort. Sie war klein, zierlich, zerbrechlich und entzog ihren dünnen Körper der Welt mittels einer schweren Motorradjacke, deren Gewicht sie niederzureißen und deren Steifheit sie wiederum aufrecht zu halten schien. Sie war sehr blaß, und dort, wo die strähnigen Haare die Augen versteckten und die Stirne berührten, hatte sie viele kleine Pickelchen, an deren Ausmerzung sie unablässig arbeitete. Und Raabe liebte sie für jedes Pickelchen, und er hätte sie noch mehr geliebt, wenn ihr nur manchmal hinter dem Haarvorhang aufblitzender Blick noch ängstlicher, noch mißtrauischer gewesen wäre. Das erste Wort, das sie nach ihrer Ankunft gesprochen hatte, war ihr Name. Die Internatsleiterin stellte sie beim Abendessen vor. Dies sei Andrea. Doch das Mädchen fuhr ihr ins Wort mit einer überraschenden und heftigen Wut in der Stimme. Andre. Unter allen Umständen wollte sie Andre genannt werden, der Name Andrea war ihr verhaßt. Sie bekam Wutausbrüche, Tränen schossen ihr in die Augen, und von ungeheurem Jähzorn getrieben hatte sie schon mit einer Schere nach Fieber geworfen, der sie, um sie zu foppen, Andrea genannt hatte. Die kleine, stumpfe Schere blieb, von der Kraft des Mädchenzornes zitternd, in einer Tür stecken, die Fieber im letzten Moment hinter sich hatte schließen können.

Ich mach dich kalt beim nächsten Mal, fügte sie hinzu. Von da an wurde das Mädchen nur noch Andre genannt.

Es gab in diesen Tagen noch mehrere Anfälle von Jähzorn im Internat. Fieber hatte die tückische Gewohnheit, unerwartet schmerzhafte Kopfnüsse auszuteilen. Nachdem es

Raabe einige Male getroffen hatte, glomm auch in ihm der erste Funken Jähzorn. Die Kopfnüsse waren weniger schmerzhaft als der bittere Geschmack, den sie merkwürdigerweise in seinem Mund hervorriefen, der ihn wiederum an eine Situation erinnerte, als ein Lehrer ihn in demütigender Weise geohrfeigt hatte. Raabe drohte Fieber, falls er ihm noch einmal eine Kopfnuß versetze, mache er in einem unerwarteten Augenblick in Fiebers Bett. Fieber dachte einige Tage an die Drohung, vergaß sie dann vielleicht oder glaubte nicht, daß Raabe ernst machen würde. Er versetzte ihm in der Religionsstunde eine Kopfnuß. Zwei Tage später fand er, als er aus tiefem Schlaf erwachte, einen übelriechenden Haufen in seinem Bett. Wütend lief er zur Internatsleiterin und sagte, Raabe habe in sein Bett geschissen. Wegen seiner Wortwahl bekam er erstens eine Rüge. Und zum zweiten mußte er die Bettwäsche eigenhändig waschen, da die Internatsleiterin glaubte, er habe selbst in sein Bett gemacht, was wohl auch dem Augenschein entsprach.

Fieber liebte es, Raabe durch seine Fertigkeit, Türen zu öffnen und zu schließen, in Aufregung zu versetzen. Einmal ging Raabe in den Wäschekeller, um frische Tischtücher zu holen. Diese Tür war nie verschlossen, Fieber machte sich einen Spaß daraus, sie mit seinen Dietrichen abzuschließen. Raabe stand vor verschlossener Tür, kehrte um und bat den Hausmeister um den Schlüssel. Das Unglück gab nie Schlüssel heraus, also kam er mit, um aufzuschließen. In der Zwischenzeit hatte Fieber das Schloß wieder geöffnet und beobachtete nun befriedigt, wie das

Unglück Raabe ohrfeigte und ihm vorwarf, er habe sich einen dummen Spaß mit ihm machen wollen.

Dies beobachtete mit einem zutiefst mißbilligenden Blicke die Internatsleiterin und mahnte den Hausmeister, nicht noch einmal einen Schüler zu berühren.

Den schrottreifen Cadillac hatte das Unglück gegen ein Motorrad eingetauscht, mit dem er am Abend, um sich wegen der Rüge zu trösten, eine Spritztour unternehmen wollte. Doch im Hinterreifen steckte ein daumenlanger Nagel.

Fieber trug einen ledernen Beutel um den Hals, in dem er alles für ihn Wertvolle aufbewahrte, denn so eigenwillig seine Auffassung von Eigentum war und so groß seine Neugierde, sein Drang, anderer Leute Schränke zu durchwühlen, so sehr mißtraute er seinen Zimmergenossen. Diesen Beutel nannte er seinen Medizinbeutel, und er hatte einige Steinchen sowie zwei kaputte Quarzuhren darin gesammelt, denen er selbst eine abergläubische Achtung entgegenbrachte, genau wie seinen Dietrichen, die er von seinem Bruder bekommen hatte. Wenn Raabe Fieber drohen wollte, sagte er, er nehme ihm diesen Beutel weg.

Tiere in großer Entfernung

Die Liebe, mein Schatz, ist Handarbeit in unserem Fall; zwei Hände hat der Mann, und die dritte Hand bist du.

Die Kleine tropft wie ein Kieslaster, sagte Fieber über das Mädchen, das allgemein das Opfer genannt wurde.

Durch die Neigung einiger ihrer Körperpartien, sich schon im Kindesalter auszudehnen, fiel sie auf, denn ihre Brüste waren die größten, und sie erregte die Phantasien der Knaben mit einer ausgeprägt weiblichen Figur. Sie war rund und gut, schlicht und dumm, und Neinsagen hatte sie nicht gelernt. Sie wollte nie auffallen, und lieber wäre es ihr gewesen, so wenig Raum wie möglich einzunehmen, sie wollte nichts haben, nichts halten und keinesfalls etwas verteidigen. Lange Zeit wollte ihr niemand etwas Böses, und Fieber war der erste, der sich am Opfer vergriff. All das geschah im Rauch von vielen Zigaretten, unter dem Einfluß von süßen Getränken wie Apfelkorn, Cola mit Kirschlikör – Fieber nannte diese Getränke Büchsenöffner, das hatte er von seinem Bruder –, in einem überheizten Kellerraum. Und wenn sie später von geschlechtlichen Dingen sprach, tat sie es mit äußerster Teilnahmslosigkeit und sagte: und dann habe ich diese Sache erledigt.

Die Musik quälte sich verzerrt aus dem kleinen Radiogerät, das sich durch ständige Überlastung selbst zerstörte, und brach sich scheppernd an den Betonwänden des Raumes, an denen noch die Maserung der Verschalbretter zu sehen war.

Deshalb hatte das Unglück eine Wand des Kellers mit brauner Farbe gestrichen, um es gemütlicher, wärmer, holzähnlicher wirken zu lassen. Er wollte aus den schlimmen Dingen das Beste machen. Wie Holz, pflegte er zu sagen, und blickte stolz auf die Wand.

Fieber hatte es sich zur Angewohnheit gemacht, sich ihr zu nähern, sie um die Hüfte zu fassen, ihr an den Busen oder zwischen die Beine zu greifen und sie nicht eigentlich zu küssen, sondern seine Zunge auf eine maschinenhafte Weise in ihren Mund zu stecken, wie alle seine Griffe und Berührungen mit mechanischen, immer gleich bleibenden Bewegungen durchgeführt wurden.

Das Opfer kannte Fiebers plötzliche Attacken und hatte diese Sache schon mehrmals für ihn erledigt, wobei sie von Mal zu Mal gleichmütiger wurde. Sie spürte dabei weder Erregung noch Lust. Auch Ekel empfand sie nicht, als sie es erledigte. Erst Stunden später roch sie an ihrer Hand und wusch sie, wusch sie wieder und wieder, und trotzdem, so glaubte sie, klebte ein eigentümlicher Geruch an ihren Fingern. Bald prahlte Fieber damit, er könne seine Zunge bis zum Anschlag in ihren Rachen stecken und ihr Rachenzäpfchen lecken, das angeblich nach Malzbonbons schmeckte, ohne daß sie würgen mußte, und er ging so weit, zu behaupten, sie nehme auch seinen Schwanz in ihren Mund.

Zeig mal, riefen einige. Fieber ist ein Schwein, und darum hat er einen Schwanz wie ein Schwein, einen Ringelschweineschwanz.

Fieber errötete und schwieg, die anderen lachten noch einige Zeit und schwiegen dann ebenfalls, erschreckt sahen sie Fiebers Gesicht, noch immer von rötlicher Farbe und mit schrecklich angespannter Kinnmuskulatur. Auch sein Nacken schien sich völlig versteift zu haben, schnell und laut atmete Fieber, und seine Hand rieb auf der braunen Betonwand, befühlte die Maserung des Schalholzes, bis Blutstropfen auf der zerkratzten Haut austraten. Er fürchtete, sein mühevoll durch Frechheiten und Gewaltakte erworbenes Ansehen zu verlieren. Wenn er früher gedacht hatte, er würde nie die Achtung und schon gar nicht die Liebe und Bewunderung der anderen gewinnen können, weil er träge, plump und unbeweglich wie ein Walroß auf den Klippen war, dann dachte er jetzt, er würde das mühsam und grausam gegen sich und andere Erreichte wieder einbüßen, wenn er nicht auf der Stelle sein Ding aus der Hose holen würde. In der Tat fürchtete er, einen häßlichen Schwanz zu haben, aber ein häßlicher Schwanz war noch immer besser als gar keiner, und einen Schweineringelschwanz hatte er nicht, und sollte dies jemand behaupten, so würde er sagen: Wem's nicht paßt, dem stecke ich ihn rein. Gewiß würde keiner wagen, zu spotten.

All das schoß durch seinen röter werdenden Kopf, wo das Blut sich versammelte, und die Gedanken schossen, kreisten und versammelten sich ihrerseits, so glaubte er zu fühlen, in seinem Nacken, der ein Schweinenacken wurde, so glaubte er zu fühlen, denn er war ein Schwein, so glaubte er nun von sich selbst, und er mußte nun, er mußte das Mädchen wieder an der Hand packen und zu sich ziehen, mit nassen Augen in die stumme Runde schauen, ihr seine Zigarette in den Mund schieben, sie wieder herausziehen, wegwerfen und mit der anderen Hand ihr Kinn packen und es zu sich, zu seinem Mund ziehen. Ihre Lippen öffneten sich leicht durch seinen Griff zwischen die Kieferknochen, und er steckte wieder seine Zunge in ihren Mund und behauptete, ihr Rachenzäpfchen schmecke jetzt nach HB und Malzbonbons. Und in der Tat mußte sie nicht würgen, da sie in seinem Griff alle Sinne abgestellt hatte, sie kannte wohl einen verborgenen Schalter in ihrem Innern. So schaute er in die Runde, das Mädchen noch immer mit Daumen und Zeige- und Mittelfinger zwischen den Kiefern haltend. Er schaute, ob er noch weitermachen müßte.

Sie schwiegen, nur Raabe würgte es leise anstatt des Mädchens, und er tarnte sein Würgen als ein gluckerndes Lachen, von dem Fieber nicht wußte, wie er es zu deuten hatte. Lachte er über das dumme Mädchen oder über seinen Witz. So wurde sein Blick unsicher, und sein kurzer Triumph geriet ihm ins Wanken. Wie hatten sich die Blicke der anderen verändert, als Raabe lachte? Waren sie nun statt auf ihn auf Raabe gerichtet, oder schauten sie ins Leere, waren sie angeekelt oder erschreckt? Waren sie auf seinen Nacken geheftet, der ein Schweinenacken war, geworden war und von diesem Augenblick an immer ein Schweinenacken bleiben würde?

Er wollte die Augenpaare zählen und konnte nur noch die Augen zählen, es wurden zu viele, und ihre Blicke konnte er nicht mehr deuten. So mußte er weiter, um sich von ihnen zu entfernen und sie, klein geworden, von weitem zählen zu können. Bis aus den Paaren ein Auge wurde, ein trübes Auge, ein Tierauge, und nun hätte er sie alle schlagen können, denn sie waren weit von ihm, Tierchen, Tiere in großer Entfernung, der Keller war eine Höhle, feucht und überheizt, von Rauchschwaden durchzogen und Ausdünstungen der sich in Aufruhr befindlichen Körper, die sich in der Enge aneinander reiben mußten und ihre Wärme tauschten oder sich ihre Wärme nahmen oder übermäßig viel Wärme gaben. All die Wärme dieser Körper, die für ihn zu Tierkörpern geworden waren, zählte er zusammen, bis sich eine große Hitze in seinem Innern ergab. Noch immer hatte er in seinem fester werdenden Griff ihre Kiefer, weiter öffnete sie den Mund, und sie fühlte Schmerz, den sie nicht beherrschen konnte wie den Ekel. Sie stöhnte leise, aber für alle hörbar, und Fieber, der nicht mehr wußte, wie fest er zupackte, verstand nicht, warum sie stöhnte, die sonst nur still war, in seiner Erhitzung hätte er nichts mehr verstanden, weder etwas in sich selbst noch von den anderen. Er fühlte sein Ausgeliefertsein, die Entzündung seiner Sinne als lustvollen Schmerz, den er mit niemandem teilen konnte. In diesem Moment wußte er nicht mehr, daß Schmerz eine Empfindung war, die alle treffen konnte, allein er, so glaubte er, sei in der Lage, Schmerz zu empfinden; alles andere sei Lüge, das Schmerzgeschrei leeres Geschrei, Tiergeschrei.

So blieb ihm nichts, als mit der Linken in ihre Hose fahren zu wollen, die zu eng war, eine enge Blue Jeans, nach ihrem Höschen zu tasten, mit seiner feuchten Hand wieder zurückzufahren zu den Knöpfen der Hose, sie zu öffnen und den dazugehörigen Reißverschluß zu öffnen mit seiner Hand, den dicken, noch feuchter gewordenen Fingern wiederum in ihr Höschen zu fahren, ihr Schamhaar zu fühlen, hinunter zu greifen nach der Öffnung, die sich unter seinem Griff verschlossen hatte, und er wußte und erwartete, daß diese Öffnung hätte feucht werden sollen und ein Sekret absondern, das das Eindringen erleichtern sollte, doch kein Sekret wollte sich absondern. Und wenn er auch alles andere in verschwommener Ferne wahrnahm, so nahm er diese Tatsache in aller Klarheit und in tatkräftiger Klugheit wahr, denn er wußte nun, daß er sein Glied nicht in sie hineindrängen konnte, da sich ihr Inneres zu sehr verschloß. Er wußte, daß er diese Demonstration seiner Stärke anders vorführen mußte. Er öffnete seine eigene Hose und holte das Glied hervor, denn er hatte das Gefühl, es müßte hervorgeholt und der Welt gezeigt werden. Er nahm ihre Hand und führte sie zu seinem Glied und führte sie, so daß sich sein Samen nach kurzer Zeit über ihre Schenkel ergoß. Und so, sagte er, so mache ich es mit jeder von euch: wer will, soll sich melden.

Er sah sich, unglaublich erstarkt und ohne den kleinsten Zweifel an der Klarheit seines Blicks und seines Verlangens, im Keller um, alle schwiegen, als ahnten sie, daß jedes Wort oder nur jedes Geräusch einen neuen Beweis seiner Stärke einfordern würde. Er betrachtete sein halberschlafftes Glied, als Raabe sagte, hör auf.

Glaubst du, antwortete Fieber. Weißt du, wer jetzt dran ist?

Die große Sau vom Nachbarn.

Fieber deutete auf Andre. Raabe stand auf, setzte sich wieder.

Fieber beugte sich vor, um nach Andre zu greifen. Raabe riß ihm seinen vor der Brust baumelnden Medizinbeutel weg und sagte, hör auf, sonst werf ich das in den Teich.

Fieber griff nach Raabe, Raabe sprang auf und lief hinaus.

Fieber ihm nach, die anderen hinterher, bis sie einen Kreis um den vor kurzer Zeit gefrorenen Weiher bildeten.

Raabe hatte den Beutel in der Hand, Fieber starrte ihn an, drehte sich nach Andre um. Raabe warf den Beutel auf das Eis, in die Mitte des Weihers.

Fiebers Wut sackte in sich zusammen, all die Kraft, die er zeigen wollte, hatte er verbraucht. Er sorgte sich nur noch um seinen Beutel. Raabe sah, daß Fieber fast weinte, und betrat das Eis.

Der Tod eine Maschine

Nun knirscht es, nun gibt es Risse, die wie ein Spinnennetz von mir ausgehen, nun dringt etwas Wasser durch die Risse, nun sind meine Schuhe durchnäßt, endlich sinke ich gänzlich ein und spüre erschreckt, wie kalt es ist. Nun dringt das kalte Wasser in die Nase, das Licht bricht sich auf schöne Weise in dem Eis über mir. Ich habe keine Hilfe zu erwarten, sie wollen zusehen, wie ich ertrinke, und ich bin selbst schuld, eine endgültige Probe habe ich nicht bestanden. Kann ich das Eis durchstoßen? Wie tief ist der Teich, ich hatte ihn nicht so tief gedacht. Werde ich Fischen in die Augen schauen? Werde ich ohnmächtig? Ich stoße gegen das Eis, es ist so dünn, daß ich eingebrochen bin, aber es ist zu dick, als daß ich es nochmals durchbrechen könnte. Das ist der Tod, das ist also der Tod. Wie ich klar denke. Ich bin tot, wenn das Wasser in die Lunge dringt, ich schließe also den Mund, schreien wäre unsinnig, nicht umsonst sind die Fische stumm. Ich zögere den Tod noch etwas hinaus. Der Tod ist eine Maschine aus Eis und Fisch. Er nähert sich und tönt und tuckert wie ein Dieselmotor. Wie arbeitet der Tod? Nimmt er die Gestalt eines dicken Mannes an, den keiner kennt? Keinesfalls ist er das entfleischte Gerippe. Nein, der Tod ist eine Maschine aus Eis und Fisch, das Werk wird mit Algen gekrönt. Sanft dringt er in mich ein und beginnt in meinem Innern zu wirken.

So also ist es, wenn man stirbt, dachte Raabe, als er unter die Eisplatten geriet. Er war verwundert, wie klar sein Verstand funktionierte, wie er abwog, ob er das dünne Eis durchstoßen konnte, daß es ihm nicht gelingen würde, weil er keinen Grund fand. Wird Fieber seine Zunge in ihren Mund stecken dürfen? Wird sie mit ihrer Zunge die seine liebkosen, wird sie es zulassen, daß er seinen Schwanz aus der Hose zieht, ihn reibt, bis er trotz der Kälte steif wird, daß der steife Schwanz in ihrer Hand liegt und sehr warm sein wird und im Rhythmus seines Herzschlages sanft pulsiert? Wird sie ihn streicheln, bis das weiße milchige Zeug an ihren Fingern klebt und riecht? Wie hat mich mein Vater gezeugt, hat meine Mutter dabei Lust empfunden? Bekommt man beim Sterben einen steifen Schwanz?

Sein bevorstehender Tod schien ihm, eine letzte Eitelkeit, aufregend und schön. Sein Vater war auf eine so unaufwendige Art aus dem Leben getreten, daß Raabe nie recht daran glauben konnte, es sei eine nahestehende Person verstorben; das Abhandenkommen des Vaters hatte nie Tränen auslösen können. Bald hatte er das Gefühl, sein Vater lebe noch und habe die Mutter und ihn einfach im Stich gelassen. Er war verletzt darüber, und seine Verletztheit nahm ihm jede Sehnsucht, seinen Vater – sollte er noch leben – je wiedersehen zu wollen.

Seine Mutter war nach dem Tod, nach dem Verschwinden des Vaters auf einer Reise, nicht mehr in der Lage, ihren Sohn bei sich zu behalten. Früher hatte sie gerne getrunken, jetzt trank sie regelmäßiger und mehr, dazu nahm sie oft Medikamente. Ihr Onkel, der eine Apotheke mit angeschlossener Drogerie betrieb, versorgte sie mit entsprechenden Tabletten, als die Ärzte nicht mehr bereit waren, sie ihr zu verschreiben.

Zunächst Schlafmittel, wenn sie nichts getrunken hatte, dann Beruhigungsmittel, dann Aufputschmittel, dann wieder Alkohol. Raabe liebte seine Mutter mehr, wenn sie getrunken hatte. Sie lachte sonst nicht so oft. Wie drollig fanden es Besucher, wenn der kaum Fünfjährige seiner Mutter Wein holen wollte, um sie nach allen Regeln der Kunst betrunken zu machen.

Schon sehr früh verstand Raabe sehr vieles. So konnte ihm seine Mutter erklären, daß der Aufenthalt im Internat die beste Möglichkeit für ihn wäre, seine Jugend hinter sich zu bringen, um dann von niemand mehr abhängig sein zu müssen. Dies war es, was sie ihm immer wieder einschärfte: Von niemandem abhängig sein.

Der Apotheker hatte ihr das Internat auf dem Lande

empfohlen, nicht weit von der Kleinstadt entfernt, wo er sein Geschäft betrieb. So würde er auch ein Auge auf den Jungen haben können.

Verwundert sah der Taubmann, der die Trümmer des eingestürzten Schopfs wegschaffte, die Kinder, wie sie noch unbeweglich um den Weiher herumstanden. Sie starrten auf das Loch, aus dem kleiner werdende Blasen stiegen. Er versuchte den immer klemmenden zweiten Gang hinauszuhauen, um den Bulldog zum Stehen zu bringen, vergeblich. Der Motor ließ sich nicht abwürgen und nicht ausschalten, so sprang er von dem langsam dahinfahrenden Gefährt, griff sich eine Planke, in der eine Axt stak, riß das Brett vom Anhänger und war so schnell es seine Last erlaubte beim Weiher. Grob stieß er die Umstehenden beiseite, warf die Planke auf das Eis, packte die Axt und schob sich auf dem Bauch liegend zur Mitte des Weihers vor.

Noch hatte Raabe seine Augen geöffnet und sah nach oben. Jetzt ist es soweit, dachte er, als etwas Dunkles sich über ihn schob, er hörte Geräusche, dann konnte er sich nur noch an einen kurzen Schmerz erinnern, als er an den Haaren gepackt wurde.

Mit wenigen Schlägen der schweren Axt hatte der Taubmann ein großes Loch in die Eisdecke geschlagen, griff hinein und bekam Raabe an den Haaren zu fassen, woran er mit aller Gewalt, die die Not gebot, riß und das triefende Opfer an die Oberfläche beförderte. Eine gute Handvoll Haare flog herrenlos auf das Eis, als der Taubmann den Raaben mit einem Schlag seiner Pranke ins Leben zurückholte.

Oben erbrach er einige Liter Wasser und kam hustend in den Armen des Taubmannes zu Bewußtsein, der seinen Brustkorb umklammerte und ihn immer wieder zusammenpreßte, um das letzte Eiswasser aus ihm herauszupumpen.

Der Traktor hatte schon drei Apfelbäumchen im Garten des Internats entwurzelt und bewegte sich auf das Motorrad des Hausmeisters zu, das dieser mit besonderem Stolz pflegte; es war eine alte BMW, und als der Traktor die Maschine überrollt hatte, wurden nur der Tank und die Federbeine des solid gebauten Fahrwerks beschädigt und der Spiegel, ein neues Teil, abgebrochen. Die Kardanwelle und das Getriebe hatten nicht einmal einen Kratzer. *Deutsche Wertarbeit* schrieb der Taubmann in sein Büchlein, nachdem er sein Fuhrwerk zum Stehen gebracht hatte.

Leise Unruhe

Das Unglück hatte den Schlag mit dem zerschmetterten Cadillac noch nicht verwunden und sah neidisch auf den Käfer des Apothekers, der vorbeifuhr, um vor dem Hof anzuhalten. Der Taubmann, der dort fegte, öffnete dem Apotheker galant die Wagentür. Die beiden verschwanden im Haus. Kurz nachdem Raabe ins Eis gebrochen war, erschien in einer medizinischen Zeitschrift ein Artikel über eine aufsehenerregende Operation, nach der ein Tauber mit Hilfe zweier Hörgeräte hatte geheilt werden können. Der Apotheker hatte sich den Artikel ausgeschnitten, um ihn der Familie des Tauben zu bringen und auf die Möglichkeit einer solchen Operation hinzuweisen.

Dir wird es gehen wie der Kuh, schrieb die Bäuerin ins Heft des Taubmanns, alle lachten, und niemand außer dem Apotheker nahm den Vorschlag ernst, doch kam für einige Tage eine leise Unruhe ins Leben des Taubmanns. Der Apotheker, der die Abneigung gegen die ärztliche Kunst auf dem Land gut kannte, mußte auch lachen und verabschiedete sich mit den Worten: Ihr werdet von mir hören.

Das Abgehackte wächst an anderer Stelle

An manchen Tagen, wenn der schwere Himmel die Gerüche niederdrückte, wenn es aus den Silos und Ställen, den brackigen Tümpeln und schlammigen Weihern kroch und sich erhob, die Verwesung, die Treib- und Faulgase, der leise Furz des Werdens und Vergehens, dann wußte der Taubmann nicht, wohin er sich wenden sollte, wohin er seine empfindliche Nase richten könnte. Ging er in den Keller, um sich zu schützen, so glaubte er, er röche den Hauch der Erde, das unanständige Keimen der Kartoffeln, den Fabrikgeruch zweier Zentner Eierkohlen, die dort lagerten, falls irgendwann einmal das Holz ausgehen sollte.

Es ätzten seinen Geruchssinn das aufsteigende Gas der Gärung aus dem Mostfaß, die Ausdünstungen des Viehs in den Ställen wie der Schleim der kinderarmgroßen, gänzlich teerschwarzen Kellerschnecken und der Dieseltreibstoff, der in die Erde gesickert war. Er roch das alles auf eine so überwältigende Weise, daß er sich angegriffen fühlte, bedroht, auch diesen Sinn noch zu verlieren.

Ging er dann ins Freie, aufs Feld, so waren es Schwaden eines kalkig beißenden Düngemittels, der Mumiengeruch von Ammonium, die ihn wieder vertrieben, weit in den Wald jagten, um das Harz in seine Nase steigen zu lassen. Doch dann schien es ihm, er röche nicht nur das wohltuende Harz, sondern auch das Pech, den Teer, das Terpentin, all die geheimnisvollen Essenzen, die sich im Harz versteckt hielten. Oft litt er unter diesem wunderbaren Geruchssinn, der ihm wie ein fehlendes Glied an anderer Stelle nachgewachsen war. Nämlich er fürchtete, es könne sich vor ihm nichts mehr verstecken, so wie er sich selbst gerne versteckte und das als Wohltat sich selbst gegenüber und als Akt der Höflichkeit den anderen gegenüber empfand. Er fürchtete, er röche und sähe alles in seiner versteckten Gestalt und nie könne er die Dinge so sehen, wie sie sich zeigen wollten, sondern nur so, und dies gezwungenermaßen so, wie sie wirklich waren. Verstecken, so dachte er, kann man sich hinter vielem, jedoch nicht hinter seinem Geruch. All diese Mittelchen, Wässerchen, Essenzen, stark riechenden Seifen, Parfums und Deodorants können zwar einen wahren Geruch übertünchen, doch vermengt und verfälscht mit all diesen fremden Gerüchen würden die wahren Gerüche um so deutlicher, so deutlich, wie man sie nicht gerne riecht. Das Stinkende stinkt ärger und das Wohlriechende beginnt zu stinken.

Seine Art und Weise, Dinge wahrzunehmen, unterschied sich so stark von der anderer Menschen in seiner Umgebung, daß das altmodische Wort betrachten sie einigermaßen beschreibt; ebenso wie die Wörter verharren, schauen, Antlitz und einer Sache ansichtig werden und sogar einen Blick erheischen.

Alle zwei Wochen fuhr seine Schwägerin in die Stadt, alle zwölf Wochen begleitete er sie. Wie groß war seine Begeisterung, als er zum erstenmal am Geschäft des Italieners vorbeiging, das vor kurzem eröffnet hatte. Der Italiener führte sein Geschäft nach Feierabend, tagsüber arbeitete er in der Kunststoffabrik. Den Rest des Tages war seine Frau im fast leeren Geschäft, denn die Kunden kamen ebenfalls erst nach Feierabend. Natürlich betraten die Schwägerin und der Taubmann nie das Geschäft, aber allein das Vorbeigehen, die siebzehn Schritte, waren für Taubmann wie eine Reise. Er fühlte sich, als gelte es einen halben Kontinent zu entdecken: Dort gab es Knoblauch zu riechen, den er noch nie gegessen hatte, doch auf der Stelle lief das Wasser in seinem Mund kräftig zusammen. Die Neugierde zu erfahren, wie das Landtier, das Kraut, das Gewürz, das Getränk, der Fisch oder was auch immer so entzückend roch, denn wohl aussah, welche Farbe es hatte, welche Gestalt; ob es hart anzufassen sei oder flaumig und weich. So sehr versetzte ihn dieser Geruch in Aufregung, daß seine sonst so ausgeprägte Logik ihn im Stich ließ: Erst nach dem zehnten oder zwölften Besuch beim Italiener wurde ihm klar, daß der Geruch des

Knoblauches dem der Zwiebel, des Lauches und vor allen Dingen dem des Schnitt- und des Bärlauches verwandt sein mußte.

So sehr, dachte er sich, kann sich dein Kopf verwirren, wenn dir ein Sinn fehlt. Das Fehlen eines Sinns verwirrt das Hirn.

Und wie groß wurde nun erst seine Begierde, den Geruch, den er in Familien eingeordnet und in nähere oder fernere Verwandtschaftsgrade klassifiziert hatte, auf der Stelle käuflich zu erwerben. Er hatte den Knoblauch als ein solches Geschenk empfunden, daß er dafür zu bezahlen ein inniges Bedürfnis verspürte. Er sparte von seinem wenigen Geld einen Anteil für den Knoblauch an, und nach zweihundertvierundsechzig Wochen erwarb er seinen ersten Knollen Knoblauch, nachdem er ihn schon so oft in seiner Vorstellung gegessen hatte, ohne aber zu wissen, ob er nun ganz in seinen Mund passen oder ob er fürs erste davon abbeißen müsse.

Die verlorene Melodie

Der schlimmer werdende Schmerz nötigte dem Bruder des Taubmanns eine solche Angst ab, die wachsende Angst eine solche Unruhe, daß er nicht mehr stillsitzen konnte. Er lief umher und suchte allerlei Dinge, die er vor Jahren besessen und benutzt, dann aber achtlos weggestellt hatte.

Mit einer besonderen Hartnäckigkeit, die fast an Wut grenzte, suchte er nun sein Hohner-Akkordeon, auf dem er schon seit Jahren nicht mehr gespielt hatte, das er damals, er erinnerte sich genau daran, in die hinterste Ecke einer Rumpelkammer geworfen hatte. Und da fand er auch das Notenheft, aus dem er ein Musikstück hatte spielen wollen, dem er einfach nicht gewachsen war. Gelang es ihm mit der Rechten die Melodie zu spielen, so tat die Linke bei den Bässen, was sie wollte. Sah er aber auf die Linke, so geriet die Rechte ganz außer sich, und von der Melodie war nichts mehr zu erkennen, sie quälte die schrägsten Töne aus dem Instrument. Und sofort entflammte auch wieder die Wut über die Erinnerung an sein damaliges Versagen und mischte sich mit dem Ärger, das Instrument nicht zu finden.

Wie ihn oft die Wut über einen unschuldigen Gegenstand, eine willenlose Maschine wie den guten alten Bulldog gepackt hatte, so hatte er damals dem schönen, aus Perlmutt, Ziegenleder und Elfenbein gebauten Instrument die Schuld an seinem Versagen gegeben.

Heute aber holte er es von seinem Fieber getrieben hervor, er suchte, wühlte und grub in dem Gerümpel und fand es endlich in seinem schwarzen Koffer, den er ungeduldig öffnete und schließlich fast erbrach, da sich durch den rüden Wurf in die Ecke ein Verschluß verklemmt hatte.

In der dunklen Kammer sitzend begann er zu spielen, ohne Notenheft, ein abgehackter und bohrender Rhythmus, der für jeden Zuhörer schmerzhaft gewesen wäre, und seine Frau schloß erschrocken die Tür der Schlafkammer, diese Musik schien ihr nicht geheuer, entfernt und unverständlich. Ihm verschafften die Töne eine nicht gekannte Erleichterung. Der Schmerz wurde bedeutungslos, eine sonst immerwährende Verkrampfung schien sich aufzulösen. Was er spielte, hatte nichts mit dem zu tun, was er damals versucht hatte und was ihm nicht gelungen war, er spielte etwas vollkommen Neues und Eigenes, doch wenn er es hätte wiederholen sollen, so wäre es ihm nie und nimmer gelungen. Das wußte er, deshalb wollte er, solange er spielte und so sehr ihn die Erschöpfung übermannte, nicht aufhören. Er spielte die halbe Nacht, und ängstlich erwartete ihn seine Frau, doch er kam nicht, er schlief im Spielen ein, über das Instrument gebeugt, und zum erstenmal seit langer Zeit handelten seine Träume nicht von etwas Schmerzhaftem, nicht von zerriebenem Glas oder Eisenspänen, Mühlsteinen oder von Nadeln, die wie ein Regen vom Himmel fielen. Als er in den frühen Morgenstunden von seinem neuerlichen Schmerz geweckt wurde, versuchte er, die Melodie der Nacht zu spielen, doch er fand sie nicht mehr.

Er beschloß, das Instrument seinem Bruder zu schenken und noch am gleichen Tag zum Arzt zu gehen.

Basilikum

An einem der ersten und wenigen wirklich heißen Sommertage in dieser kargen, kalten Gegend hatte der Italiener einen Strauß Basilikum ins Freie gestellt. Darauf schien die Sonne heute um so freigiebiger, der Geruch reicherte sich an, wurde schwer, sank erst nieder, wurde von leisen Böen erfaßt und nach oben getragen, stieg auf und schwebte über der Straße. Er übertönte den Knoblauch, überragte die Autogerüche, das Öl aus dem Faß mit schwarzen Oliven, den vorauseilenden Geruch der Dieselschwaden aus dem herantuckernden Traktor. Der Taubmann hat den Traktor schon längst nahen gefühlt, in seinem Bauch spürte er den Rhythmus der auf- und abfahrenden Kolben, ja er wußte sogar schon, wer sich da näherte. Es war ein Traktor der Marke FENDT FARMER, und nur ein einziger Bauer in dieser Gegend besaß ein solches Modell mit einer hydraulischen Schaufel. Die Freude über diese Schaufel währte dem armen Mann nicht lange, das Heben und Senken der Schaufel nach Belieben ersetzte ihm eine entsprechende Bewegung seines Gliedes, er war an Prostatakrebs erkrankt und sollte sich im Moment einer vermutlich fruchtlosen Operation unterziehen. Dank des Auftauchens dieses Bedauernswerten, so schoß es dem Taubmann ins Hirn, würde er auch noch einen neuen Duft ergattern, erwerben und in materialisierter Form verspeisen können, nämlich den des Basilikums.

Seine Schwägerin und er konnten sich auf problemlose Weise miteinander verständigen, ein Gemisch aus Gesten, Zeichen, Geräuschen und Berührungen ließ das so schnell geschehen, wie andere sich unterhielten. Gerne spielte er Spiele, wo er die Überlegenheit des Krüppels beweisen konnte. Nun wußte er schon drei Minuten früher als die Schwägerin, wer da gleich kommen würde, und obendrein einer, der im Augenblick unter den Messern der Operateure liegen sollte. Da kommt dein Mann, gab er seiner Schwägerin zu verstehen.

Ah wa, antwortete sie überheblich, der ist im Krankenhaus. Nein, jetzt kommt er. Und er bot ihr eine Wette an: sie spuckten in die Hände und schlugen ein. Es ging um einen Festmeter Holz, eine gewaltige Menge, ein Haufen Holz. Der Taubmann wettete gegen den Geruch. Was riecht da so, wollte er wissen, die Schwägerin wußte es nicht.

So betraten die beiden zum zweiten Mal in ihrem Leben den Laden des Italieners, der die beiden Exoten erfreut begrüßte. Gleich zupfte er einen Knollen Knoblauch aus dem Zopf neben der Ladentheke, doch der Taubmann schüttelte den Kopf, packte den Italiener am Handgelenk und zog ihn nach draußen. Zwar standen auch im Laden zwei Sträuße Basilikum, doch die Sonne hatte sie nicht bearbeitet, und so war ihr Duft nicht so überwältigend. Deutlich näher gekommen war inzwischen der Ehemann auf seinem FENDT, und seine Augen leuchteten, denn er war davon überzeugt, daß die Vibration seiner Maschine den Krebs vertreiben würde, nachhaltig und ohne die Messer der Ärzte, ohne schlimme Wunde.

Dieses Jahr geh ich noch nicht, ich halt mich warm, dann wird's besser, rief er, und seine Augen leuchteten, und die Wangen glühten vor Vergnügen an dem neuen Traktor.

Mach, was du willst, Esel, sagte die Bäuerin.

Der Taubmann näherte seine Nase dem Strauß, eine Wolke Dieselgestank stülpte sich über die Tomaten, den Fenchel, die gurkenähnlichen Gewächse, die man hier nicht kannte, und die breitblättrige italienische Petersilie. Entsetzt schnupperte der Italiener, der Taubmann hielt ihm den Strauß Basilikum unter die Nase und sagte in seiner seltsam akzentuierten, abgehackten Weise – eines seiner Lieblingswörter, das er nur selten als angemessen empfand – EXZELLENT.

Gewettet ist gewettet, sagte die Schwägerin und zahlte das Kraut. Dies war der letzte Tag, an dem sie ihren Mann sehen sollte.

Drei Maulwürfe

Nach der Rückkehr auf den Hof stellte der Taubmann sein Pflänzlein in seine Kammer, schenkte ihm noch einen zärtlichen Blick und schloß ab, damit nichts von dem wertvollen Duft entweichen konnte. Er ging in den Stall, mistete aus, ging zum Holzschuppen, hackte Holz. Er sah auf dem Feld nach dem rechten, überprüfte die Maulwurfsfallen und befreite drei Maulwürfe, alle mit angebrochenem Genick, nur einer war gänzlich gestorben, die anderen beiden lebten noch, atmeten beide keuchend und laut, fast wie ein größeres Tier oder gar ein Mensch. Man sah, wie die kleinen

Herzen unter dem schönen schwarzseidenen Pelz rasten, der eine bewegte nur noch den gedrungenen Kopf mit der spitzen Schnauze, der andere konnte die Schaufeln der Vorderbeinchen noch schwach bewegen, weiter unten war er gelähmt, das Rückgrat abgeschlagen. Wie sollte er die beiden töten, einen Spaten hatte er nicht zur Hand, einen Stein wollte er nicht nehmen, womöglich würde er nicht treffen, und die Tiere müßten durch sein Unvermögen noch mehr leiden. Womöglich war es auch der Geruch, der ihn auf die beiden Gestalten brachte, die auf einer Bank am Waldrand saßen und rauchten. Auf Raabes Haupt glänzte eine geldstückgroße Tonsur, die der rettende Griff des Taubmanns kahlgerissen hatte. In seiner Not und weil ihn die Neugierde trieb, ging er, die beiden Tiere noch in den Fallen tragend, zu Fieber und Raabe hinunter, die dort saßen, große Zigaretten drehten und rauchten. Verwundert sah er, wie sie schnell ihre Zigaretten in ihren zu kleinen hohlen Händen verschwinden lassen wollten, wie Raabe den erschrokkenen Fieber mit dem Ellbogen puffte und sich an der Glut die Handinnenfläche sengte. Dem Taubmann kam ein Duft in die Nase, der zugleich schwer war und leicht, das Schwere daran war besitzergreifend und verführerisch, das Leichte war wie ein Spiel und eine Laune.

Als Fiebers Blick auf die sterbenden röchelnden Tiere fiel, begann er, schneller zu atmen. Das schwer zu ertragende war die Lautstärke des Röchelns der Maulwürfe, Fieber atmete lauter, seine Stirn, seine Hände wurden feucht, im Bauch spürte er ein ziehendes Gefühl, etwas zwischen schön und grausam. Wenn er die Maulwürfe töten würde, so sagte er, wäre das doch etwas Gutes. Wenn sich ein Pferd ein Bein bricht, erschießt es der Reiter mit traurigem Blick, er ist und bleibt ein Held. Das Töten, so sagte er, ist doch nichts Schlechtes, wenn es sein muß.

Mach doch, sagte Raabe, der Fiebers Aufregung spürte.

In Fieber wirbelten die Wünsche und Gedanken und kreisten, entfernten und trafen sich und wurden endlich zu einer kleinen Mordlust. Er stand auf, faßte den ersten Maulwurf und schleuderte ihn so lange auf den steinigen Grund, bis er ganz offensichtlich tot war. Es dauerte lange.

Fiebers Hände waren etwas beschmutzt, und schon setzte der erste Ekel ein. Den zweiten Maulwurf tötete er, indem er mit seinem Stiefel auf den gedrungenen Kopf trat, immer wieder, und der schwere Junge entwickelte eine überraschende Eleganz, ein bärenhafter Tänzer.

Als er getötet hatte und den Widerwillen in den Augen der beiden anderen sah, brach etwas in ihm zusammen. Sein Magen zog sich zusammen, zusammen lief in seinem Mund der Speichel, der vor dem Erbrechen fließt, seine Stirne juckte und der Bauch, die Innenseite der Schenkel wie der Rücken, alles an ihm juckte und wurde in wenigen Minuten von roten, zu Pusteln schwellenden Flecken des Abscheus. Elender, das wußte er, könnte es ihm nicht mehr werden. Er würde nie wieder etwas töten, sagte er.

So saßen sie schweigend und rauchten, Fieber kratzte sich und kämpfte gegen das Erbrechen an. Raabe gab die große Zigarette dem Taubmann, der vorsichtig inhalierte, denn die Marke kannte er nicht. Es schien ihm zu schmekken, er zog anerkennend die Augenbrauen hoch und sog den Rauch so tief es ging in seinen Körper. Er fühlte vom heftigen Einatmen einen kleinen Schwindel, ansonsten war alles recht angenehm. Und als Fieber es nicht mehr aushielt, aufstand und weglief, anhielt, um sich an einer Fichte zu erbrechen, schließlich nach Hause lief, da war ihnen beiden sehr wohl. Fieber hatte seinen Medizinbeutel liegenlassen, Raabe öffnete ihn und zeigte Taubmann das getrocknete Kraut, das sie da geraucht hatten. So mußte das Basilikum auch aussehen, wenn man es trocknen würde, dachte sich der Taubmann. Fieber bekam das Kraut von seinem älteren Bruder, dem er so gerne ähnlich sein wollte.

In seiner Kammer pflückte der Taubmann einige Blättchen von seinem Basilikum, erhitzte sie kurz über dem Feuerzeug, zerbröselte sie und rauchte sie. Es schmeckte ihm so gut, daß er zu seiner Schwägerin ging, die noch wach war, und sie ebenfalls ziehen ließ. Wie Gras, sagte sie.

Sie war besorgt, denn der Mann war mit dem Fendt davongefahren, er war nicht zum Arzt gegangen, er trug nicht den neuen Anzug, nicht einmal die Jacke, und er kam auch nicht mehr nach Hause. Einigemale bekam seine Frau Anrufe von Verwandten und Bekannten, die berichteten, ihr Mann sei bei ihnen auf einem hochmodernen Traktor vorgefahren, hätte für einige Zeit Quartier bei ihnen bezogen, um dann wieder zu verschwinden. Geredet habe er kaum, nur habe er eindringlich darum gebeten, ihr nichts von seinem Auftauchen zu berichten. Da er offensichtlich nicht bei guter Gesundheit gewesen sei, hätten sie aus Sorge seiner Bitte nicht entsprochen.

Jedesmal, wenn sie einen solchen Anruf erhielt, ging sie

in die Schlafkammer und betrachtete dort das Akkordeon neben der Bettstatt, auf dem ein in seiner unsicheren, selten geübten Schrift gefüllter Zettel lag. Darauf stand: FÜR MEINEN BRUDER.

Unruhe

Es war ein windstiller, ganz leicht nach Nieselregen, feuchtem Teer und Urin duftender Tag, da kam eine große Unruhe in das Leben des Taubmannes. Seit dem Besuch des Apothekers war so viel Zeit vergangen, und da man in seinem Beisein nie wieder über die Möglichkeit einer Operation gesprochen hatte, glaubte er, man habe alles vergessen und halte ihn nicht für wert, repariert zu werden, oder aber hätte Mitleid mit ihm, hatte er doch so große Angst bekommen, wie er sie nicht kannte. Die Unruhe kam in sein Leben als brauner Umschlag, darin ein fast zehnseitiges Schreiben, in dem die Möglichkeit einer solchen Operation erklärt wurde, das Leben in dem Heim für Hörbehinderte vor und nach dem Eingriff, die Wirkungsweise der Hörhilfen, die Betreuung im Heim, die Möglichkeiten von Fortbildung und die glücklichen Schicksale von Operierten und Fortgebildeten und die Anerkennung der Methode durch die Krankenversicherungsanstalten. Das Datum einer möglichen Operation wurde genannt, und das erschien dem Taubmann in weiter Ferne. Was aber nun als erstes von ihm gefordert wurde, war eine Fotografie neueren Datums. Zuerst lachte er nur, *soll ich zum Ohrenrichten oder zum Schönheitswettbewerb*, schrieb er, als er das las.

Beides kann dir nicht schaden, schrieb Raabe.

Dann geh ich zum Schönheitrichten und Ohrenwettbewerb, schrieb der Taubmann.

Kann dir nur nutzen, schrieb Raabe.

Wie würde nun aber der Taubmann zu der geforderten Fotografie kommen?

Früher einmal, so erzählte die Schwägerin, habe es hier einen Fotografenladen gegeben. Weil aber keiner sich fotografieren lassen wollte, gab der Fotograf bald seinen Beruf auf und arbeitete in der Kunststoffabrik. Dort holte er sich nach fünf Jahren, da man nicht über den vorgeschriebenen Atemschutz und die angemessene Entlüftung verfügte, einen Bronchial- und Lungenschaden. Die Kur auf einer Nordseeinsel schien das ganze zu verschlimmern, nach seiner Rückkehr wurde er Frührentner, und falls er noch lebe, werde er sich bestimmt freuen, den Taubmann zu fotografieren. Die Schwägerin suchte den Namen des Mannes im örtlichen Telefonbuch, fand ihn, rief die Nummer an, doch es ertönte die Ansage KEIN ANSCHLUSS UNTER DIESER NUMMER. Das Telefonbuch war schon an die zehn Jahre alt, so war es nicht weiter verwunderlich. Dann rufe ich den Apotheker an, sagte sie nach kurzem Nachdenken und hatte auch schon die Gehilfin am Apparat. Der Mann hat die Fabriklerkrankheit, ist lungen- und bronchialkrank, so braucht er Medizin, wenn er noch lebt, und die holt er beim Apotheker, erklärte sie dem verwunderten Raabe.

Ah, sagte der, sprachlos vor so viel Scharfsinn.

Und gleich wußte der Apotheker, der schnell zum Telefon gelaufen war und etwas atemlos sprach, wer gemeint war. Der Fotograf, ja, er lebe, mehr schlecht als recht, das Cortison macht die Haut brüchig und das Fleisch schwammig, aber noch lebe er. Aber es sei ratsam, das Foto bald zu machen. Und er wisse auch, wo er wohne und bringe ihm die benötigten Medikamente oft selbst ins Haus, das der Fotograf aus Angst vor den giftigen Dämpfen der Kunststoffabrik ungern verließ. Er nannte ihnen die Adresse und versprach, noch an diesem Abend bei dem Kranken um den Gefallen zu bitten, den Taubmann abzulichten.

Die Schwägerin dankte und richtete Grüße aus von Raabe und dem Taubmann, obwohl sie natürlich um nichts dergleichen gebeten hatten.

Dann musterte sie den Taubmann von Kopf bis Fuß und sagte: Da kannst du dich bald rasieren. Da mußt du dich richten.

So angestrengt er auch nachdachte, er konnte sich nicht mehr erinnern, wann er zum letzten Mal fotografiert worden war. In seinem Ausweis mußte wohl eine Fotografie sein, doch er wußte gar nicht, wo der sich befand, und auf seiner Mopedfahrerlaubnis gab es nur eine Fotografie seines Bruders. Er mußte doch aber irgendwann in seinem Leben fotografiert worden sein, sonst wäre er gar keine Person.

Für eine Fotografie macht man sich schön. Man leiht sich einen Anzug vom Bruder. Die Frau wehrt sich und sagt dann, nach vielen Kämpfen, gut, aber für ein Brustbild langt der Kittel. Man läßt sich eine Krawatte geben. Man wäscht, kämmt und rasiert und parfümiert sich. Mit dem Ätzstift beschleunigt man die Blutgerinnung in den Schnittwunden am Kinn und auf der Oberlippe. Mit Zeitungspapierstückchen versiegelt man sie. Denn wer will schon blutend und somit geschwächt fotografiert werden?

Das Fotografiertwerden war, wie fast alles Neue, eine vielversprechende, aber auch eine ängstigende Aussicht. Beim Fotografiertwerden prallt das aus einem Blitzlicht geschleuderte Licht auf den Fotografierten, wird von ihm zurückgeschleudert, durchfährt die Glaslinsen des Fotoapparates und bannt das Abbildlicht des Fotografierten auf den Film. Aber warum bannt es das Licht, warum wird es nicht wiederum zurückgeschleudert?

Das war eine Frage, die der todkranke Fotograf hoffentlich würde beantworten können. Würde der Körper des Fotografierten das Licht nicht kräftig genug zurückschleudern, so wurde unterbelichtet, schleuderte er es zu rabiat, so wurde überbelichtet. So viel war klar: ausgeglichen mußte der Fotografierte sein. Und ausgeglichen, so hatte der Taubmann es oft schon erfahren, war man am ehesten, wenn man eine Sache viele Male ausprobiert hat, bevor man sie wahrhaftig das erste Mal tut. Das Ausprobieren durfte dabei aber nicht versehentlich wahrhaftig werden, sonst würde das wirklich erste Mal nicht mehr wahrhaftig sein, und damit müßte es mißlingen. Und er wollte weder über- noch unterbelichtet sein, nicht zu sanft und auf keinen Fall zu rabiat beim Fotografieren sein, sonst würde er am Ende den Linsen oder gar dem ganzen Fotoapparat schaden, Ersatz leisten müssen und überdies dem Todgeweihten noch einen traurigen Abgang bescheren. So mußte er also das

Fotografiertwerden üben, damit keiner Schaden nehme und das beste Abbild von ihm selbst zustande kommen könnte, denn wer würde wissen, wie sie ihn später verschneiden würden, wenn er jetzt schon ein schlechtes Abbild schickte. Ist ein Mann zu schön, dann sind die Ärzte neidisch und verschneiden ihn, ist er zu häßlich, dann sind sie achtlos und verschneiden ihn ebenfalls. Das alles mußte wohl überdacht und gut, aber nicht zu wahrhaftig geübt sein.

Fotografieren üben schrieb er für Raabe in das Compliziertenheft. Und das tat er, wenn er sich unbeobachtet glaubte, oder wenn sein Fehlen nicht auffiel. Mitten im Stall stellte er sich plötzlich aufrecht hin, machte die Ohren frei und versuchte zu lächeln, als würde er fotografiert. In seiner Kammer stellte er einen großen Spiegel neben den Lichtschalter auf die Erde, setzte sich davor und imitierte durch ein Ein- und Ausschalten der Lampe das Blitzlicht, das ihn besonders in Unruhe versetzte.

Wunder der Fotografenkunst

Da der Fotograf an seinem ehemaligen Geschäft ein Schild mit der Aufschrift Blitz-Foto angebracht hatte, nannte man ihn, der mit bürgerlichem Namen Hellinger hieß, schlicht den Blitz. Blitz-Foto bot jedoch nur den Service für besonders Eilige an, die schnellstmöglich, innert einer halben Stunde höchstens, ein Paßfoto oder ein Hochzeitsfoto oder eine Fotografie für ein Visum brauchten. In dieser Ortschaft wurden aber die Ehen von langer Hand geplant, die Paßfotos hatten Zeit, da niemand reiste, also keinen Paß brauchte und also ebensowenig eine Fotografie für ein Visum.

Blitz-Foto hatte mit seinem Geschäft wenig Glück, doch der Name blieb ihm.

Das Schild war immer noch an derselben Stelle angebracht, die Schrift war zum Teil von Plakaten mehrerer Kommunalwahlen überklebt, zum Teil verwittert und zum Teil abgebröckelt.

Sein Atelier benutzte der Herrenausstatter von nebenan als Lagerraum für Kartons voller Krawatten aus vergangenen Tagen, Anzüge mit extrabreitem Revers und Hosen mit dreispannbreitem Schlag, hocheleganten Auslaufmodellen in bügelfreien Kunststoffen, Unterwäsche aus Schurwolle und eine Garnitur Uniformjacken der Freiwilligen Feuerwehr, die er vor Jahren günstig eingekauft hatte und umarbeiten wollte – in was, wußte er bis heute nicht.

Beim Fotoblitz, der über seinem ehemaligen Atelier ein Zimmer mit Kochnische bewohnte, klingelte der Taubmann und wartete, da er wußte, daß der Mann krank war. Unter Erkrankungen der Atemwege litten hier viele ältere Leute und kleine Kinder, deshalb nannten die Nachbargemeinden die Ortschaft ein Hustenloch.

Der Blitz hatte sich sofort nach dem Klingeln auf den Weg gemacht, hielt sich krampfhaft am Geländer der steilen Stiege und keuchte schwer. Auf halbem Wege mußte er anhalten, um sein Asthmaspray zu benutzen, dann ging es wieder. Der Apotheker hatte ihn auf den Besuch des Taubmanns vorbereitet. Formvollendet, denn zur Zeit des Fotoblitz waren die Fotografen auf gute Umgangsformen sehr angewiesen, bat er ihn in das Atelier, um das Gerümpel, die Kartons herum. Er begann, den Raum um die Kamera und den Stuhl des zu Fotografierenden freizumachen. Er atmete so schwer, daß er gleich zwei Stöße aus seinem Sprayfläschchen benötigte. Der Taubmann ging ihm zur Hand, doch vorsichtig, wegen des sorgsam gescheitelten Haares und um die geprobte Miene nicht zu bewegen und keinesfalls zu schwitzen, denn Schweißperlen wollte er auf seiner Fotografie nie und nimmer sehen.

Er suchte nach einem Spiegel, um den Sitz des Krawattenknotens zu überprüfen, den er an einer Kaffeekanne geknüpft hatte, doch der Fotoblitz kam ihm zuvor und rückte zurecht, zupfte Stäublein und zwei Schuppen schnippte er vom Kragen, zückte nun wirklich blitzschnell einen sauberen Kamm – er hatte ihn schon am Vortag mit Franzbranntwein abgerieben – und scheitelte nach. Sanft, doch so bestimmt, wie es in diesen Tagen kaum mehr ein Fotograf vermag, drückte er ihn in den Stuhl, rückte den Kopf zurecht und bog das Rückgrat in würdevolle Haltung. Das Kinn wurde ein wenig höher gereckt, die Wangen etwas geknetet und gezwickt, um frische Tönung zu erzeugen, darauf schwor der Fotoblitz, trotz schwarzweiß und trotz der roten Wind- und Wetterwangen des Taubmanns, die durch einfaches Kneten kaum röter werden konnten. Hinter dem Karton mit den Trevirakrawatten fand er die Steckdose für die Scheinwerfer, die Prozedur des Staubabklaubens und Fusselentfernens mußte wiederholt werden, nachdem der Fotoblitz die Staubschicht von den Lampengehäusen und den Linsen entfernt hatte. Und als der die Scheinwerfer in Betrieb setzen wollte, entflammten sie nicht alle drei, sondern nur einer ergoß ein schwaches Rinnsal von Licht auf den noch immer in allerbester Position verharrenden Taubmann, der krampfhaft überlegte, ob man fürs Fotografiertwerden wohl auch den Atem anhalten müsse. Da nun die Lampen nicht ausreichend Licht gaben, mußte der Fotoblitz unter viermaliger Verwendung seines Asthmasprays erneut die Stiege hinauf, um den Metz-Blitz aus seinem Kleiderschrank zu holen, abermals die Stiege hinunter. Währenddessen entschied sich der Taubmann dafür, daß es zum Fotografiertwerden nicht unbedingt vonnöten sei, den Atem anzuhalten. Durch seine angestrengte aufrechte würdevolle Haltung war er recht bald erschöpft, die Muskeln begannen sich zu verkrampfen, und schließlich, der Fotoblitz befand sich wohl eben auf der Mitte der Stiege, traten die gefürchteten Schweißperlen auf seine Stirn.

Nun war der Grad der Erschöpfung des Fotoblitz an einem solchen Höhepunkt angelangt, daß er bereit war, alles dafür aufzugeben, sogar den Ethos seines nicht mehr ausgeübten Berufes, um diese Prozedur schnellstmöglich zu beenden. Er montierte den Metz-Blitz auf die Kamera, sah flüchtig durch den verstaubten Sucher, verließ sich auf ausreichende Tiefenschärfe und drückte ab. Lange noch verharrte der Taubmann in seiner Pose, bevor er glauben wollte, daß es dies schon gewesen sei.

Als sich der Fotoblitz drei Tage später von der Anstrengung erholt hatte und sich an das Entwickeln des Films machte, stellte er fest, daß das Foto sowohl unscharf als auch unterbelichtet und folglich nicht zu verwenden war. Er begab sich in die Tiefen seines Archivschrankes, suchte und fand das Negativ einer Fotografie, die den Bruder des Taubmanns als jungen Mann zeigte und, so befand er, eine ausreichende Ähnlichkeit mit dem Tauben aufwies. Und so staunte der Taubmann, als er das Kuvert mit seiner Fotografie öffnete, über die Kunst des Fotografen, die ihn zum einen zehn Jahre jünger erscheinen ließ und ihn außerdem zum Ebenbild seines Bruders machen konnte.

Im Rollschrank

Stunden lag er, ohne sich im geringsten zu rühren. Hatte er seine Augen geschlossen, dann sah er den Rollschrank im Büro der Internatsleiterin. Öffnete er im Dunklen seine Augen, so erschien auch dann das Bild des schwarzen Schranks auf. In diesem Möbel schienen ihm die Geheimnisse seiner Existenz, ihrer aller Geheimnisse, eingeschlossen zu sein. Dort drin befand sich die Erklärung dafür, warum Andre kein Mädchen sein wollte, warum das Opfer Opfer war, warum Fieber dicker und unförmiger wurde und dort drin würde er auch die Wahrheit über seinen Vater finden.

Er wollte warten, bis es so still war, daß er die Herzschläge des anderen hören konnte, doch er hörte nur das Rauschen seines eigenen Blutes, und der Schlag seines Herzens schien ihm so laut, daß er den anderen am Einschlafen hindern mußte. Er versuchte, so wenig wie möglich zu atmen, um seinem Herzen den Sauerstoff zu entziehen und seine Schläge schwach und langsam werden zu lassen. Und es überfiel ihn die Angst, daß er einschlafen könnte und sein Atem mit einem Mal stillstünde. Mit blauem Gesicht würden sie ihn auffinden, endgültig und wirklich gestorben, denn ein Leben hatte er ja schon verwirkt. Er bedauerte, daß er ihren Schrecken nicht mehr würde beobachten können. Und über diesen Gedanken verging die Zeit.

Leise begann Fieber, Geräusche von sich zu geben, ein Röcheln erst, dann wurde daraus ein gleichmäßiges Schnarchen. Raabe konnte sich nicht daran erinnern, daß Fieber jemals geschnarcht hätte, und dachte sich, dies sei eine Finte des heimtückischen Feindes. Dann fiel ihm ein, daß Fieber schon seit zweit Tagen über eine Erkältung klagte und daß sein Schnarchen wohl von daher rührte. Soll er doch ersticken, dachte er sich, aber auf der Stelle verbat er sich diesen Gedanken und fühlte sich ertappt und schuldig. Hatte Fieber doch recht, lauerte und wuchs in ihm etwas Bösartiges? War es nicht genauso schlimm, so etwas zu denken, wie ihn mit eigenen Händen zu erwürgen? Im Dunklen zog er seine Hände unter der Decke hervor und packte sich selbst am Hals, um zu fühlen wie es ist, wenn man würgt und erwürgt wird. Der Versuch überzeugte ihn davon, daß er einer solchen Tat wohl nicht fähig wäre, und er erschrak, als Fieber in eben diesem Moment aufhörte zu schnarchen, und sofort steckte er seine Hände wieder unter die Decke. Die plötzliche Stille machte ihn wieder mißtrauisch, er wartete, und erst als Fieber wieder leise röchelte, ließ er langsam die Decke hinuntergleiten und erhob sich, wobei er sich halb so schnell bewegte wie üblich. Aus dem Kleiderkasten, dessen Scharniere er am Morgen mit einem aufgesparten Stück Butter geschmiert hatte, nahm er einen Kleiderbügel aus Draht und verließ das Zimmer in der Überzeugung, leiser und umsichtiger hätte er sich nicht bewegen können. Auf dem Gang war das Licht eingeschaltet; das hatte er nicht bedacht. So mußte er, statt langsam den Schritt für Schritt eingeprägten Weg im Dunkeln zu gehen, so schnell wie möglich laufen, um niemandem zu begegnen. Doch auf halbem Weg bemerkte er, daß seine Eile und seine Aufregung gänzlich unnötig waren, denn warum sollte er denn nicht nachts zur Toilette gehen. Wäre er ertappt worden, so hätte er seinen Plan eben einige Tage später durchgeführt. Nur für den Kleiderbügel, den er umklammerte, hätte er schwerlich eine Erklärung finden können, und da er ja nur mit einer Unterhose bekleidet war, hätte er ihn auch schlecht verstecken können. Die Bilder und Zeichnungen, die auf dem Gang aufgehängt waren, beschäftigten sich ausnahmslos mit der Geburt des Kalbes. Die Internatsleiterin fand es wohl wichtig, daß die Kinder auf diese Weise ihrem Schrekken über den Vorgang Luft machen konnten. Raabe überfiel eine Wut auf Fieber, und bevor er überlegt hatte, riß er die beiden blutigroten Blätter Fiebers herunter, zerknüllte sie und warf sie auf den Boden. Erfüllt von stiller Genugtuung stand er nun vor der Tür des Büros, die tatsächlich verschlossen war. Er bog den Draht des Kleiderbügels zu einem Sperrhaken zurecht und versuchte, das Schloß zu öffnen. Wieder überfielen ihn Angst und Aufregung, weil es nicht aufschnappen wollte, wie er es erwartet hatte. Er holte den Bügel heraus, untersuchte das Schloß und bog den Draht erneut zurecht, bis endlich ein lautes Klacken zu hören war und die Tür sich öffnen ließ. Im Büro war es dunkel, er schloß die Tür hinter sich, vergewisserte sich, daß Vorhänge und Läden geschlossen waren, und tastete nach dem Feuerzeug, das er vor einigen Tagen auf dem Fenstersims deponiert hatte. Er wagte es nicht, das elektrische Licht anzuknipsen, eine Dummheit, wie er später feststellte, denn er verbrannte sich an dem heißen Feuerzeug sämtliche Finger der linken und der rechten Hand. Der Aktenschrank war ebenfalls verschlossen, der Draht des Kleiderbügels war zu dick für das feine Schloß. Das hatte er nicht bedacht. Doch auf dem Schreibtisch fand er eine große Büroklammer, bog einen rechten Winkel hinein und knackte in einer Geschwindigkeit, die ihn selbst erstaunte, den alten Rollschrank, der für ihn bei jedem Besuch im Büro der Inbegriff des Geheimnisvollen gewesen war. Mit einem schnarrenden Geräusch glitt die Tür nach unten. In alphabetischer Ordnung lagen vor ihm die Akten nebst einer Flasche Weinbrand und einem Päckchen Zigaretten, die korrekt unter dem Buchstaben R abgelegt waren. Immer wieder mußte er den Druckknopf des Feuerzeuges loslassen, während er die Papiere betrachtete, und er wagte noch nicht, die Akten zu lesen, als er durch einen Zufall auf ein Dossier stieß, dessen Einband den Namen Andres trug. Er zögerte eine Weile, suchte weiter, um dann doch Andres Papiere herauszuziehen. Er wunderte sich, wie dick die Akte eines so jungen Mädchens schon war, als er ein Klakken von der Tür her hörte. Er fuhr hoch und wußte, daß jemand das Schloß von außen verriegelt hatte. Er verfluchte Fieber und seine eigene Arglosigkeit. Das Schnarchen war eine bösartige Hinterlist gewesen. Doch nachdem er sein Erschrecken überwunden hatte, wurde ihm klar, daß Fieber nicht weit genug gedacht hatte. Denn wenn er die Türe von außen öffnen konnte, so könnte er es natürlich auch von innen. Er nahm seinen Kleiderbügel und führte den Haken in das Schloß ein. Sein kurzer Triumph wich einer großen Wut, als er bemerkte, daß Fieber irgendeinen Gegenstand in das Schloß gesteckt hatte, also Raabe nun tatsächlich eingesperrt war. Er reagierte schnell. Sorgfältig brachte er den Aktenschrank wieder in den ursprünglichen Zustand, legte alles, was er in dem Büro berührt hatte, an seinen Platz und bog sogar die Büroklammer mühevoll wieder gerade. Er würde behaupten, er hätte zur Toilette gehen wollen und sei, schlaftrunken wie er war, durch die falsche Türe gegangen, da hätte Fieber ihn auch schon eingesperrt. Ich werd dich in die Scheiße reiten, sagte er laut. Fieber mußte die Tür ja auch aufgebrochen haben, zuvor war sie verschlossen gewesen. Eine halbe Stunde freute er sich und überlegte, ob er nicht sofort Lärm machen sollte. Dann aber wurde er wieder unsicher. Sollten sie ihm tatsächlich glauben, war denn dann sein Verhalten nicht das einer Memme und außerordentlich unehrenhaft? Fieber würde zwar irgendwelche Unannehmlichkeiten bekommen, stünde aber vor den anderen als gewiefter Held da. Und diese Rolle hätte lieber Raabe selbst gespielt. Er nahm die Büroklammer, verbog sie von neuem, öffnete den Schrank und verbrachte den Rest des Morgens damit, die unter dem Buchstaben R abgelegte Flasche zu leeren. Zwar hatten sie des öfteren schon gemeinsam eine Flasche Apfelkorn getrunken, dann aber zu fünft oder zu sechst. Es war das erste Mal, daß er eine solche Menge Alkohol alleine trank, und dementsprechend schnell hatte er vergessen, daß er in diesen Raum eingedrungen war, um etwas über seinen Vater zu erfahren. Er empfand den Geschmack des Getränkes als bitter und widerlich, er kämpfte mit einem gewaltigen Brechreiz. Doch er erinnerte sich daran, daß es ihm beim Zigarettenrauchen ähnlich ergangen war. Nachdem er aber fünf oder sechs Pakete Zigaretten in stiller Abgeschiedenheit und gebeutelt von Ekel und Übelkeit geraucht hatte, gewöhnte sich sein Körper daran, und irgendwann, er war dreizehn Jahre alt, begann es ihm zu schmecken. Wenn er nur genug trank, hoffte er, würde er seinen Ekel überwunden haben und es würde ihm gut tun. Um den Geschmack des Getränkes zu übertönen, zündete er sich eine Zigarette an. Nach der fünften Zigarette ließ er die Asche achtlos auf den Boden fallen. Und die zwölfte Zigarette glitt ihm glimmend aus der Hand, fiel auf den Teppich und hinterließ einen eingebrannten schwarzen Streifen, seine letzte Erinnerung, bevor er in einen tiefen Schlaf oder sogar eine Ohnmacht fiel. Er schlief, hörte nicht die Geräusche auf dem Gang, als die anderen zum Frühstück gingen, hörte nicht den Choral, den sie allmorgendlich zu singen hatten, und hörte auch nicht das Geräusch des Schlüsselbundes der Internatsleiterin, die ihr Büro aufschließen wollte und bemerkte, daß eine große Schraube hineingedreht war. Ärgerlich zerrte sie daran, brach sich einen Fingernagel ab und drehte sie schließlich mit einer Nagelfeile heraus. Sie mochte wohl einen erschreckten leisen Schrei ausgestoßen haben, als sie ihn auf dem Boden liegend vorfand, vielleicht war sie sofort zum Telefon gegangen, um einen Arzt zu rufen, hatte dies aber beim Anblick der leeren Flasche doch nicht getan; all das wußte er nicht, er hatte sie nie danach gefragt und sie hatte es ihm auch nie gesagt. // Ende 2. Kassette

Das Erwachen des Diebes

Das erste, was er wahrnahm, war das Tropfen eines Wasserhahnes. Er erwachte auf einem Feldbett in der Waschküche. Dann roch er Erbrochenes und einen fernen Hauch von Sauerkraut. Er war nackt; er wußte nicht, ob er sich in seinem Leben schon einmal schlechter gefühlt hatte und erbrach sich beim Anblick einer Schüssel, die neben dem Feldbett stand und bereits wohlgefüllt war. Er war dankbar, daß der Raum kühl und klar war, alles schien langsam zu kreisen. Seine Unterhose lag nicht in dem kahlen Raum, aber an der Wäscheleine hing ein beinahe trockenes Laken. Er hüllte sich hinein, trank kaltes Wasser aus dem Hahn und machte sich auf den Weg zu seinem Zimmer. Er hatte keine Angst vor der Begegnung mit der Internatsleiterin, denn schlechter als in diesem Augenblick, so dachte er, könne es ihm nie mehr ergehen. Niemand begegnete ihm, es war Abend, die anderen saßen beim Essen. Als er die Tür seines Zimmers öffnen wollte, stellte er fest, daß sie verschlossen war. In diesem Augenblick war er sich sicher, daß er in

Tränen ausgebrochen wäre, wenn sein Körper nicht jeden Tropfen Wasser dringend gebraucht hätte. Er war gezwungen, in seinem erbärmlichen Zustand, eingehüllt in ein feuchtes Laken, zu den anderen in den Speisesaal zu gehen. Er würde nicht imstande sein, etwas zu erfinden, was seine mißliche Lage irgendwie verbessern könnte. Er würde nicht fähig sein, sich an Fieber zu rächen. Er durchquerte das Haus und öffnete die Tür zum Speisesaal. Die anderen verstummten nach und nach, drehten sich um und sahen ihn an. Nur die Internatsleiterin schien ihn nicht zu bemerken und unterhielt sich angestrengt mit einer der Schwestern. Auch an seinem Platz war wie üblich gedeckt. Er glaubte, wenn er sich hinsetzen würde, wäre alles alltäglicher und er wäre nicht mehr den Blicken der anderen ausgeliefert. Der Anblick der Speisen auf den Tellern riefen einen erneuten Brechreiz hervor, den er mühsam unterdrückte. Mein Zimmer ist abgeschlossen, sagte er.

Nach einer Weile erst sah die Internatsleiterin auf und entgegnete, daß er doch scheinbar auch durch verschlossene Türen gehen könne. Da wir nun vollzählig sind, fügte sie hinzu, möchte sie darum bitten, daß alle bei der Suche nach einer Kassette behilflich sein sollten, die auf unerklärliche Weise aus ihrem Büro verschwunden sei. Alle wußten, daß sie von einer grünen Metallkassette sprach, in der sie kleinere Summen Geld aufbewahrte. Wurde jemand von ihr geschickt, Einkäufe zu machen oder brauchte ein zusätzliches Taschengeld, schloß sie das Kästchen auf und holte die Summe heraus. Sie notierte alles auf einer Liste, die ebenfalls in dem Kästchen verwahrt wurde. Durch nichts könnte man ihr Vertrauen auf eine schlimmere Weise enttäuschen als mit dem Diebstahl dieser Kassette. Raabe starrte auf die Teller, das dampfende Sauerkraut und die gebratenen Würstchen darauf. Er starrte auf eine Wacholderbeere und wußte, daß er seinen Brechreiz nicht mehr länger würde unterdrücken können, sein Mund lief voll Speichel, den er nicht mehr hinunterschlucken konnte, er stand auf und lief aus dem Saal.

Wenn auch ein großer Teil der anderen glaubte, daß Raabe den Diebstahl begangen hatte, so wußte doch die Internatsleiterin sehr genau, daß er es nicht gewesen sein konnte, denn die Kassette war schon vor einigen Tagen verschwunden gewesen. Ihre Taktik zielte darauf hin, daß der verkaterte Raabe in seiner Verwirrung vielleicht einen Hinweis auf den wirklichen Dieb geben würde. Völlige Klarheit über den Fall entstand etwa einen Monat später, als Fieber plötzlich einen Radiorekorder besaß, den er, wie sie in dem einzigen in Frage kommenden Laden ausgekundschaftet hatte, nicht gestohlen, sondern gekauft hatte. Das Geld dafür, so verbreitete er überall, habe ihm sein älterer Bruder geschenkt.

Die Lust an dem Gedanken, ein schlechter Mensch, ein Dieb, ein Krimineller zu sein, wechselte sich ab mit Raabes Angst vor der Einsamkeit einer solchen Existenz und seinen Zweifeln an der Wahrheit von Fiebers Behauptung. Mitunter versetzte ihn der mögliche Diebstahl in eine fast fröhliche Erregung. Aus diesem und jenem Gegenstand glaubte er einen Blick auf sich und sein Verlangen gerichtet zu erkennen. Einen Blick wie eine Verlockung, ein verführerischer, lustversprechender Blick, als ob die Dinge ihm zuflüsterten. Mustere mich, schau mich begehrlich an, fasse mich ins Auge, fasse mich an, berühre mich, streichele mich, stecke mich in die Tasche, schraube mich auf oder ab, nimm mich, nimm mich mit.

Der verspeiste Vater

Lange mußte die Internatsleiterin das Telefon des Apothekers klingeln lassen, bis er schließlich antwortete. Er nahm grundsätzlich alle Telefongespräche selbst an, da er seiner Gehilfin ungerechterweise nicht vertraute. Die Heimleiterin wußte um den Zustand von Raabes Mutter, wollte sie nicht mit dieser Angelegenheit belästigen und fand es vernünftiger, gleich mit dem Großonkel Raabes, dem Apotheker, zu sprechen, dem sie schon einige Male begegnet war und den sie als ruhigen, besonnenen, vielleicht ein wenig berechnenden Mann kennengelernt hatte. Sie bat ihn zu einem Gespräch unter vier Augen ins Internat. Er versprach, schon am kommenden frühen Abend, gleich nach Geschäftsschluß, loszufahren.

Lange machte sich der Apotheker Gedanken über eine angemessene, ja eine außergewöhnlich kleidsame Garderobe, denn die Internatsleiterin war in seinen Augen eine attraktive, ja eine erotische Person. Ihn reizte wohl die Tatsache ihrer mutmaßlichen Jungfrauenschaft und die Aussicht auf eine Art fleischliche Explosion, wenn es doch einmal soweit kommen sollte. Und, so sagte er sich, während er ein Rasierwasser aussuchte, warum nicht ich? Und nicht ohne diesen Gedanken außer acht zu lassen, nahm er einen Posten überaltete Lavendelseife mit, als Geschenk für die bedürftigen Schülerinnen, die er im Internat vermutete. Diese Seife diente ihm schon seit gut fünf Jahren als Präsent für Kunden und jene gelegentlichen Käufer, die Stammkunden werden sollten.

Ein Geizkragen will ich nicht sein, sagte sich der Apotheker und suchte in seiner Drogerie nach einem angemessenen Parfum für die Internatsleiterin, fand keines und kaufte ein kleines Fläschchen bei der Avon-Beraterin des Ortes. Welcher Duft paßt zu grauem Tweed, fragte er. Die Avon-Beraterin verkaufte ihm ihr Lieblingsparfum.

Er konnte nicht wissen, daß die Internatsleiterin niemals Parfum benutzte, ebensowenig wie Lippenstift, Rouge oder Haarspray. Sofort war ihr unbehaglich. Sie glaubte es zwar nicht ernsthaft, doch sie hatte das Gefühl, der Apotheker schenke ihr ein Parfum, da sie schlecht roch.

So war die Atmosphäre doppelt angespannt, als sie von Raabes Einbruch erzählte. Und da sie nicht glaubte, daß der Apotheker glauben und verstehen könnte, was Raabe als Ausrede für seine Tat benutzte, da sie es auch ungeheuerlich und beinahe lästerlich fand, ließ sie Raabe durch das Unglück ins Büro bringen. Weder wirkte er verängstigt, noch hatte er ein schlechtes Gewissen. Er gab dem Großonkel unaufgefordert und brav die Hand, deutete sogar etwas wie eine Verbeugung an und schwieg, bis er gefragt wurde.

Bist Du wirklich in dieses Büro eingebrochen? fragte der Apotheker und bemühte sich um Ruhe und Wärme in seiner Stimme.

Ja, sagte Raabe und, so genau der Apotheker auch hinschaute, er errötete nicht dabei.

Und warum hast Du das getan? fragte der Apotheker weiter.

Weil ich rausfinden will, wo mein Vater ist, sagte Raabe mit fester Stimme.

Dein Vater? Ist doch tot, sagte der Apotheker.

Nee, sagte Raabe.

Unsinn.

Er lebt, sagte Raabe. Er hat einen betrügerischen Bankrott begangen und sich ins Ausland abgesetzt. Er hat eine Gesichtsoperation machen lassen und lebt in Sankt Tropez, Argentinien oder in Zürich. Er hat eine Frau, die jünger ist als ich. Er hat mehrere Jaguar und heißt jetzt anders. Er ist ein Krimineller, sehr begabt. Wenn ich seine Adresse rausfinde, besuche ich ihn, und er adoptiert mich.

Dein eigener Vater kann dich nicht adoptieren.

Kann er schon. Und ich laß auch eine Gesichtsoperation machen.

Du kannst gehen, sagte die Internatsleiterin.

Warte, sagte der Apotheker und gab ihm ein Stück Seife. Raabe schenkte die Seife dem Opfer.

Dem Apotheker wurde bald klar, worin Raabes Problem bestand. Er würde einen Weg finden müssen, den verstorbenen Vater, der sich so plötzlich in Nichts aufgelöst hatte statt wie andere Menschen korrekt zu versterben, für Raabe in irgendeiner von ihm zu erfindenden Weise zu materialisieren, sichtbar zu machen, und sei es auch nur, und anders war es wohl nicht möglich, durch einen Schwindel, einen Trick.

Er hatte einen Studienkollegen in Großbritannien, und ihm schilderte er in einem langen Brief die Notwendigkeit der makabren Bitte. Er sprach wieder bei der Internatsleiterin vor und unterbreitete seinen Plan, nachdem er ihr eine Flasche Toilettenwasser überreicht hatte, was sie über und über erröten ließ. Er wiederum deutete ihr Rotwerden als Ausdruck eines erotischen Schauders in seiner Gegenwart. Sie dachte, nachdem sie schon die Seife bereitwillig täglich benutzt hatte, er sei mit ihrem Geruch noch immer nicht einverstanden.

Nach einigen Wochen traf beim Apotheker ein Päckchen für Raabe ein, anbei lag ein Brief in englischer Sprache. Der Apotheker setzte sich in seinen Volkswagen, um Raabe das Päckchen zu bringen. Weder Raabe noch – angeblich – der Apotheker verstanden ausreichend Englisch. Sie baten die Internatsleiterin um Hilfe. Der Brief hatte in etwa zum Inhalt, daß die beiliegende Urne nun endlich wieder gefunden worden sei, und daß die Königlich Britische Post den Vorfall außerordentlich bedauere.

Das ist er also, sagte der Apotheker feierlich.

Raabe schwieg und faßte das Gefäß skeptisch an, bewegte es ein wenig, um zu hören wie der Inhalt klang. Tatsächlich rieselte etwas in der Urne aus bronziertem Aluminium.

Kein Wunder, denn der Apotheker hatte seinen Bekannten darum gebeten, etwas in das Gefäß zu füllen, das sich so wie Asche und Knochenpartikel anhören würde. Unglücklicherweise hatte der Bekannte die Urne in Ermangelung eines anderen Materials ausgerechnet mit Krokantstreusel gefüllt. Das wäre nicht weiter schlimm gewesen, wäre nicht der überaus neugierige Fieber gewesen.

Raabe war nun für kurze Zeit geheilt von seinen Heimsuchungen, doch Fieber, wie immer heimlich in den Schränken der anderen wühlend, in seiner unbezwinglichen Neugierde gab sich mit dem Rütteln und Schütteln der geheimnisvollen Dose, deren Zwecke er nicht kennen konnte, nicht zufrieden.

Nein, er mußte sie öffnen, die Urne aus bronziertem Aluminium. Da stieg ihm der Geruch von Krokantstreusel so eindeutig in die Nase, daß er nur den Bruchteil einer Sekunde widerstehen konnte, die süße angebliche Asche des Raabenvaters aufzuessen und die Urne wieder dort zu verstauen, wo sie versteckt gewesen war.

Als er einige Tage später wieder Lust hatte, Raabe zu ärgern, zeigte er ihm einen Zeitungsausschnitt, in dem es hieß, deutsche Rechtsradikale seien die Drahtzieher einer nazistischen Partei in Amerika. Er könne sich denken, wer der Kopf dieser Verbrecher sei. Da öffnete Raabe seinen Schrank und holte die Urne hervor.

Er ist nicht in Amerika. Er ist da drin.

Du spinnst, sagte Fieber mit schlechtem Gewissen.

Raabe wollte die Urne zum Beweis schütteln, öffnete sie und fand sie leer bis auf einige Körnchen. Fieber leckte seinen Finger ab und holte die Körnchen heraus und leckte wieder seinen Finger ab.

Raabe wurde sofort übel bei der Vorstellung, daß Fieber seinen Vater gefressen hatte. Er brachte keinen Ton mehr hervor.

Was ist denn, war doch bloß Krokantstreusel.

Nun fuhr auch Raabe mit seinem Finger in die Urne und leckte ihn ab. Eindeutig bestand die Asche seines verblichenen Vaters aus Krokantstreusel.

Auf der Stelle glaubte er nun, daß sein Vater in Amerika den Faschismus organisierte. Daß er vielfacher Mörder war, Bankrotteur, Betrüger, Bankräuber, Sexualverbrecher, kurz alles, was Fieber ihm je eingeredet hatte. Und er glaubte auch, was Fieber sagte: Wie der Vater so der Sohn.

Dann wieder wehrte er sich gegen die Veranlagung, von der er nicht wußte, ob sie wirklich da war oder ob nur Fieber sie ihm einreden wollte.

Im Museum, der erste Besuch

An einem Feiertag, Raabe wußte gar nicht welcher, unternahmen sie einen Ausflug ins Museum.

In einem müden, alten Dämmerlicht, das an manchen Stellen von einem scharfen, von oben einfallenden Strahl durchbrochen wurde, waren Gliedmaßen und Köpfe auf Stangen und Pfählen, abgeschlagen waren die Nasen, die

Glieder und Hoden, und über ihnen spannte sich wie in einer gewaltigen Gruft ein Gewölbe aus weißem Granit. Alle sahen sie Raabe an aus ihren steinernen Augen oder aus dem Schatten der Augenhöhlen.

Als ob er selbst zu Stein geworden wäre, stand Raabe vor einem Koloß und blickte zu ihm auf. Je länger er stand und starrte, desto stärker wurde sein Eindruck, der Koloß stünde nicht still, sondern drehte leicht den Kopf, neigte sich erst wie väterlich zu ihm herab, dann wurde aus dem Neigen eine Drohung für das kleine Menschlein vor ihm. Kaum konnte er seine Augen abwenden von den Augen des Kolosses, aus hellerem Stein die Augäpfel, aus dunklerem die Lider, und die Pupillen waren leere Höhlen. Man sah in das Innere des steinernen Kopfes, in den Koloß, in das Verlies seines Hauptes, den verbotensten Raum.

Und als es ihm endlich gelang, sich aus seiner Versteinerung zu lösen, die Gruft zu fliehen, betrat er nur eine noch gewaltigere Gruft.

Dort war Krieg.

Wie schön die Körper der Krieger und zugleich zerstört. Stückwerk die Gliedmaßen. Zertrümmert in einer uralten Schlacht, in ihrer Schönheit lag versteckt die Grausamkeit. Dort lag ein Mann, den Arm hochgehoben. Über ihm einer gebückt, ein Schwert in dem zum Schlag gespannten Arm. Ein knieender Bogenschütze, ihm gegenüber ein vielfach durchbohrter Sterbender. In ihrer Mitte, heiter, grausam und gelassen, unerreichbar von allen Schwertern, Pfeilen und Speeren, lenkte, den Schild als Schmuck, den Speer als Stütze, eine große Frau die Schlacht wie das Räderwerk einer zeitlosen, endgültigen, zum Perpetuum gewordenen

Maschine. Die Spitze ihres Speers zeigte nach oben, wo, als würde er sich auf einen kaum wahrnehmbaren Wink jederzeit in Bewegung setzen wollen, ein mit Ketten behangener stählerner Haken von der orange gestrichenen Laufkatze das Lot über dem Krieg fällte.

Jene Räder und Hebel in ihr, die die Zeit scheinbar zerschlagen und aufgelöst hat, waren und sind die grausamsten, die keinen Ausweg zulassen, wenn sie auch in den Steinen fehlten, so arbeiteten sie in Raabes Kopf, vollbrachten ihr Vernichtungswerk auf so gewalttätige Weise, daß er das fürchterliche Bild in seinem Innern nicht mehr ertrug, in seinem Kopf bekam es Farbe und Ton, war ein Metzeln und Schreien, ein gnadenloses, unentwirrbares Morden.

Für diesen Tag hatte er genug davon gesehen, lief ziellos und ohne den Weg zu kennen davon, immer wieder umstellt von den lebenden Steinen. Mochte es das Murmeln eines eisernen Brunnens gewesen sein, das ihn anlockte, die letzte Zuflucht, der einzige Ort, an dem er sich seiner Bilder wie einer Notdurft entledigen konnte, war der stillste, der Abort.

Kaum hatte er sich schwindelnd in die scharf riechende Kabine ein- und abgeschlossen, da hob auch schon ein erst verwirrendes, dann ein angsteinflößendes, dann offensichtliches Liebesgeläute an. In der Nachbarkabine wurde gedrängt und gedrückt, gezerrt und genestelt. Da war ein heftiges Atmen und Keuchen, ein Gestöhne und Gewackel, als hingen nebenan zwei Glocken, die zur höchsten Zeit läuteten.

Raabe wußte nicht, ob er sich rühren durfte oder ob er

schleunigst wieder hinaus sollte, doch hielt er es für klüger, einfach hier eingeschlossen zu bleiben und als Ohrenzeuge beizuwohnen. Als im Gerangel drüben aus einer heruntergelassenen Hosentasche ein Geldbeutel auf die Kachel platschte, Leder auf Stein und das Klimpern des Kleingeldes, und als ein außer Kontrolle geratener Fuß den Geldbeutel versehentlich in Raabes Kabine durchschob, da ging es noch eine Weile hin und her, wurde aber langsamer und unentschlossener und verebbte schließlich, während sich Raabe bückte und den prall gefüllten Beutel ansah, betastete, öffnete und die Scheine, die Münzen, die Fotografien und die Visitenkarte betrachtete, worin ihn schließlich ein heftiges Klopfen unterbrach. Er zündete sich eine Zigarette an. Es klopfte, nach kurzer Pause, heftiger. Raabe klopfte ebenfalls. Es klopfte zurück. Raabe nahm die Geldscheine heraus, zögerte kurz, nahm auch die Visitenkarte und schob den Rest wieder unter dem Schlitz zu den Nachbarn. Dort war es glücklich still, für einige Sekunden nur, bis ein Laut des Erstaunens zu hören war. Dann begann ein leises Gespräch, Raabe konnte jedes der geflüsterten Worte verstehen. Ungläubig, fast fragend die Stimme des Älteren: Der hat mein Geld genommen.

Empört darauf der Junge: Mein Geld hat er genommen.

Der Ältere, beschwichtigend: Du kriegst 'n Scheck.

Mit wachsender Empörung der Junge: Spinnst du. Drück die Kohle ab!

Das Geräusch einer Ohrfeige war zu hören. Sehr sachlich, als Resultat schnellster Überlegungen der Ältere: Wir gehen zum Geldautomaten, komm.

Die Türe wurde geöffnet, und zwei Personen verließen

die Toilette, rechtzeitig zum Klingeln einer elektrischen Glocke und der Durchsage, daß gleich geschlossen würde.

Man hörte die Stimme des älteren Mannes: Heh, Mädchen, das ist die Herrentoilette hier.

Die Stimme des Jüngeren: Du mußt ja ne ganz schöne Sau sein, he.

Die Stimme Andres: Fick dich ins Knie, Arsch.

Es klopfte an Raabes Tür. Andre sagte, man warte auf ihn. Raabe zeigte ihr das Geld und die Visitenkarte.

Schenkst du mir, sagte sie.

Er gab ihr einen Schein und die Karte.

Dies war sein erster Besuch in einem Museum.

Das schmelzende Gesicht

Tief in seinem Schrank, hinter den Kleidern, die ihm schon lange nicht mehr paßten, den wenigen Büchern und Spielsachen, die er nicht mehr wollte, suchte und fand Raabe eine längliche weiße, mit einem Kreuz versehene Pappschachtel. In dem großen Abfallkübel in der Küche fand er einen leeren Marmeladeneimer. Mit heißem Wasser entfernte er das Etikett und entlieh sich heimlich einen Spirituskocher aus dem Chemiesaal, einen feinen Pinsel aus dem Kunstsaal, Vaseline zum Fiebermessen aus der Hausapotheke.

Er öffnete die Fenster seines Zimmers, verschloß die Tür und entnahm der Schachtel seine Kommunionskerze, die er mit drei, vier Handkantenschlägen zerbrach. Er entzündete den Spirituskocher und schmolz vorsichtig das weiße, nach Paraffin riechende Wachs. Das mit rotem Wachs eingelassene Kreuz schmolz zuerst und vermischte sich mit dem Weiß. Raabe nahm die Vaseline und schmierte sich dick das Gesicht damit ein. Den Pinsel tauchte er in die heiße Masse, prüfte die Temperatur auf seinem Handrücken. Dann goß er das Wachs auf das saubere Kuchenblech und besserte dünne Stellen mit dem Pinsel nach. Nun lag vor ihm eine weiße, von roten Schlieren durchzogene Wachshaut. Er nahm sie auf und legte sie vorsichtig auf sein Gesicht, schmiegte sie seinen Zügen an, bohrte Öffnungen, für die Nasenlöcher, und er wartete, bis die Maske gänzlich erkaltete und erstarrte.

Dann nahm er sie ab und betrachtete sich, sein wächsernes Bild. Er war es in der Tat, und er war es auch wieder nicht. Es gab nur glatte Flächen, die kleinen Härchen, die kleinen Falten zwischen den Augen, alles war eingeebnet und gleichzeitig ebenmäßiger, aber auch lebloser als sein eigenes Gesicht. Doch gerade die Starre der Maske, das nicht Tote und nicht Lebendige, verlieh ihr etwas von einer Wahrheit über Raabes Gesicht, was in dem Gesicht selbst ungleich schwerer abzulesen gewesen wäre. Was genau das war, das verstand Raabe nicht.

Da klopfte Fieber an die Tür. Raabe öffnete und zeigte Fieber seine Maske. Lange, ungewöhnlich lange, schaute Fieber das wächserne Gesicht an, auch auf ihn schien es eine Faszination auszuüben, die ihn fesselte. So schön siehst du gar nicht aus, sagte er endlich.

Ohne mehr zu sagen, gingen sie schlafen.

In der Nacht wurde Raabe durch das Geräusch eines Föns geweckt, den Fieber aus dem Bad geholt hatte, er saß im Schein seiner kleinen Taschenlampe und lenkte den heißen Strahl des Föns langsam über Raabes wächsernes Gesicht, das sich einbuchtete, verzog, zusammensackte und Falten warf, Blasen und kleine Löcher bekam. Erschrocken bemerkte Fieber, daß Raabe aufgewacht war.

Raabe machte Fieber keine Vorwürfe, fast war ihm wohler beim Gedanken, daß dieses Gesicht nun wieder ein anderes Gesicht geworden war.

Inbesitznahme des Opfers

Hätte man Fiebers Bruder gefragt, warum er an diesem Tag, kurz bevor Fieber seine Mittlere Reife ablegen würde, losgefahren war, um seinen kleinen Bruder zu besuchen, er hätte es nicht mehr gewußt. Hätte sein können, es war wegen eines blauen Himmels über der Dunstglocke, die die Stadt bedeckte, mag sein, er hatte kein Geld mehr und dachte, bei seinem Bruder sammeln gehen zu können. Hätte aber auch sein können, daß er es in seinem Wohnwagen, im Geruch von aufgewärmten Dosenravioli und Propangas, auf dem Parkplatz an der Ausfallstraße hinter den Großmärkten, in den Pilspubs, die RECHTECK hießen oder DON PROMILLO, nicht mehr ertrug oder daß er die Huren, die nach langen Verhandlungen und wegen seiner guten freundschaftlichen Beziehungen, bereit waren, den Parkplatz mit ihm zu teilen, nicht mehr ertrug. Das Gemisch aus Abgasen und billigen Parfums war kräftig genug, den Schweiß der Fernfahrer, der notgedrungen kleben blieb, zu übertünchen. Nuttendiesel nannte er diese Geruchsmischung.

Aber auch der Gedanke, das Internat auf dem Land zu besuchen, behagte ihm nicht. Zum einen haßte er seinen kleinen Bruder dafür, daß nun er der Hoffnungsträger der Eltern war, angeblich vornehme Schule, dann solide Lehre als Koch, von klein auf anfangen, dann Hotelkaufmann, hochdienen, alles kennen, nichts auslassen, sich nichts vormachen lassen, und zwar von niemand. Diese Sprüche kannte er von seinem Vater, diese Sprüche hatte er so schnell satt gehabt, daß er an ihnen fett geworden war.

Zum anderen haßte er neben vielem den Geruch des Internates, Schlafsäle, gemischte Unterwäsche, Geruch nach Selbstbefriedigung, mit Pickel verspritzte Badezimmerspiegel. Die plumpen oder die spindeldürren Mädchen mit all ihren Pubertätsproblemen, die meistens den Jungs zwei Jahre voraus waren und furchtbar litten. Da waren ihm die Huren lieber, obwohl er sich immer wieder sagte, wie sehr er sie verachte und hasse.

Er schwang sich in den Capri, denn er glaubte, daß ihn die Frauen immer beobachteten, er glaubte, obwohl er, so ehrlich war er zu sich selbst, häßlich war, er habe eine geile, starke männliche Ausstrahlung, und alle hier seien nur wild darauf, mit ihm zu schlafen oder ihm zumindest einen runterholen zu dürfen. Weiter glaubte er, sie trauten sich einfach nicht. Mitunter besorgte er für seinen Freund, von klein auf ein Zuhälter, gewisse Dinge, Schulden eintreiben mit Hilfe eines Bleirohres, das er in ein Stück Gartenschlauch geschoben hatte, mit Gaspistole oder Springmesser. Im Grunde seines Herzens war er harmlos, ein Feigling. Das war gefährlich an ihm. Doch bislang hatte er niemand verletzt. Es genügte immer, was sein Freund die erste Stufe nannte, ganz in der Tradition der Folterknechte der Heiligen Inquisition: Das bloße Herzeigen der Werkzeuge.

Nach zwei Versuchen sprang der Capri an und bewegte sich aus dem Dunstkreis der Vorstadt.

Weder genoß er die Fahrt durch die freie Landschaft, noch störten ihn die Fabrikhallen, die wie zufällig verstreut in ihr lagen, die Stromleitungen, die Krähen auf dem Feld hinter der Raststätte, die dort Abfall fraßen, die Raubvögel, der Habicht, der Weih, der Bussard auf ihren eigens aufgestellten Pfosten, wie sie stolz auf den Verkehr herabäugten und auf frisches Aas warteten, auf das Kaninchen, das wie ein Ball durch die Luft fliegt und sich im Flug rot verfärbt. All das war Fiebers Bruder einerlei, er holte alles aus dem Capri heraus und dachte sich, soll er doch verrecken, sowohl sein Motor als auch der junge Mann im Golf GTI hinter ihm, den er lächelnd blockierte. Du versäumst deinen Termin, dachte sich Fiebers Bruder. Er streckte seinen Mittelfinger aus, leckte ihn sorgfältig ab und hielt ihn aus dem Fenster, wo der Fahrtwind ihn schnell kühlte.

Zufrieden verließ er die Autobahn, fuhr durch ein Wäldchen, überholte einen Bauern auf einem altertümlichen Traktor, hielt ihm den bösen Finger hin, nachdem er überholen konnte. Der Trottel hatte auf die Hupe nicht reagiert, war nicht ausgewichen. Er hielt den Finger für einen städtischen Gruß und grüßte freudestrahlend ebenso zurück.

Fieber saß mit den anderen im Keller, als er durch den Lärm der sich am Beton brechenden Rekorder-Klänge das Krachen des brüderlichen Getriebes hörte. Sie tranken eine Flasche Apfelkorn, und Fieber hatte schon zuvor ein wenig geraucht und Bier getrunken. Raabe saß dumpf blickend auf einem Hocker und hatte sich nach hinten an die Wand kippen lassen, um daraufhin nichts mehr zu rühren bis auf die Linke, die den Becher hob.

Andre wollte an diesem Tag nichts trinken und nichts reden, sie las auf ihrem Zimmer. Das Opfer, das mit seinen Schularbeiten nie fertig wurde, versuchte, französische Vokabeln zu lernen, in dem sie sie leise vor sich hin sprach. Doch wie sollte sie, die sich auch in der Stille niemals zu konzentrieren gelernt hatte, in diesem Lärm ein Wort im Kopf behalten können.

Fieber sprang schwankend auf und steckte seine Zigarette dem Opfer in den sprechenden Mund, weil er das Haus nicht mit einer Zigarette durchqueren konnte. Hastig lief er hinauf, doch als sein Bruder, der auf dem Parkplatz wartete, ihn sehen konnte, ging er gemächlich und scheinbar ruhig.

Verärgert puffte der den kleinen Bruder an den Oberarm, weil er keinen Pfennig verdient hatte, und das ganze Gras hatte er selbst mit Raabe aufgeraucht. Fieber lud den Großen auf ein Glas nach unten ein, scharfe Weiber gebe es dort. Verächtlich löschte der ehemalige Schüler, die Verordnungen noch in den Gehirnrinden, seine Kippe und trottete hinunter. So etwas wäre zu seiner Zeit noch nicht möglich gewesen. Und die Aufsicht kam nur zweimal zu festen Zeiten vorbei.

Grußlos setzte sich der Große in Fiebers Sessel und ließ sich Korn eingießen. Niemand redete, nur das Opfer murmelte die Vokabeln, la ferme – der Bauernhof, la vache – die Kuh. Aus dem Rekorder tönte ›Stairway to heaven‹, die Kassette hatte Fieber von seinem Bruder bekommen. Der Große trank zwei Gläser, und sein wässeriger, so wenig zupackender Blick fiel auf die Brüste des Opfers, die sich selbst unter dem weiten Pullover abzeichneten. Fieber bemerkte das, da seine Augen nur auf den Bruder geheftet waren. Er stand auf, nahm dem Opfer die HB mit einem Griff aus dem Mund und küßte sie auf seine Weise. Dann sah er zu seinem Bruder, lächelte und war froh. Der Große stand langsam auf, nahm sein Glas mit dem klebrigen Apfelkorn und schüttete es seinem Bruder ins Gesicht. Darauf folgte ein Schlag mit dem Handrücken, der ihm selbst ein bißchen weh tat. Zum Opfer sagte er – sie starrte ihn mit weiten Augen an: Komm, ich zeig dir mein Auto.

Sie schloß das Vokabelheft, nahm eine HB aus Fiebers Packung, zündete sie an und folgte dem Großen. Raabe goß sich ein Glas ein und nahm sich ebenfalls eine Zigarette aus Fiebers Packung. Alle nahmen eine Zigarette aus Fiebers Packung, und als er mit zitternden Fingern eine nehmen wollte, war da keine mehr.

Von diesem Tag an gehörte das Opfer dem Großen.

Mittlere Reife

Die immer noch jährlich stattfindende Abiturfeier kündigte sich durch mehrere Lieferwagen an: War es zu den Zeiten, als das Unglück noch der Zögling Glück war, ein Opel-Blitz, so lieferte nun ein VW-Transporter mit offener Ladefläche zwei übermannshohe Lorbeerbäumchen und diverse schmückende Blumengebinde leihweise an.

Dann war da der Ford-Transit des Getränkehändlers, der halbtrockenen Sekt und Weiß- und Rotwein in einer bescheidenen, doch immer ausreichenden Menge brachte.

Zuguterletzt kam der schwarze Mercedes-Transporter des Klavierhändlers aus der Kreisstadt. Die goldene Schrift in Versalien und klassischen Lettern auf schwarzem Grund ließen zunächst an ein Bestattungsunternehmen denken, und der Klavierstimmer trug auch bei trübem Wetter eine dunkel getönte Brille. Raabe, Andre, Fieber haßten diesen Tag noch mehr als alle anderen Tage. Das Opfer tat, was sie auch taten. Sie hatten alle früh beschlossen, niemals zu den Abiturienten zählen zu wollen, sie taten alles dafür, daß es nicht so weit kommen würde, und es war ihnen gelungen.

Sie haßten also auch die Lorbeerbäumchen und die Blumengebinde, gossen Meister Proper und Spiritus in die Töpfe und hofften, die Pflanzen würden bis zur abendlichen Feier in zwei Tagen verdorrt sein. Die Lorbeerbäume zeigten sich in keiner Weise angegriffen von den scharfen Mitteln, schon seit Jahren widerstanden sie diesen bösen Angriffen und gaben im Landkreis ihre Gastspiele: grün, aufrecht, wohlbelaubt und stumm bis auf ein vornehmes, trockenes Rascheln bei Luftzug, ein kaum vernehmbares Hüsteln der würzigen Blätter, das für die Giftmischer wie ein Hohn geklungen haben muß.

Einzig und allein der Klavierstimmer, der den kleinen Bösendorfer Flügel zu stimmen hatte, den haßten die MITTELMÄSSIGEN, wie sich die vier nannten, da sie nur die MITTLERE REIFE erlangen wollten, nicht.

Jedes Jahr fochten sie den gleichen Disput mit ihm. Er verlangte, kaum daß er mit seiner dunklen Brille eingetreten war in den kleinen und einzigen Saal des Internats, in dem sonst Musik unterrichtet wurde, absolute Ruhe und mußte allein gelassen werden. Die vier versteckten sich anfangs, er schien das zu spüren und stöberte sie immer wieder auf. Er sagte, er werde sich bei der Internatsleiterin beschweren, war sich aber klar darüber, daß das noch viel mehr und viel störendere Unruhe bringen würde, als wenn er die vier duldete. So brachten sie ihm Schnaps und Zigaretten, und augenblicklich entspannte sich die Situation. Nun geschah, worauf sie alle sehnlichst gewartet hatten, er schloß die Vorhänge und nahm die dunkle Brille ab. Darunter verbarg sich ein scheinbar recht preiswertes Glasauge, das so aussah, als ob er es von einem großen Teddybären entliehen hatte. Er öffnete sein Köfferchen, holte Stimmgabeln heraus und begann, über den Verfall seines Handwerks zu sprechen. Mit jedem Jahr und jedem Schnaps wurde seine Verzweiflung heftiger. In der Regel begann er seine Geschichte in der frühen, eigenen Jugend, als er nicht einmal ›Hänschen Klein‹ singen konnte, geschweige denn ein A von einem Fis unterscheiden. Seine Fähigkeiten als kleiner zwangsverpflichteter Pianist seien zum Heulen gewesen, doch eisern habe ihn sein Vater, der Musikalienhändler, gezwungen, die Leiden seiner jungen Klavierlehrerin und die des unbegabten, schier gehörlosen Sohnes zu verlängern.

Es sei schließlich an seinem dreizehnten Geburtstag gewesen, er hatte eben aus dem Notenbüchlein für Anna Magdalena Bach ein Etüdchen vorgespielt und wieder einmal die rechte und die linke Hand nicht auseinanderhalten können, den Kontrapunkt gesetzt, wie es nie zuvor gehört worden war, und die Melodie des mathematischen Hirnes Bach in das fließende flirrende Bilderhirn eines Debussy transponiert, da trat sein Vater aus einer dunklen Ecke des Raumes, wo er ungesehen zugehört hatte, und entließ die Klavierlehrerin, der er alle Schuld gab, denn sein eigen Blut könne aus vererbungstheoretischen Gründen gar nicht so ganz und gar unmusikalisch sein. Als sie weinend das Haus verlassen hatte, ohrfeigte der Vater den Sohn, der jedoch nicht weinte, sondern den Vater nur trotzig ansah. Dieser trotzige Blick brachte den Vater so in Rage, daß er sich an den Flügel setzte und die Etüde, als wäre jede Note eine weitere Ohrfeige, in die Tasten knallte, damit es sich im Gehör des Sohnes für alle Zeiten eingraviere und hoffentlich wie von einer inneren Plattenspielernadel abgetastet werden konnte.

Und das übe! schrie er, und zwar so lange, bis du's kannst.

Er schloß die Läden, drehte die Birne aus der Fassung und ließ eine Kerze zurück. Hinter ihm schnappte das Türschloß. Es war dunkel und still.

Er setzte sich ans Klavier und weinte nun erst für eine

halbe Stunde. Dann nahm er sich die Noten vor und versuchte zu spielen. Es gelang nicht. Schließlich kam ihm der rettende Einfall. Wie, so fragte er sich, soll man auf einem verstimmten Instrument spielen können?

Er suggerierte sich und glaubte schließlich, daß der Flügel ganz und gar verstimmt war. Er öffnete ihn, zerrte ein bißchen an den Saiten. Dann fand er einen Stimmschlüssel in der Kommode und machte sich ans Werk. Eine wunderbare Musik entstand, er schob Zettelchen zwischen die Saiten, drehte den Stimmschlüssel, während er spielte, er zupfte und trommelte in dem Flügel, daß es eine Lust war. Begeistert lauschte er dem Ton, einer im Stakkato angeschlagenen E-Saite, während er hoch und höher stimmte, die Wange lag halb auf den Saiten, die Saiten waren wohl schon alt, die E-Seite sprang, mit großer Gewalt entlud sich die Spannung, die Saite schnellte zurück, erwischte ihn zuerst an der Augenbraue, dann im Auge und schließlich an der Wange: die Hälfte seines Augenlichts war für immer verloren.

Lange mußte er schreien, bluten und klopfen, bis die Mutter ihm öffnete – der Vater hätte es nicht getan – und ihn ins Krankenhaus brachte. Nichts mehr war zu retten, eine häßliche Narbe würde entstehen, ein gläsernes Auge wurde gebraucht.

Lange Zeit mußte der Junge nicht mehr zur Schule, da sich seine Eltern schämten. Sie nahmen an, die ganze Stadt wisse, wie es zu dem Unfall gekommen war.

Schon nach kurzer Zeit bat der Junge den Vater, er möge die E-Saite wieder einspannen lassen, damit er weiter üben könne.

Nach weiteren zwei Tagen spielte er die Bachschen Etüden mit einer Klarheit und Brillanz, wie es seine Lehrerin nicht konnte. Sein Gehör verbesserte sich von Tag zu Tag, bis er nahezu ein absolutes Gehör entwickelt hatte, allerdings nur, wenn er sich in einem verdunkelten Raum befand. Im hellen Licht hörte er durchschnittlich, im Sonnenlicht schlecht wie zuvor. Doch im Dunklen war er ein Meister des Ohres.

Es lag nahe, ihn auf eine Musikakademie zu schicken, doch wo schon konnte man den Professoren verständlich machen, daß er im Dunklen spielen müsse. Dazu kam, daß sein Gesicht durch die Narben etwas von einem Kriminellen, einem schrägen Vogel, einem unzuverlässigen und unsympathischen Menschen bekommen hatte. Nirgendwo nahm man ihn auf. Er wurde Klavierstimmer, da auch als Klavierlehrer keine Aussichten für ihn bestanden. Zu hell war das Licht und zu häßlich der Mann.

Wenn er an dieser Stelle seiner Geschichte gekommen war, hatte er den Schnaps schon ausgetrunken und verlangte nach mehr, doch wenigstens nach Zigaretten. Nun war er soweit, daß man ihn überreden konnte, sein Auge herauszunehmen und herumzuzeigen. Ohne Auge war ihm wohler, er legte es auf den Flügel, was eine eigenartige Wirkung für die Stimmung in dem Raum hatte, denn der Flügel stand nun dort an seinem Fleck, alles schwieg, bis der Klavierstimmer wieder zu reden begann.

Der Flügel sei eine allsehende Maschinengottheit, das All, das Ohr des Kosmos, alles verdrahtet und die Mechanik im Inneren des Kopfes, eine Sende- und Empfangszentrale, terrestrischer Satellit fürs Innere der Welt.

Wenn es einen Gott gibt, lallte laut der Klavierstimmer, dann sitzt er jetzt vor seinem Monitor, und wenn nicht, hat er seinen Videorekorder eingeschaltet, und mein Auge ist die Kamera.

Nun war das Klavier allmählich gestimmt, der Klavierlehrer rauchte noch eine, blies dreimal den Staub hinweg und setzte sein Auge wieder ein.

Wär das andere Auge bloß auch weg, sagte er, dann müßte ich nicht mehr Auto fahren. Stieg in seinen schwarzen Wagen und fuhr für dieses Jahr davon, um zur nächsten Abiturfeier wiederzukommen, bis er irgendwann von der Tonnenwucht der explodierenden Saiten eines großen Konzertflügels gepeitscht, zerfleischt, erdrosselt und zerfetzt werden würde.

Nun waren die Lorbeerbäume aufgestellt, die Blumengebinde im Raum verteilt, der Flügel gestimmt, der Weißwein nebst dem halbtrockenen Sekt gekühlt, der Rotwein bereits hinterm kalten Büfett, das die Internatsleiterin mit der Köchin gemeinsam aufzubauen pflegte. In den umliegenden Pensionen, Gasthäusern und Hotels war angefragt worden, ob Zimmer frei seien. Immer gab es überall freie Zimmer. Nun konnten die Eltern anreisen. Für die männlichen Schüler herrschte Krawattenpflicht, für die weiblichen Schüler herrschte Rockzwang, schon am frühen Morgen begannen die Mittelmäßigen übermäßig zu rauchen und zu trinken. Bei der feierlichen Überreichung der Zeugnisse am frühen Abend waren alle außer Andre, die nicht so viel getrunken hatte, auf ihren Zimmern und hatten Speibecken neben den Betten stehen. Die Feier nach Erwerb der Mittleren Reife war bescheidener. Krawattenpflicht und Rockzwang bestanden nur für die Absolventen, die Zeremonie war mehr als schlicht. Sie wurden ins Büro der Heimleiterin gebeten, sogar das Opfer, das lange bangen mußte, ob sie das Zeugnis bekommen würde. Die Internatsleiterin überreichte ihnen nicht ohne Rührung die Hefte mit den Noten. Ein jeder wurde gefragt, was er werden wolle.

Koch, sagte Fieber.

Drogist, sagte Raabe.

Kosmetikerin, sagte das Opfer.

Was andres, sagte Andre.

Dies war das Ende der Zeit auf dem Internat.

/

Kurze Drogistenlaufbahn, lustige Gläslein

Tief im Wesen des Apothekers, so tief, daß man es kaum ahnen konnte, lag etwas außerordentlich Weiches und Zärtliches. Seine Kindheit und Jugend war hart gewesen, spröde die Mutter und menschenscheu und streng der Vater; so war ihm das Zärtliche und das Weiche ein Hindernis im Aufwachsen gewesen, da er selbst diesen Zug in sich als Schwäche deutete. Früh nahm seine Stimme etwas Gläsernmetallisches an. Machte er eine sachliche Bemerkung, und solche machte er viele, weil er von seinen Eltern als trockener und sachlicher Mensch ernst genommen wurde, nicht jedoch als fröhliches und verspieltes Kind, so versah er seinen Tonfall unbewußt mit einem kühlen, in seiner Kehle sitzenden Anschlag, als ob er jede Silbe, jeden Ton mit einem Klöppelchen an ein metallisches oder gläsernes Gefäß in seinem Hals anschlüge. Das machte ihn im Gegensatz zu seinen großen grauen Augen, die von vielen Lachfalten umgeben waren, bei der ersten Begegnung, beim ersten Anhören, wenig liebenswert, da der Eindruck von Wärme, der zunächst von ihm ausging, durch den außerordentlich kalten Ton zerstört wurde. Als springe man in Erwartung eines heißen Bades in einen dampfenden Zuber und stellt fest, daß das Wasser vor Kälte dampft. Er erschien den meisten Menschen unnahbar, kalt, ja sogar berechnend.

Das wiederum blieb dem Apotheker selbst nicht verborgen, er fühlte sich nicht geschätzt, und wurde dann, einer der sich zurückgewiesen fühlt, in der Tat kühler und entfernter. Der erste Eindruck vertiefte sich also schon im nächsten Augenblick, und nur wenigen gelang es, nach langem und mühevollem Kennenlernen zum Kern dieses Mannes vorzudringen.

Raabe erging es nicht anders: Der Apotheker war umgeben von zahllosen Gläschen, die mit respektheischenden, unverständlichen Etiketten beklebt waren und von eingeschliffenen Stöpseln luftdicht verschlossen wurden. Seine Stimme hatte diesen metallisch gläsernen Ton, sein Gebaren war entfernt und kühl. Raabe schien es, als stecke sein künftiger Lehrherr, Herr über tausend und mehr Gläslein, selbst in einem Glas und poche vielleicht in wenigen Augenblicken hilflos dagegen, um nicht so allein mit sich zu sein. Doch das Pochen war zu vorsichtig, zu zart, als daß es viele hören konnten; und hörte es einmal jemand, so wagte kaum einer, darauf zu antworten.

Der Vater des Apothekers war ein Gemischtwarenhändler gewesen, der den Umgang mit seiner Kundschaft am liebsten seiner Frau überlassen hätte. Und auch sie war keine, die gerne über dieses und jenes plauderte, und schon gar nicht mit den Kunden, die ja, da sie nichts an die beiden Kaufleute band, außer Nachbarschaft und Fülle des gemischten Angebotes, rein zufällige Kunden waren. Vom Zufall wollte auch die Mutter des Apothekers ihre Bekanntschaften nicht abhängig machen, so daß, so frühzeitig seine Jugend es erlaubte, der Sohn mit den Kunden umgehen mußte. Dabei wurde ihm die letzte Leutseligkeit ausgetrieben, denn die Leute ließen auch ihn spüren, daß sie seinen Vater, seine Mutter, nunmehr die ganze Familie, für eingebildete, hochnäsige, irgendwann, man hatte vergessen wann, Zugereiste hielt, deren nordische Sprache sich nicht im geringsten für den hiesigen Dialekt erwärmen ließ. So wanderten Zucker und Petroleum, Süßstoff und Horn- später Kunststoffknöpfe, Manchestercord und Kernseife, Rasierpinsel und Danziger Goldwasser zu Hochzeitstagen über die Ladentheke, ohne daß es zwischen Käufer und Verkäufer je zu einem Tratsch, gar zu einer freundlichen Unterhaltung oder einem Scherz kam. Was soll es auch, sagte die Mutter des Apothekers, Geld für Ware und Ware für Geld ist das Geschäft. Wer Unterhaltung will, soll in den Zirkus gehen – denn der kam zweimal im Jahr – und Eintritt dafür zahlen. Das ging gut, so gut, daß der Vater und die Mutter es vollkommen ausreichend fanden, daß der Sohn ein ebensolcher Gemischtwarenhändler würde, wie er es im Grunde schon im Alter von 12 Jahren einer war. Doch der Junge sagte, er stelle sich schon jetzt so gescheit an, er wolle etwas Höheres werden als ein Gemischtwarenhändler, denn das könne er schon, und er wolle noch etwas lernen. Gut, sagten sie, dann werde ein Drogist, da mußt du die Drogen aus Übersee und aller Herren Länder kennen, da hast du etwas zu lernen. Da besorgte sich der Junge Bücher über die Drogen und kannte sie schon nach kurzer Zeit, Seite für Seite, auswendig. Was gibt es über dem Drogisten, fragte er den Schullehrer. Apotheker, sagte der. Also will ich ein Apotheker werden, sagte der Junge. Dann heißt es studieren, mahnte der Lehrer, und der Junge studierte und las dem Lehrer alle Bücher weg, wußte bald mehr als der Lehrer, so daß ihm der versprach, Fürsprecher zu sein bei den Eltern, damit der Junge auf die höhere Schule konnte. Der Lehrer machte sich unbeliebt bei den Eltern, die glaubten, er hätte dem Jungen den Floh ins Ohr gesetzt, studieren zu wollen. Der Lehrer konnte von Glück sagen, daß die Eltern nicht tratschten, sonst wäre er schnell erledigt gewesen. Der Junge hatte noch lange mit seinen Eltern zu streiten, die den Wunsch ihres Sohnes, mehr zu werden als sie waren, als eine Demütigung empfanden. Neben der Verpflichtung, die der Apotheker aus seiner Verwandtschaft mit dem jungen Raabe herleitete, war auch dies ein Grund, warum er ihm mit aller Gewalt helfen wollte, denn so allein er als Kind gewesen war, so allein war auch Raabe – und der Apotheker glaubte nicht, daß Raabe in der Lage sein würde, sich durch einen kühlen Panzer zu schützen, wie er es getan hatte.

Nur, er konnte Raabe nicht klarmachen, daß er seine

Schullaufbahn fortsetzen müsse, ein Abitur erlangen, um dann, so wie es damals seine Entscheidung gewesen war, die Pharmazie zu studieren, ein Apotheker zu werden.

Raabe war der Ansicht, er sei lange genug zur Schule gegangen, die anderen, Fieber, das Opfer, Andre, keiner würde weiter zur Schule gehen, warum sollte er dann etwas anderes tun. Nein, er glaubte durchaus, daß auch das Leben eines Drogisten und Gemischtwarenhändlers seine Tage auf eine befriedigende Weise ausfüllen würde.

Der Apotheker wurde rasend über die Ansichten des Jungen. Er wollte ihm eine große Zukunft bieten, er könne hier Apotheker werden, könne aber auch anderswo Apotheker sein, könne forschen, reisen, überall könne ein Apotheker arbeiten und leben, ein Apotheker sei ebenso unverzichtbar wie ein Arzt. Und Raabe wollte nicht über den engen Horizont hinausschauen, den er sich im Internat angeeignet hatte. Was er war, war ihm genug, und was auf ihn wartete, das wußte er schon; weder beunruhigte es ihn, noch versetzte es ihn in eine freudige Erwartung. Es war da, und damit erübrigten sich sonstige Fragen.

Wütend wandte sich der Apotheker an seine Nichte, Raabes Mutter, damit sie auf den Jungen einwirke. Es erschütterte ihn um so mehr, zu sehen, wie sehr das Urteilsvermögen dieser Frau von Tag zu Tag nachließ, und es war ihm auch klar, daß die Medikamente, die er ihr in großen Mengen verschaffte, dies bewirkten, beschleunigt von den noch größeren Mengen Alkohol, die sie sich selbst beschaffte. Sie richtete sich zielstrebig zugrunde. Zwar sah sie ein, daß es besser für den Jungen sein würde, wenn er weiter zur Schule ging, um ihretwegen Apotheker zu werden, doch sie sagte von vorneherein, daß es ihr nie und nimmer gelingen würde, ihn davon zu überzeugen.

Die Hauptsache ist, er läßt sich von keinem was gefallen. Auch von dir nicht. Und von mir zuallerletzt, sagte sie, um das Gespräch abzuschließen. Der Apotheker zog drei Päckchen Valium aus seiner Manteltasche, schärfte ihr ein, sie nicht mit Alkohol einzunehmen, was sie nach seinem resignierenden Adieu sofort tat, stieg in seinen Volkswagen, fuhr zurück und berichtete Raabe, seine Mutter wäre außer sich, wenn er die Schule nun beendete. Raabe schwieg eine Weile und sagte dann: Ich soll also ein Apotheker werden. Sollst du, sagte der Apotheker. Darauf sagte Raabe, das wolle die Mutter doch nur, damit er ihr noch mehr Stoff besorgen könne. Nun war er sich seiner Entscheidung endgültig sicher. Nicht zur Schule, kein Studium, kein Apotheker.

Raabe hatte eine unruhige Nacht verbracht. Zwar hatte er gleich tief geschlafen, seine Träume waren unangenehm, und doch konnte er sich nicht an sie erinnern. Mag sein, er hatte sich erkältet, mag sein, es hatte sich der Schatten einer Sorge oder einer Angst auf seine Stimmbänder gelegt; er wußte nicht, weshalb, doch als er erwachte, mußte er bemerken, daß seine Stimme ihn verlassen hatte oder zumindest irgendwohin gerutscht war, wo er sie nicht mehr beherrschte.

Sie war also noch da, doch war sie außerhalb seines Körpers, und mit jedem Wort mußte er versuchen, sie einzufangen, wie ein Fisch nach ihr zu schnappen, sie an den richtigen Ort zurückzuzwingen und dort festzuhalten. Doch die

Stimme ließ sich das nicht gefallen, sie wollte hinaus, sie ließ sich nicht mehr halten, sie wurde rauh und schmerzte beim Sprechen, rauh wie eine gekalkte, rohe Wand.

Er begann zu husten, und sich zu räuspern, er schien, wie seine Stimme, neben sich zu stehen, und nach sich zu suchen und sich nicht zu finden.

Er hustete trocken, das Zuhören allein wurde schmerzhaft. Er wollte sich helfen und suchte nach Pastillen und Medikamenten. So entdeckte Raabe die verblüffende Wirkung des wohlschmeckenden Hustensaftes. Trank er ein Schlückchen davon, dann half es nicht, doch schmeckte angenehm. Trank er zwei, drei Löffel, war er davon überzeugt, es müsse helfen, doch es half noch immer nicht. So trank er davon mehr und mehr, nahm den großen Löffel statt dem kleinen, trank schließlich, indem er aus dem Fläschchen in seine Kehle tropfen ließ, und plötzlich wurde ihm leicht, er fühlte sich zufrieden und wohl, atmete frei. Er bemerkte, daß er vorsichtig sein mußte. Bald würde es dem Apotheker auffallen, daß die Bestände an Hustensäften schmaler wurden. Er las die Beipackzettel anderer Medikamente. Er versuchte dies und das, bis eines Tages der Apotheker für einen Kunden 100%igen Alkohol abfüllte. Nach einer Stunde kam der Kunde wieder und beschwerte sich, daß der Alkohol nicht konzentriert sei. Der Apotheker hielt ein Streichholz daran. Das Streichholz verlöschte.

Nun ließ er nachts die Tür seines Schlafzimmers geöffnet. Tatsächlich hörte er Geräusche. Er schlich sich in die Apotheke, machte Licht und ertappte Raabe, wie er eben die Flasche mit dem Alkohol ansetzte.

Lange redete der Apotheker Raabe ins Gewissen. Er solle sich doch einmal seine Mutter anschauen, was aus ihr würde, wie sie verfalle.

Er sah nur noch eine Lösung für Raabe. Das Drogistendasein war nichts für ihn. Er brauchte Strenge. Er brauchte harte Arbeit.

Inventur

Der Apotheker stieg ächzend in seinen alten Volkswagen, um sich auf den umständlichen Weg zu seinem Freund zu machen, denn er wohnte rechts der Autobahn, und der Steinmetz auf der linken Seite. Durch die vielen Kilometer, die man zurücklegen mußte, um die Fahrbahn überqueren zu können, wurden ihre ohnehin seltenen Besuche noch seltener, bis der Steinmetz schließlich ganz darauf verzichtete, und der Apotheker nur noch zu Festtagen, Geburtstag oder Weihnachten vorbeikam. Doch wenn sie sich auch schon ein Jahr nicht mehr gesehen hatten, war es, als hätten sie sich am Vortag erst getrennt, so ruhig, gesetzt und gleichmütig begegneten sie einander. Niemals hätten sie sich Freunde genannt, immer war die Rede von »meinem Bekannten, dem Steinmetz« oder, auf der Gegenseite, schlicht vom »Apotheker«. Dabei war der Apotheker der einzige Mensch, der irgend etwas über die Herkunft, die Geschichte, den eigentlichen Charakter des Steinmetzen wußte. Was, verriet er nie. Und wenn es jemand fertiggebracht hatte, ihn zum Trinken zu bewegen, wurde er unweigerlich sentimental und murmelte mit feuchten Augen, ach ja, mein Bekannter, der Steinmetz, er hat viel durchmachen müssen, oder, ach, es gibt Geschichten. Was er hatte durchmachen müssen, oder was für Geschichten es über den Steinmetzen zu erzählen gab, das verriet der Apotheker nie. So umgab den Steinmetzen der Hauch von Geheimnis, der einen Menschen interessant macht und zu Mutmaßungen anregt: War er einmal berühmt und reich? Hat er ein Verbrechen begangen? Gab es eine große, enttäuschte Liebe? Hätte der Steinmetz alle Gerüchte über sich gehört, so hätte er sich wohl beeilt, sein ganz und gar unspektakuläres Leben auf eine Seite Papier zu schreiben und in der Lokalzeitung veröffentlichen zu lassen. Und er hatte sich, um sein Leben abzuschließen, eine ebenso unspektakuläre Gegend ausgesucht. Früher, irgendwann einmal, mußte sie, wie eigentlich fast jede Landschaft, einen eigentümlichen Reiz besessen haben. Zwar war sie flach, karg und kalt, eine Art Hochebene, doch dann lag eben der Reiz in jener Flachheit, Kargheit und Kälte. An klaren Tagen sah man ferne Höhenzüge, und wenn das Licht günstig stand, sah man die Radarschirme der militärischen Anlagen und die Fernsehübertragungstürme auf den Gipfeln blinkten. Nun wurde aber in den letzten zwanzig Jahren die Ebene von kleinen Betrieben, Schweinemästereien, Zufahrtsstraßen, Einkaufszentren, Hochspannungsmasten und inzwischen schon wieder stillgelegten Eisenbahngeleisen überzogen; die Menschen dösten in zufriedener, stiller Traurigkeit und gingen, ohne das geringste Aufsehen zu erregen, ihren Geschäften nach. Und wer noch einen besonderen Reiz dieser Gegend ausfindig machen wollte, der mußte sich schon sehr viel Mühe geben. Doch wer wollte das schon? Weder der Steinmetz noch der Apotheker hatten irgend jemanden getroffen, der nach dem Bau der Autobahn noch mehr erwartet hätte. Und über den Lärm der Militärflugzeuge, die zwischen den Höhenzügen hin und her sausten und ihre Übungen und Manöver machten, waren die Menschen mehr dankbar als verärgert, denn es war ein willkommener Anlaß, nach oben, in den Himmel zu sehen, und etwas, was auftauchte, um wieder zu verschwinden, mit den Augen zu verfolgen. So machte man sich klar, daß es außer dem im Fernsehen gezeigten Leben noch eines gab: nämlich dort, wo die Flugzeuge herkamen und wohl auch dort, wo sie das Blickfeld wieder verließen. Und wirklich gänzlich trostlos sah es aus, wenn, wie jetzt, eine dünne Schneedecke lag. Aus diesem Grund führte der Apotheker auch einen Herrenschirm mit sich, den er als Stock benutzte. Er war der Überzeugung, daß wenn in seinem Alter jemand stürzte, mit Sicherheit ein Knochenbruch zu befürchten stand, der nur unter größten Schwierigkeiten verheilen würde. So nahm er sich gewaltig in acht, als er vor der Werkstatt des Freundes ausstieg, sich umsah, die aufgestapelten Steinplatten und Quader musterte und abzählte und mit der Zahl der im letzten Jahr Verstorbenen verglich. Er kam zu dem Ergebnis, daß der Steinmetz für alle bis auf einen den Grabstein verfertigt hatte. Seine Neugier, wer das war und warum er keinen Stein aus der Werkstatt seines Freundes auf seinem Grab stehen hatte, ließ ihn über sich selbst schmunzeln. Noch, dachte er sich, bin ich kein Greis, aber ich bin auf dem besten Wege, einer zu werden. Mit diesem Gedanken und mit dem Vorsatz, herauszufinden, ob das bei seinem Freund ebenso war, öffnete er die menningrote und rostfleckige Eisentüre.

Kein Geräusch war zu hören, wenig Licht fiel in die Halle, der Tag war trüb, das Oberlicht war immer noch ein wenig schneebedeckt, ein Zeichen dafür, daß in der Werkstatt wieder nicht geheizt worden war. Nachdem sich seine Augen an das Halbdunkel gewöhnt hatten, ging der Apotheker vorsichtig einige Schritte und schreckte die Hasen hoch, von denen der Steinmetz eine große Zahl in Käfigen hielt. Aufgeregt stießen sie gegen den Maschendraht der Ställe. Im hinteren Teil der Werkstatt hatte sich der Steinmetz einen Verschlag aus Brettern gebaut und mit Decken und Teppichresten verhängt, die ihn vor Kälte und Staub schützen sollten. Dort schlief und kochte er. Um auf sich aufmerksam zu machen, schlug der Apotheker seinen Schirm gegen das große Blatt einer Steinsäge, das Geräusch tönte wie der Gong eines tibetanischen Klosters durch die Halle. Noch bevor das bebende Geräusch langsam verklungen war, erschien der Steinmetz, der offenbar geschlafen hatte, indem er eine der Decken beiseite schlug. Ohne ein Wort zu sagen holte er aus einer Ecke des Raumes, die er, da dort ein Fenster zerschlagen war, seinen Kühlschrank nannte, einen Karton, beschriftet mit blauen kyrillischen Buchstaben, hervor, blies den allgegenwärtigen Steinstaub herunter und nahm eine Flasche heraus. Der Apotheker folgte ihm in den Verschlag. Sie setzten sich gegenüber, die Flasche auf dem Campingtisch zwischen sich und musterten sich eine Weile schweigend, bis der Apotheker niesen mußte. Der Staub, meinte er und putzte sich die Nase. Und, als ob er soeben seinen Geruchssinn wiedererlangt hätte, beschwerte er sich über den Gestank der Hasen. Wie im Zoo, nein schlimmer als im Zoo, sagte er. Ihre Begegnungen verliefen im Grunde immer gleich und glichen von Jahr zu Jahr mehr einem geheimnisvollen Ritual. Wie immer machte sich nun der Steinmetz über den Schirm des Apothekers lustig, der auf dessen Knien lag, und zündete eine Zigarette an, von denen er abends eine große Zahl drehte, um tagsüber keine Zeit verschwenden zu müssen. Dann meinte er, eingehüllt von gelblichen Qualmwolken, daß er viel rauche und ihn deshalb der Gestank nicht störe.

Genau, sagte der Apotheker, dieses Zeug stinkt noch gemeiner als deine Hasen.

Ja, sagte der Steinmetz, willst du eine?

Natürlich lehnte der Apotheker jedesmal die Zigaretten ab, worauf ihm der Steinmetz versicherte, daß sein Tabak naturrein sei, denn er baute ihn selbst an, trocknete und fermentierte ihn in seinem Backofen. Dann stand er auf, um zwei ausgediente Senfgläser zu holen, wobei ihn der Apotheker darauf aufmerksam machte, daß er nicht trinke. Der Steinmetz lächelte und schenkte ein, wünschte Nasdarowje und schenkte die beiden leeren Gläser wieder voll. So tranken sie, bevor wieder ein anderes Wort fiel als das Nasdarowje des Steinmetzen, jeder drei Gläser, drei Gläser sibirischen Wodka, gebrannt mit Wasser aus dem Baikalsee. Was nun folgte, nannten die beiden Inventur. Der Apotheker begann in der Regel damit. Im letzten Jahr hatte er dreiundzwanzig Steine gezählt. Seines Wissens seien inzwischen fünf Personen verstorben. Beim Hereinkommen hatte er neunzehn Steine gezählt. Was also war mit dem Stein, der noch unbearbeitet und roh vor dem Gebäude gestapelt lag? War die fünfte Person gar nicht gestorben, war sie an einem entfernten Ort bestattet worden, hatte sie sich gar in der See versenken lassen oder hatte sie, beziehungsweise die Hinterbliebenen, taktloserweise den Grabstein von einem nicht am Ort ansässigen Steinmetzen anfertigen lassen? Solchermaßen in eine gewisse Aufregung gestürzt, stand der Steinmetz auf und suchte in einem Kasten nach dem karierten Rechenheft, das ihm in diesem Jahr als Auftragsbuch diente. Tatsächlich bestätigten ihm seine Eintragungen, was er ohnehin schon gewußt hatte, nämlich, daß er vier Grabsteine verfertigt hatte. Es begann ein Rätseln, wer denn eigentlich gestorben war, woran, und ob man den Tod erwartet habe oder ob er überraschend gekommen war. Und so stellte sich nun auch die Frage, ob denn tatsächlich fünf und nicht doch vier Personen gestorben seien. Der Apotheker kam auf die Zahl fünf, indem er sämtliche Personen einer bestimmten Altersklasse, die in seinem Geschäft Arzneien zu kaufen pflegte, aufrechnete und die abzog, die plötzlich nicht mehr erschienen. Und damit täuschte er sich selten, obwohl ihm der Steinmetz mit Recht vorwarf, er schließe durch seine Rechnung eine Genesung dieser Personen von vorneherein aus. Starben einmal jüngere Leute oder Kinder, was häufig vorkam, einen plötzlichen Tod, etwa den Verkehrstod auf der Autobahn, dann wußte man sowieso davon, hatte den Rettungshubschrauber starten und landen sehen oder die Sirenen der Rettungswagen gehört. So glaubte also der Steinmetz in diesem Jahr triumphieren zu können, da sich der Apotheker getäuscht hatte, und der Apotheker konnte eine gewisse Schadenfreude nicht verhehlen, da dem Steinmetz ein Auftrag entwischt war. Gewissermaßen waren also beide zufrieden, als der Apotheker seinem Freund eröffnete, daß sich in kurzer Zeit in dessen Leben etwas ändern werde, und daß dies gut so sei und lange überfällig. Es gehe nicht mehr an, daß er die schwere Arbeit alleine verrichte, daß er den Wodka alleine trinke, den Steinstaub alleine einatme, und auch seinen Tabak alleine rauche. Da lachte nach einer kurzen Pause des Erstaunens der Steinmetz auf und fragte, ob er denn bald verheiratet würde, oder was. Und daß die Frau, die seinen Tabak vertrage, erst noch geboren, wahrscheinlicher sogar erst noch gezeugt werden müsse, und das traue er niemand anderem zu als sich selbst.

Hasentod

Widerwillig stieg Raabe in den Volkswagen des Apothekers, denn er wußte ja in keiner Weise, was ihn beim Steinmetzen erwarten würde. Raabe glaubte, der Apotheker werde ihm Verhaltensmaßregeln mitteilen, doch der schwieg beharrlich, so daß auf der ganzen Fahrt kein Wort gesprochen wurde. Als Raabe bemerkte, daß die Werkstatt so weit von der Stadt entfernt war, wurde ihm noch unbehaglicher, und mit jedem Kilometer zweifelte er seine ohnehin halbherzige Entscheidung, Steinmetz zu werden, wieder an. Der Apotheker brachte Raabe bis zur Tür der Werkstatt, rief aber keinen Gruß hinein. Da ist es, sagte er nur. Und wie komme ich wieder zurück, fragte Raabe entsetzt. Du bleibst hier, antwortete der Apotheker, deine Matratze habe ich schon hergebracht.

Nun fühlte sich Raabe ganz und gar überrumpelt. Zwar hatte es ihm vor dem Gespräch mit dem fremden Mann gegraut, doch wenn er gewußt hätte, daß er gleich dort bleiben müßte, wäre seine Abscheu noch viel größer gewesen. Nun mußte er sich in dem bevorstehenden Gespräch wenigstens so weit mit dem Steinmetzen einigen, daß der ihn hier übernachten ließ. Die Unordnung des Raumes gefiel ihm, und er bemerkte nach einiger Zeit, daß eine versteckte Ordnung darin lag. Es roch merkwürdig, Raabe konnte sich nicht vorstellen, daß Steine so riechen. Er glaubte, Gewürze zu riechen, Thymian, Knoblauch, es roch nach Schweiß und nach Mist, nach Öl und nach Tabak. Er hörte leise, scharrende Geräusche, doch von einem Menschen war nichts zu sehen oder zu hören. Tastend und vorsichtig bewegte er sich durch den Raum und erschrak, als er einen schönen, weißen Grabstein sah, der eine Art Ehrenplatz in der Werkstatt einzunehmen schien. Das Geburtsdatum, der Name und die Buchstaben FREUD SCHÖNE GÖTTERFUNK TOCHTER AUS ELYS waren fertiggestellt, doch die Zahl hinter dem Kreuz, das Todesdatum, fehlte. Er strich vorsichtig über den glatten Stein und überlegte, wo er den Namen der Frau, einer gewissen ROSAMARIA RIEDEL schon einmal gehört hatte. Carrara-Marmor, hörte Raabe und erschrak über die laute rauhe Stimme. Er sah sich um, bemerkte eine Bewegung hinter einem Vorhang, der ein Stück des Raumes abtrennte. Der Kopf des Steinmetzen kam dahinter zum Vorschein, das Haar zerwühlt, als sei er eben aus dem Schlaf hochgeschreckt. Und er gähnte auch ausgiebig. Raabe wußte, wie schlechtgelaunt gerade aus dem Schlaf Geweckte sein können und sah sich schon zu Fuß zurück zur Apotheke gehen. Du glaubst, ich habe geschlafen, sagte der Steinmetz. Du täuschst dich. Ich hab dich beobachtet. Ich muß doch über dich Bescheid wissen. Weißt du, wovon ich lebe?

Raabe nickte. Und das willst du lernen? Ja, sagte Raabe. Bist du sicher? Nein. Vom Hasenjagen lebe ich, hast du das gewußt? Nein.

Raabe setzte sich dem Mann gegenüber, zwischen ihnen lag ein Haufen von dem übelriechenden Kraut, das der andere mit einem großen Messer zu hacken und kleinzuschneiden begann. Interessiert sah Raabe zu, der andere schwieg und hackte so schnell und sicher, als wolle er Raabes Bewunderung für sein Geschick erregen.

Was willst du denn lernen? fragte er nach einiger Zeit. Raabe wußte keine Antwort, denn er war sich sicher, daß er, wenn er nur einen kleinen Fehler machte, den Unmut des Steinmetzen schüren würde.

Siehst du, du weißt es nicht mal.

Raabe ärgerte sich über den abschätzenden und höhnischen Ton. Doch, sagte er voll von einem Trotz, der ihn viel selbstsicherer werden ließ.

Dann sag's!

Raabe schwieg wieder, wollte eben etwas sagen, worauf ihm der Steinmetz ins Wort fiel, aber in einem versöhnlicher scheinenden Tonfall fragte: Willst du vielleicht ein Künstler werden?

Das schien Raabe nun so fremdartig und wurde so wohlwollend gefragt, daß er auf der Stelle bejahte und sogar einen plötzlichen Gefallen an dem Gedanken fand, ein Künstler zu werden. Warum nicht, dachte er sich, und der freudige Gedanke trieb ein kaum wahrnehmbares Lächeln auf sein Gesicht, was den Augen des Steinmetzen, der weiterhin in erster Linie schnitt und hackte, aber nicht entging. Er deutete es wohl als einen Anflug von Selbstgefälligkeit, Überheblichkeit, Frechheit, Unverschämtheit und Wahnwitz, denn er warf sein Messer aus der Hand, sprang halb auf und fuhr Raabe mit einer Stimme an, die in der Werkstatt viermal widerhallte und bei jedem Mal noch schreckeinflößender wurde. Und zwar schrie er: Herrgottzack, ein Künstler. Ein Künstler willst du werden.

Er spuckte das Wort noch einmal aus, als hätte es sich durch das Ferment des Zorns verflüssigt und wäre zu Schwefelsäure geworden. Ein Arschloch von Künstler, fügte er hinzu und dies jetzt ruhig und in dem Tonfall eines Arztes, der den Angehörigen den jähen Tod des Patienten mitteilt.

Raabe war nun weniger eingeschüchtert als ebenfalls zornig, denn er fühlte sich von dem Mann in eine Falle gelockt. Hatte er ihm nicht förmlich die Aussage entlockt, Künstler werden zu wollen? Natürlich wollte er kein Künstler werden, er wußte noch nicht einmal, ob er Steinmetz werden wollte, und was der mit einem Künstler gemeint hatte, wenn überhaupt. So reagierte er mit aufbrausendem Ton, hob seine Stimme ebenfalls ein wenig und sagte: Ja! und etwas schwächer: Herrgottzack.

Dieses Herrgottzack hätte er besser weggelassen, denn es nahm dem kräftigen Ja den Effekt. Der Steinmetz, der zunächst durch das Ja etwas beeindruckt war, sprach noch immer höhnisch weiter. Er fragte ganz leise: Wie wer?

Raabe wollte nicht wieder in eine Falle tappen. Die Gegenfrage schien ihm die beste Waffe: Was wie wer?

Oder hätte er sagen sollen, genau wie Sie. Das hätte ja unter Umständen bedeutet, daß er den anderen für ein Arschloch hielt, oder der es zumindest so verstehen könnte. So weit war er noch nicht. Seine Gegenfrage klang recht blöd. Der Alte lehnte sich ein wenig zurück und sah ihn mitleidig an. Na, kennst du einen Künstler? Weißt du, was das ist?

Raabe kannte ja den Bücherschrank des Apothekers, wo er auf der Suche nach Erotika und in dem Glauben, es handle sich um die Memoiren einer italienischen Fanny Hill auf eine Biografie des Bildhauers Michelangelo gestoßen war, die er, anfangs nur nach pikanten Stellen suchend, dann aber gespannt zu Ende gelesen hatte. So antwortete er in einer Geschwindigkeit, die den Steinmetzen erstaunte: Michelangelo.

Er war dermaßen erstaunt, daß er schwieg. Dann glaubte Raabe einen Hauch von Feuchtigkeit in den Augen des Gegenübers zu sehen, dann öffnete sich dessen Mund, dann brach er in unglaublich schallendes Gelächter aus, das in dem weiten Raum wirklich wunderbar schallte und hallte. Er lachte so herzerfrischend, daß auch Raabe grinste, und je mehr Raabe grinsen mußte, desto leiser wurde das Lachen.

Als Raabe gar einen Laut ausstieß, hörte der Steinmetz auf der Stelle auf. Raabe bemerkte es nicht gleich, da es noch eine Weile hallte.

Weißt du überhaupt, wer das war? Michelangelo?

Raabe glaubte, die Stimmung hätte sich entspannt. Zwar war er ein wenig erstaunt über den plötzlichen neuen Ernst nach dem Lachanfall des Alten, doch seine Abwehrhaltung war erschlafft. So ritt ihn denn der Teufel, er verfiel in einen lustigen Ton wie selten, nicht ahnend, daß er einen heiklen Punkt berührt hatte.

Na ein Künstler. Herrgottzack. Ein Arschloch.

Nun folgte ein Schweigen, das war so eisig, daß Raabe glaubte, der Nachhall des Lachens wäre eingefroren. Der Steinmetz nahm sein Messer wieder in die Hand und hackte das Kraut, sehr langsam und mit einem Ernst, der Raabe die Farbe wechseln ließ. Er hatte gut dreihundert Gramm gehackt, als er Raabe aufforderte, zu wiederholen, was er eben über Michelangelo Buonarroti gesagt hatte. Raabe dachte, nun müsse er gewiß zu Fuß zum Apotheker gehen oder aber im Freien übernachten. Er verfluchte seine Dummheit. Es ist wie beim Boxen. Man darf die Deckung nicht verlieren, dachte er.

Wiederhole! sagte der Steinmetz mit einer Stimme, von der Raabe später erzählte, man hätte eine Marmorplatte damit schneiden können.

Daß er ein Künstler ist.

Du hast noch mehr gesagt.

Ich nehm's zurück.

Sag, daß du das Arschloch bist.

Sie sind das Arschloch.

Langsam legte der Alte das Messer beiseite, häufelte das zerkleinerte, stinkende Zeug ein wenig zusammen, stand auf und ging zum Fenster. Jede Bewegung empfand Raabe als eine Aufforderung, das Messer zu nehmen und sich den Bauch aufzuschlitzen. Der Steinmetz kam zurück mit einer Schuhschachtel, den beiden Senfgläsern und einer Flasche Wodka. Er goß ein, bot aus der Schuhschachtel Selbstgedrehte an und sagte Nasdarowje. Dreimal schenkte der Steinmetz ein, dreimal sagte er Nasdarowje, bevor er vom Wasser des Baikalsees erzählte, von dem er angeblich getrunken hatte. Er deutete auf das Etikett und sagte, als erstes solle sich Raabe merken, daß dies der beste Wodka sei und daß der Baikalsee das klarste Wasser der Welt habe.

Im Baikalsee verrecken die Seehunde, sagte Raabe.

Warst du dort?

Nein.

Also halt die Klappe und paß auf. Ich bin kein Künstler. Du kannst von mir aus einer werden. Ich bin ein Steinmetz, ein Handwerker, ein Arbeiter. Und weißt du, wovon ich lebe? Im Durchschnitt werden hier, auf zwanzig Kilometer, fünf pro Jahr überfahren. Oft Alte, aber dieses Jahr schon drei Kinder, eine Hirnhautentzündung. Tausendzweihundert Mark pro Stück. Bei den Erwachsenen zweitausend. Manchmal bis zu viertausend. Ich arbeite billig. Viel zu billig. Herrgottzack. Was gibt's zu glotzen? Merkst du jetzt, daß ich kein Künstler bin? Weißt du, was Michelangelo gemacht hat?

Raabe sagte zur Sicherheit nichts. Der Steinmetz stand auch gleich auf, ohne eine Antwort abzuwarten, ging in seinen Verschlag aus Teppich und Decken, wo er eine Weile nach etwas suchte. Er kam zurück mit einem Buch und suchte eine Stelle darin. Er gab es Raabe. Raabe las ein Stück. Es war die Biografie des Bildhauers, die er schon kannte. Der Steinmetz sah ihm genüßlich zu und befahl, als Raabe zu Ende gelesen hatte, er solle erzählen.

Er hat sich nachts aus dem Haus geschlichen.

Mit einem Messer, ergänzte der Steinmetz.

Mit einem Messer und ging damit zum Leichenhaus.

Und?

Er hat die Toten angeschaut.

Nur angeschaut?

Er hat reingeschaut.

Und warum?

Damit er sieht, was drin ist.

Und was war drin?

Fett, Blut, Herz, Leber, Muskeln, Galle, Scheiße und so weiter.

Raabe brach ab, weil er nicht verstand, worauf der andere hinaus wollte. Doch der wirkte merkwürdig zielstrebig, und seine Fragen hatten einen Sinn. Raabe nahm sich eine der Selbstgedrehten, goß sich Wodka ein und glaubte beim ersten Zug zu ersticken, so giftig schmeckten die Zigaretten. Was das sei, fragte er unter Krämpfen. Der Alte deutete auf den Haufen zwischen ihnen und machte eine ungeduldige Handbewegung.

Und dann?

Dann hat er nach Leichenfett gestunken.

Und warum das alles?

Weil er wissen mußte, was drin ist, damit er das Äußere zeichnen kann.

So ist es. Weißt du, wieviel ich verdiene?

Raabe versuchte, anhand der Zahl der Leichen, die der Alte genannt hatte, die Summe auszurechnen. Es war wenig. Doch der Steinmetz erklärte, daß er davon leben könne, da er so gut wie alles, was er brauche, selbst herstelle. Alles bis auf Brot, Wodka, Strom und Margarine. Dann wollte er wissen, ob Raabe Hunger habe. Er nickte. Kochen wir was, sagte der Steinmetz und stand auf. Steine kann man nicht essen. Er ging zu den Hasenställen, die Raabe noch gar nicht gesehen hatte, da sie mit einer Plane bedeckt waren, und winkte ihn heran: Such dir einen aus!

Jetzt wußte Raabe, woher der Geruch nach Mist stammte und daß diese seltsamen Geräusche durch die kleinen schnellen Bewegungen der Tiere, ihr Atmen und das Rascheln im Heu entstanden. Er deutete auf einen sehr großen Hasen, der sich kaum rührte und sie mit bernsteingelben, kalten Augen anstarrte. Den nicht, sagte der Steinmetz, das ist mein bester Rammler. Wahllos deutete Raabe auf ein anderes Tier. Der Steinmetz packte es mit schnellem Griff hinter den Ohren. So faßt man die an, sagte er und, als hätte er Raabes Gedanken erraten, ob es weh tut, weiß ich nicht.

Er musterte das Tier, es hatte ein graues glänzendes Fell, die Bauchdecke war weiß, die Spitzen der Vorderpfoten hatten hellgraue Tupfer, seine Augen waren hellbraun wie kräftiger Tee. Heftig schnupperte es und zappelte träge mit den Hinterbeinen.

Hat es einen Namen? fragte Raabe

Hase, sagte der Steinmetz. Und wie heißt du?

Raabe, sagte Raabe.

Halt ihn mal, befahl der Steinmetz und holte einen sich

nach vorne verdickenden Stock aus schwerem Holz von seiner Werkbank und wog ihn in der Hand.

Das ist dein Handwerkszeug.

Hat es einen Namen? fragte Raabe.

Klöppel. Man schlägt damit.

Er hielt Raabe das Werkzeug hin, der nahm es in die Linke und hielt beide Arme weit von sich. Der Hase betrachtete neugierig das Schlagwerkzeug, als hielte er es für eine unterarmgroße Möhre.

Mit dem Klöppel umzugehen, das muß man als erstes lernen. Halt ihn nicht so verkrampft; das Handgelenk entspannt, locker den Arm. Jetzt leg ihn weg und streichle den Hasen im Genick. So.

Raabe fühlte die schwielige Reibeisenhand in seinem Genick, wie sie erstaunlich sanft eine Entspannung der Halsmuskulatur zu erreichen suchte, doch nur das Gegenteil erreichte, denn Raabe verstand jetzt, was der Mann von ihm forderte. Schildkrötenhaft zog er den Kopf ein. Das könne er nicht, sagte er mit gepreßter Stimme, er wolle kein Schlachter werden.

Wenn du mit dem Klöppel nicht umgehen kannst, dann geh besser gleich, antwortete finster der Steinmetz. Jetzt streichle ihn erst und fühl, was passiert.

Raabe legte den Prügel beiseite und gehorchte. Er wird ganz ruhig. Es gefällt ihm. Er streckt den Hals.

Und jetzt wumms, sagte der Steinmetz und tätschelte Raabe im Genick, ganz leicht, aber Raabe verstand, was gemeint war. Der Alte schenkte zwei Gläser voll. Raabe führte seines mit der freien Hand zum Mund. Beide tranken den Wodka in einem einzigen Schluck. Raabe spürte, wie es im Bauch brannte und das Brennen an der Wirbelsäule wieder hochstieg, warm und nun angenehm. Die Muskeln in seinem Genick entspannten sich. Euch geht's doch gut, sagte der Alte und grinste. In der Tat sahen Raabe und der Hase sich beinahe freundschaftlich an.

Weißt du, daß sie Michelangelo die Fresse eingeschlagen haben? Das war sehr gut für ihn, sagte der Steinmetz.

Ich will kein Künstler werden, sagte Raabe schnell.

Trink noch einen.

Raabe fühlte den Rausch wie eine warme sanfte Welle auf sich zukommen, die ihn einhüllte und gleichzeitig klar und verschwommen denken und sehen ließ.

Ich schlachte auch nicht gerne, sagte der Steinmetz. Aber essen tu ich sie gern. Knoblauch. Thymian. Majoran. Euch läuft das Wasser im Mund zusammen. Hase und Raabe.

Er stand auf und holte eine Möhre für den Hasen, biß selbst ein Stück davon ab und sah zu, wie das Tier possierlich knabberte.

Ich mach Buttermöhren dazu. Schau, wie's ihm gut geht. Jetzt mußt du zuschlagen. Wumms. Sie schmecken ganz leicht nach Tabak, so was hast du noch nie gegessen.

Tabak? fragte Raabe verwundert.

Weil ich ihn im Backofen trockne. Jetzt streichle ihn wieder. Gut so. Jetzt nimm den Klöppel. Und Wumms.

Raabe holte aus, und es gelang ihm beim ersten Schlag, das Genick des Tieres zu brechen. Er bemerkte ein letztes, recht starkes Zucken, doch alles war so weit weg von ihm, daß er gar nicht sah, daß auch der Steinmetz für kurze Zeit die Augen zusammenkniff und beim Schlag ebenfalls zusammenzuckte. Er nahm Raabe das Tier aus der Hand, stellte eine Schüssel auf den Boden, hängte es an den Hinterläufen an einen dafür vorgesehenen Nagel und zog ihm mit wenigen Handgriffen das Fell ab, nahm es aus und erklärte, man müsse aufpassen, die Galle nicht zu verletzen. Er erklärte die Lage der Galle, die verschiedenen Zubereitungsweisen, was er mit den Fellen tat und bemerkte erst später, daß Raabe längst eingeschlafen war. Na, dann lernst du's halt beim nächsten Mal, murmelte er, während er den Hasen salzte, pfefferte und innen mit Knoblauch einrieb.

Einführung ins Gewerbe

Der zähe Dunst, der seit mehreren Tagen über der Gegend gelegen hatte, riß auf. Die Sonne war zu sehen, die Kälte der letzten Tage war hartnäckig, doch der Steinmetz fühlte nach einiger Zeit eine lange vermißte Wärme in seine Knochen dringen. Frühling würde es noch lange nicht sein, doch dieser Tag hatte etwas von Frühling. Er sorgte dafür, daß man die Jahreszeiten nicht vergaß nach der langen Zeit, in der ein Tag auf so schreckliche Weise dem anderen geähnelt hatte, daß Raabe dankbar für den Einbruch der Nacht war, um sicher zu sein, daß sein zukünftiges Leben nicht an einem einzigen, lebenslangen Tag stattfinden würde. Der Alte ging aus der Werkstatt, winkte Raabe zu sich heran, blinzelte in den Himmel und sagte dann: Bist du schon mal auf einer Frau gelegen?

Sie meinen gestanden? fragte Raabe zurück.

Wie ist mir egal, sagte der Steinmetz. Wir gehen heute zu Rosamaria.

Der Alte streckte sich mit einem wohligen Laut, ging in die Werkstatt, wusch sich so ausgiebig wie lange nicht mehr, so daß sich der Raum mit dem Duft von Lavendelseife erfüllte. Aus dem Kasten holte er einen altertümlichen, aber verwegen elegant wirkenden schwarzen Zweireiher heraus und bearbeitete ihn heftig mit einer Bürste. Wenn mir mal was passiert, dann schau im Anzug nach, sagte er beiläufig zu dem verwundert zusehenden Raabe. Der Steinmetz rasierte sich, nahm die Wodkaflasche und ein mit einem dunkelbraunen Pulver gefülltes Senfglas. In den Wodka rührte er eine Messerspitze des Pulvers, das sich nicht auflösen wollte; schwarze Partikel setzten sich ab und stiegen an die Oberfläche.

Willst du auch, fragte er Raabe, doch das Gemisch sah so unappetitlich aus, daß der den Kopf schüttelte. Nasdarowje, rief der Alte und kippte das Zeug. Bereit? fragte er.

Bereit, sagte der Lehrbube.

Er führte Raabe hinter das Haus und deutete auf zwei Fahrräder, die dort unter einer Plastikplane standen. Sitz auf! sagte der Steinmetz und fuhr los.

War der Wind günstig und die Temperatur angenehm, brauchte ein Radfahrer eine halbe Stunde bis zur einzigen markanten Erhebung in dieser flachen Gegend, auf der ein in den fünfziger Jahren errichtetes, in einem bescheidenen Villenstil gehaltenes Gebäude lag. Von hier aus hatte man einen Rundblick, der den Eindruck der Belanglosigkeit der

Umgebung bestätigte. Das Gebäude hieß Villa Panorama und wurde von einem Bauunternehmer an eine gewisse Rosamaria verpachtet, die dort ein mäßig gehendes Bordell unterhielt. Der Steinmetz hatte damals bei den Bauarbeiten mitgewirkt und sich für kurze Zeit mit dem Bauunternehmer angefreundet, einem Mann der ersten Stunde, dem der eigenwillige und tatkräftige Steinmetz gefiel. So verbrachte er dort neben einigen anderen Honoratioren einige wilde Abende als Gast des großzügigen Bauherren. Eine breite Auffahrt führte den Hügel hinauf, die jedoch dummerweise von allen Seiten her eingesehen werden konnte und deshalb mit schnellwachsendem Gebüsch umpflanzt wurde. Als der Steinmetz sich dann auch mit Rosamaria anfreundete, auf die der Gastgeber ein Auge geworfen hatte, kühlte die Freundschaft bald wieder ab. Auch Rosamaria hatte ihre ersten Erfahrungen als Geschäftsfrau nach dem Krieg gemacht, das verband sie mit dem Bauunternehmer, und so waren beide jeweils auf ihre besondere Weise durch den Tauschhandel zu ihrem Wohlstand gekommen. Der Unternehmer lud den Steinmetzen bald nicht mehr ein, doch weder Rosamaria noch der wollten auf gelegentliche Zusammenkünfte verzichten, die sich der Steinmetz bald nicht mehr leisten konnte. Auf diese Weise kam ein absonderliches Abkommen mit der Bordellwirtin zustande, das ebenfalls auf dem Austausch von Naturalien beruhte. Der Steinmetz hatte, um es so zu sagen, freie Kost und Logis, wofür Rosamaria ein angemessenes Grabmal aus weißem Carrara-Marmor in Auftrag gab. Der Steinmetz fügte nach jedem Besuch einen oder – je nachdem – auch zwei Buchstaben hinzu, und da seine Besuche mit den Jahren etwas seltener wurden, auch weil er dem Bauunternehmer, den er nicht mehr leiden konnte, nur ungerne begegnete, wurden dem Stein im Laufe von sieben Jahren immer wieder einmal ein, zwei Buchstaben der Inschrift, außer natürlich dem Datum des Ablebens, eingemeißelt.

Raabes Rad hatte einen Achter, er mußte heftig treten, um mit dem vorauseilenden Steinmetzen mithalten zu können. Außerdem entwich langsam die Luft aus dem Hinterreifen. Der Alte sah sich nicht um, Raabe hörte ihn singen und sah, wie er sich weiter und weiter entfernte, er schien immer schneller zu werden. Raabe war erstaunt über die Kraft des Mannes, und wieder überfielen ihn Zweifel, ob er nicht zu schwach für diesen schweren Beruf sein würde. Was zum Teufel treibt den so an, fragte er sich und verfluchte sein untaugliches Fahrrad. Die letzten Tage hatte er sich über die Kälte beklagt, jetzt überfiel ihn ein Schweißausbruch, und wie seinem Reifen ging auch ihm die Luft aus.

Der steile Weg, der zur Villa Panorama hinaufführte, schien ihm die letzten Kräfte zu rauben, er mußte absteigen und schieben, während der Steinmetz sich aus dem Sattel hob und mit enormem Tempo hinaufstemmte. Er war wie verjüngt, und aus seinen Augen strahlte eine bubenhafte Freude an seiner Kraft und der Erwartung der kommenden Annehmlichkeiten.

Er hätte nicht sagen mögen, daß er in Rosamaria verliebt sei, ja er hatte in seinem Leben niemandem gegenüber eine solche ihm gefährlich scheinende Äußerung gemacht, doch freute er sich immer, sie zu sehen, mit ihr zu plaudern, und er wurde plötzlich gesprächig und charmant, wie Raabe ihn noch nie erlebt hatte. Auch sie war hingerissen von ihm, sie mochte seine Kraft und seine ledrige Haut, er mochte ihren prächtigen Hintern und ihre vollen dunklen Haare, von denen sie behauptete, sie noch niemals mit Farbe in Berührung gebracht zu haben.

Unter ihren Augen, unter ihren Händen wurden die Männer zu folgsamen, freundlich triebhaften Tieren, die sie nach Belieben abrichten, zureiten, bestrafen, tätschelnd loben und zornig tadeln konnte, und für alles waren sie dankbar; da war etwas zwischen Hure und Mutter, und wenn einer ihrer Kunden eine Unsicherheit oder gar Scham zeigte, verstand sie, ihn mit ein paar Worten zu einem lange ersehnten Geliebten zu machen, als käme er von einer weiten Reise zurück und sie, ihr Hintern, ihre Brüste und die vollen Haare hätten nur auf diesen Mann gewartet. Ihre Stimme war warm, und Raabe spürte ein Kitzeln in seinem Bauch, als sie sprach, und er glaubte zu fühlen, wie sein Sektglas sanft vibrierte. Die würde dem Taubmann gefallen mit der Stimme, dachte er und beschloß, einmal mit ihm die Villa Panorama zu besuchen.

Sie saßen zu dritt an der kleinen Bar, tranken Sekt und Wodka, es roch nach kaltem Rauch und abgestandenem Alkohol, doch Rosamaria benutzte ein göttliches Parfum, das sich mit dieser übelriechenden Mischung von Überresten unzähliger ausschweifender Nächte auf eine Weise paarte, die einen glauben machte, die Nase säße in den Lenden. Sie wünschten schon nach wenigen Minuten ihrer Unterhaltung nichts anderes mehr, als voll und ganz einzutauchen in dieses Meer von Gerüchen und Fleisch, in das volle Haar zu fassen und an diesem Hintern zu arbeiten, und das mit mindestens der Ausdauer und Hingabe, als wäre es ein Block Carrara-Marmor, ja der Steinmetz sah vor seinem geistigen Auge bereits einen Preßlufthammer als Bild seiner männlichen Kraft und seiner sexuellen Pläne mit Rosamaria.

Obwohl sie ihn nach einer freundlichen Begrüßung kaum mehr beachtete, sie hatte nur noch Augen für den Alten, erging es Raabe nicht anders, sein Puls, der schon von der Strapaze des Radfahrens raste, schnurrte nun regelrecht, und sein erregtes Atmen ließ sich nicht mehr verlangsamen und verbergen.

Rosamaria nahm das Haustelefon zur Hand, kniff Raabe in die ohnehin schon glühenden Wangen und verlangte nach einer gewissen Natascha, worauf der Steinmetz eine Augenbraue hob, griente und schließlich das Auge zu einem Komplizengruß zusammenkniff.

Natascha holt dich ab, mein Kleiner, sagte Rosamaria, und in Raabes Hose begann es so kräftig zu arbeiten und zu pochen, daß er sich schämte, weil er fürchtete, die anderen beiden könnten es sehen. Und sie sahen es auch, was den Steinmetzen und Rosamaria, kaum hatte Raabe die Bar an Nataschas Hand verlassen, zu einem gewaltigen Gelächter reizte.

Natascha war klein, schmal und von knabenhafter Figur, und da sie dunkle Augen hatte, teilte ihr Rosamaria die Rolle eines kleinen schwarzen Teufelchens zu. Dort gab es auch kleine blonde Engelchen, große kühle nordische Damen, üppige, etwas zum Bauchansatz und rubensschen Speckfaltenwurf neigende, offensichtlich blond gefärbte Frauen. Eine jede sollte einen bestimmten Typus darstellen, so daß ein jeder eine Gespielin nach seinem ureigensten

Geschmack finden konnte. Natascha hatte das Teufelchen in sich durch eine Kombination von schwarz und rot, durch einen scharfen schwarzen Lidstrich und schwarzbemalte, lange Nägel herausgearbeitet, und in der Tat ging von ihr etwas Kindhaft-Verruchtes, Verdorbenes und zugleich niedlich Böses aus, eben das, was sie vom blonden Engelchen oder von der echten Teufelin im Gegensatz zum kleinen schwarzen Teufelchen unterschied.

Ihre richtigen Namen verrieten die Frauen nie, und Natascha sprach einen östlich gefärbten Akzent mit einem sanft rollenden R, so daß niemand auf den Gedanken kam, sie könne nicht Natascha heißen. Dies alles war gut ausgedacht und erprobt, so bestand auch bei Raabe kein Zweifel darüber, daß diese Frau, die langsam vor ihm die Treppe hinaufstieg, ein östliches, schwarzes Teufelchen war. Und da auch Raabe etwas Schwarzes anhaftete und ihn mitunter wie eine Wolke umgab, hatte Rosamaria mit Bedacht ein schwarzes Pärchen zusammengestellt, wo der eine Freude am anderen haben könnte.

In Nataschas winzigem Zimmer standen die Fenster weit offen, die Luft war hier angenehm frisch im Gegensatz zu der in der Bar, die Tapeten waren höllenrot und das Bett satinschwarz bezogen, die Duschkabine störte den Eindruck ein wenig, sie war himmelblau, doch wenigstens der Vorhang war wiederum flammendrot und züngelte gleichsam im Luftzug. Nach Schwefel roch es erstaunlicherweise nicht. Das änderte sich allerdings, als Natascha eine Zigarette anzündete und das Zündholz aushauchte.

Natascha schloß das Fenster und begutachtete Raabe lächelnd, auch sah sie gleich, wie es in seiner Hose stand, und gerne hätte sie ihm gleich Erleichterung verschafft, doch zuerst mußte er sich einer gründlichen Reinigung unterziehen, das war so üblich, und Raabe war auch gänzlich bedeckt von feinstem Steinstaub, der die Fasern aller Stoffe durchrieselt hatte und allgegenwärtig an seinem ganzen Körper war. So nahm sie einen Papierwaschlappen und knöpfte vorsichtig die staubige Hose auf, um dort zu beginnen, wo es am dringlichsten war.

Was haben wir denn da, gurrte sie, alles voller Staub, wo kommt denn dieser Staub her?

Das kommt vom Polieren beim Steinmetz, antwortete Raabe, wobei er vor Erregung kaum mehr den Mund bewegen konnte und zu zittern begann.

Was polierst du denn für Steine, fragte sie.

Granit und rosa Marmor, sagte Raabe.

Sie fand den Gedanken lustig, daß sie nun hier ebenfalls polierte, und betrachtete alles sehr genau. Auch Raabe betrachtete sich und mußte an die Morchel aus dem Pilzbuch des Taubmanns denken, um sich ein wenig zu beruhigen, doch es half ihm nicht.

Braun der Granit, mit bläulichen Adern durchzogen und ein Köpfchen aus rosa Marmor, wie warm der Marmor ist, ganz vorsichtig polieren wir den und waschen ihn und, oh! sagte sie, denn sie war wohl etwas zu unvorsichtig beim Abwaschen und Polieren gewesen, so wurde nun aus der Morchel ein sich ängstlich und eiligst zurückziehendes Pilzlein, Raabe mußte an die Böhmische Runzelverpel denken, einen schmackhaften Speisepilz. Nun hüllte sich das Pilzlein mehr und mehr in Falten, alterte rapide und wollte schier im Moos versinken. Und, so sehr sie sich auch bemühte, mit ihren frivolsten Wortspielen, mit ihrer schnellen, heißen Zunge und mit ihren flinken cremeduftenden Fingern ging diese Partie aus wie das Hornberger Schießen, das Pulver war zu früh verschossen.

Laß dich von deinem süßen schwarzen Teufelchen reiten, so lockte sie ihn, und noch andere Sprüche gingen in unablässiger Folge von der das R so verlockend rollenden Zunge. Nichts half.

Die Scham über seinen Übereifer verhinderte erst recht, daß da etwas nachgeladen werden konnte, und so gingen die beiden nach unten, zurück in die Bar, tranken halbtrockenen Sekt und erwarteten Rosamaria und den Steinmetzen. Sie mußten noch lange warten, und Natascha versprach Raabe allerlei Delikatessen, wenn er es wieder mit ihr versuchen würde.

Als der Steinmetz und Rosamaria fröhlich und erschöpft herunterkamen, war es bereits dämmrig geworden. Der Steinmetz musterte Raabe neugierig, doch der senkte nur den Kopf, und Rosamaria forderte Natascha mit Blicken auf, ihr nun endlich ins Ohr zu flüstern, was dort oben gewesen war. Raabe errötete, als Rosamaria leise lachte. Der Steinmetz ahnte, worum es ging, ließ sich Wodka geben und erzählte.

Russische Fliegen

Habe ich mich nach Osten gewendet, seh ich einen Feuerschein orangerot über dem See. Der See ist unendlich groß, ein Meer für die Menschen, die nie im Leben etwas Größeres gesehen haben als diesen See. Und du siehst in die Tiefe, wenn du mit dem Boot hinausfährst, siehst du vierzig, fünfzig Meter tief, so sauber ist das Wasser.

Dort, in dem Städtchen Listwjanka, wo die Angara aus dem Baikalsee fließt, lebten zwei schöne Zwillingsschwestern, die waren meine Geliebten, beide waren am Limnologischen Institut. Beide liebte ich sie, ging ich mit der einen, dann weinte die Schwester, ging ich mit der anderen, dann weinte die Schwester. Warum gehst du nicht mit uns beiden? fragten sie. Und ich sage dir, einer Genüge zu tun, das war viel, da hat ein Mann eine Arbeit geleistet, das war eine Tat, und eine andere Tat, die standen sich in nichts nach; alle sahen in mir einen Helden, und der Pope zwinkerte mir zu, lud mich in seine Kirche ein und riet mir, nicht zu wenig und vor allen Dingen nicht, so sagte er, mittelmäßig zu trinken. Du trinkst am besten gar nicht, sagte er, oder du trinkst viel, und dann nimm sie beide. Ich wollte keine traurig sehen, also trank ich viel und wollte sie beide nehmen, da haben sie beide geweint, und ich, aus Scham weinte ich auch. Die Häuser waren Blockhäuser, schwarz geteert das Holz, die Läden weiß, grün und blau, die Dächer aus Wellblech, das Wellblech verstärkte unser Heulen, und der Pope muß es gehört haben.

Am nächsten Tag traf ich ihn vor seiner Kirche, und er

sagte, du hast nicht genug getrunken, du sollst nichts Mittelmäßiges tun. Schau, wie es die Bären machen. Und er nannte eine Stelle am Ufer des Sees, wo man die Bären beobachten konnte. Die Menschen in Listwjanka kennen die Bären gut, sie sind oft im Wald, sammeln Pilze und Beeren.

Der Feuerschein kam von den Raffinerien der Stadt Irkutsk, der See ist so groß, daß sich ein jeder Schmutz verteilt nach überall. Dort leben auch Seehunde, die Ringelrobben, und der Schnäpel, Sig nennen den die Russen, und der Omul, und die Golomjanka, ein Ölfisch, ein Tiefseefisch. Ich kletterte auf einen Baum am Ufer und war ruhig. Bald kam der erste Bär, schnupperte, witterte mich, aber es war ihm gleichgültig, er sah mich verächtlich an, ging zum Ufer und streckte die Nase in die Luft. Dann begann er, mit den Tatzen zu winken, als wolle er ein Zeichen zum anderen Seeufer geben, das man nicht sehen konnte. Er winkt mit den Tatzen, er fuchtelt, er schnappt, grunzt und führt sich auf, als wär er wahnsinnig.

Bald kam ein zweiter Bär, sah ebenfalls verächtlich zu mir herauf und ging, zwanzig Meter vom anderen entfernt, zum Ufer, richtete sich auf, fuchtelte und schnappte.

Bald kam ein dritter Bär, etwas größer als die anderen, stellte sich zwischen sie und führte sich genauso auf, als ob die Bären wahnsinnig geworden wären. Das ging so eine gute Stunde, auf einmal hören sie damit auf, senken ihre Schnauzen gleichzeitig ins Wasser und saufen. Und dann, sage ich dir, habe ich verstanden, was der Pope meinte. Der große Bär nahm seine Schnauze aus dem See, ging zu dem Bären rechts von ihm, der wohl eine Bärin war, biß sie in den Nacken und nahm sie von hinten. Die andere soff und soff, schaute ab und zu mal nach den beiden, grunzte und soff weiter. Als der Bär mit der ersten fertig war, ging er zur zweiten, biß sie in den Nacken und machte es mit ihr wie mit der ersten. Na!

Schwindel, sagte Raabe.

Wahrheit, sagte der Steinmetz. Und glaub mir, wenn ich dir sage, das ganze ging noch dreimal so. Er mit der ersten, er mit der zweiten, er mit der ersten, er mit der zweiten, er mit der ersten, er mit der zweiten.

Dann? fragte Raabe ungläubig.

Dann legte er sich hin, die beiden anderen legten sich dazu, da wo sie gerade standen, fielen sie um und schliefen ein und schnarchten, daß ich von meinem Baum herunterklettern konnte und die Bären von nahem anschauen. Ich schwöre dir, ganze Schwärme von Fliegen habe ich surren gehört in ihren Bäuchen.

Das hab ich meinen Zwillingsschwestern erzählt, und die sagten mir, fang einen Fisch und iß ihn roh, wie das die Bären und die Japaner machen. Also fing ich einen Fisch, schneid ihn in dünne Scheiben und esse ihn roh. Doch das war nicht das Geheimnis.

Und was war das Geheimnis, fragte Raabe skeptisch.

Die Fliegen fangen! sagte der Steinmetz. Die Bären fressen die Fliegen in der Paarungszeit, sie stehen am Wasser und fuchteln mit ihren Tatzen durch die Luft, sie sind verrückt, denkst du, doch sie fangen die Bärenfliege und fressen sie, kiloweise, das macht sie geil, wie ein Bär nur geil sein kann. Wenn du eine von diesen Fliegen frißt, wirst du geil wie ein russischer Bär.

Das Wasser des Sees ist so rein, so sauber, daß man den

besten Wodka damit brennt, den baikalischen sibirischen Wodka, das ist der beste, niemals macht er dir einen Kater oder Kopfschmerz, er macht den Kopf klar, du siehst unendlich tief in den See und in die Augen der Seejungfrauen. Paß auf, verschluck Bärenfliegen dazu. Dann machst du Liebe wie ein, was wie zwei, wie drei Bären. Und dann schläfst du einen Tag, wie tot.

Und wo find ich die Bärenfliegen, fragte Raabe.

In dem Gläschen beim Rasierzeug. Das ist ein Pulver aus Bärenfliegen. Bekomm ich vom Apotheker.

Er gähnte, seine Zunge wurde schwerer.

Wenn du schlafen willst wie ein Toter, dann trink eine Flasche in einem Zug, und du schläfst einen Tag und eine Nacht. Man wird glauben, du bist tot.

So war das mit den Zwillingsschwestern. Ich hab geschlafen unter der großen Esche vor dem Haus des Popen, bin aufgewacht, habe eine Flasche Wodka gekauft und zum Popen gebracht. Wie die Bären hab ich's gemacht. So mußt du's machen: wie die Bären und nichts mittelmäßig.

Er schloß die Augen, schlief ein, schnarchte, das Schnarchen wurde leiser, und kaum sah man, wie sich sein Brustkorb hob und senkte.

Und das Pulver, so schloß er seine Erzählung, findest du im Rasierschränkchen.

Kaum war das ausgesprochen, saß Raabe schon auf dem Rad des Steinmetzen und raste die Straße hinunter, ja er überflog den Weg zur Werkstatt. Er sprang zum Rasierschränkchen, nahm das Senfglas heraus und roch an dem Bärenfliegenpulver. Nichts Mittelmäßiges, sagte er, schluckte das Pulver und lief zurück zum Rad.

Er fuhr aus einer Betäubung hoch, die ersten Gedanken waren: Wasser, der Teich, das Kühle und Pflanzen. Dann war da sein Gewissen, unendlich quälend, ein nie gekanntes schlechtes Gewissen. Die Unzucht, die Faulheit, der Exzeß, diese Wörter durchzuckten ihn und ließen ihn aufschnellen, als lösten sie in ihn eingebaute Stahlfedern aus. Aufgeschleudert von einer einzigen schnellenden Bewegung fand er sich stehend erwacht. Wo bin ich? Hier bin ich. Wer bin ich? Ich bin ich. Nur ich?

Seine Beine waren Binsen und schwankende Stengel im Schilf; auf der Stelle legte er sich wieder nieder und schloß die Augen. Kaskaden von geometrischen Mustern, Schlangenhäute, die Vorhänge im Schlafzimmer seiner Mutter, Blitze, die mit beängstigender Regelmäßigkeit wie aus Maschinen geschleudert in dem feuchten Himmel, dem Raum zwischen seinen Augäpfeln und seinen Lidern zuckten. Dann setzte sich, er spürte es mit geschlossenen Augen, die Werkstatt in Bewegung, obwohl sie doch aus Stein gebaut war, aus Stahl die zweiflügelige Tür und die Schiene des Handkrans, aus Holz das Dachgebälk und aus Beton das Fundament, das fest und einen Meter tief in der Erde saß. Nun bewegte sich dies alles, fuhr wie auf Rädern, fuhr nach rechts zum Wäldchen hin und überrollte wohl die beiden Fahrräder, über die er trotz seiner Trunkenheit nach der Ankunft die Plastikplane geworfen hatte, dann hielt sie an und bewegte sich nach links zur Autobahn hin, wo doch der Granit und die Marmorplatten säuberlich gestapelt standen. Er war sicher, daß zumindest die, die ganz oben lagen, weit, tief und heftig fallen würden und zersplittern, übereinanderstürzen, zerschellen. Das ist ein hoher Verlust, fuhr es Raabe durch den Kopf, wie würde das der Alte verkraften? Wird er wütend auf Raabe werden, toben über den Jungen, der doch nichts für die plötzliche Bewegung der Werkstätte konnte? Oder hatte gar er sie durch seine Ausschweifungen hervorgerufen, daß sie wie ein plötzliches Strafgericht über ihn hinwegdonnern würde? Welcher Art waren seine Ausschweifungen überhaupt gewesen? Denn so sehr er sein verklebtes Hirn auch bemühte, so wenig konnte er sich daran erinnern, nur mutmaßen konnte er.

Und hatte der Alte ihn nicht geradezu verführt, ausschweifend zu sein? Ihn allein traf nicht alle Schuld, würde er sagen, falls er sich zu verteidigen hätte.

All dies fuhr ihm durch den Kopf, wurde dort hin und her geworfen, während die rollende Werkstatt ihr Zerstörungswerk fortsetzte, hinmalmte und herfuhr und sich in eine langsame Drehung begab. So sehr er sich fürchtete, so sehr er verwirrt war, so sehr drängte es ihn doch auch, die Augen zu öffnen, um zu sehen, daß all dies nicht wahr war. Es war unendlich schwer, alles klebte in und an seinem Kopf. Er riß sich zusammen und öffnete die Augen einen Spalt breit, stöhnte leise auf und wünschte, er hätte das nicht getan. Denn das Öffnen seiner Augen, so war es ihm, hatte die Drehung der Werkstatt augenblicklich beschleunigt, er glaubte sich von einer wirbelnden Kraft von der Stelle gezogen, gestoßen und gedrückt. Fest preßte er die Augen zu, als könne das Pressen die Bewegung, das Wirbeln bremsen, doch nichts verlangsamte sich, er spürte einen stärker werdenden Schmerz im Kopf, es drehte sich das Dach und wollte sich nach oben schrauben, sich erheben in den grauen Morgenhimmel, davonwirbeln und den Erdkreis wirbelnd verlassen, in Sonnennähe fliegen und verglühen. Aber warum hatte es den Alten noch nicht aus seinem Verschlag gerissen, was für einen Rausch hatte er, was für einen Kater muß er haben, ein so schwerer Kopf, daß er ihn für immer auf die Liege niederreißt, muß es sein, sonst wäre er schon längst herausgeschleudert und erwacht.

Was mußte er getan haben, um dieses vorgezogene Fegefeuer zu entzünden, und warum mußte es ausgerechnet heute, nach einer solchen Nacht, an die er sich nur schwer erinnerte, über ihn hereinbrechen? Nun saß er im Zentrum der werkstattgroßen Spirale, die in rasender Geschwindigkeit hinauffuhr, was er sah, waren nur noch Flecken, die sich dann allmählich verdichteten, Gestalten aus Haut und Fleisch, feuchte und mit Härchen besetzte Falten sah er, deutlich den rosigschimmernden Hof um eine erigierte Brustwarze, eine glänzende Spalte, verlockender Abgrund unter der schwarzgefärbten Scham, ein Mund von ungeheurem Rot, der sich, indem eine tastende Zunge aus ihm fuhr, seinen Leib hinabarbeitete. Hatte der Mund sich geöffnet, Palisaden von Zahnreihen entblößt? Hatte er schnellend oder mit genießerischer Langsamkeit zugebissen? Da mochte wohl ein Schmerz gewesen sein. Am Ende erwachte er entmannt. Er dachte an Fieber und seine Angst, zerbissen und verstümmelt zu werden. Aber dieser große rote Mund schmeckte, spielte mit seinem Glied, biß sanft und sog, bis es sich, hier klärte sich seine Erinnerung, mächtig bäumte, zerschmolz, und es war winzig geworden. War es so gewesen, fragte er sich, oder war da noch mehr?

Er wollte die Augen öffnen, um diese Traurigkeit aus sich

fahren zu lassen, um den Himmel zu öffnen, doch immer noch rasend war die Bewegung der Werkstatt, es summte und es dröhnte die Türe, die, er sah es durch die geschlossenen Lider, orangerot erglüht war wie ein zu schmiedendes Stück Eisen.

Ich muß dem ein Ende machen, diesem Schwindel, sagte er sich, denn daß all dies ein Rausch war, konnte er nur hoffen. Er öffnete die Augen und blickte auf den Tisch, auf den ein ruhiger, durch Nebel, Steinstaub und Atemwölkchen gedämpfter Sonnenstrahl fiel, sanft war das Licht, und ruhig war es im Raum, die Hasen scharrten leise in ihren Ställen, und eine defekte Leuchtröhre summte und zuckte kurz auf, das waren die Blitze.

Auf dem Tisch lag, in seinem schwarzen, seinem besten und einzigen Anzug, das Antlitz zwischen gelb und weiß, der Steinmetz, die Hände über der Brust gefaltet wie ein Verstorbener. Einer, der sich selbst auf die Bahre gebettet haben muß, die Füße ordentlich, ein Schuh an den anderen gelegt, die Haut der Hände ledrig von Staub, Kälte und Wind, die Finger ineinander gefaltet über dem Nabel. Er, der dalag wie ein Verstorbener, war das Zentrum, der Mittelpunkt der rasenden Drehung, die nun nachließ und aufhörte. Was sich ihm hätte nähern wollen, wäre von ihm geschleudert worden, gegen die Wand geprallt und zerschellt, um kleben zu bleiben wie ein zerquetschtes Insekt, eine Fliege, die trocknet und wiederum zu Staub und Pulver wird und mit der Zeit von der Wand rieselt.

Nun war es ruhig, der Schwindel war vorbei, Raabe erhob sich, leise, um den Alten nicht zu wecken, er öffnete die Tür, vorsichtig faßte er sie an, um sich nicht zu verbrennen, aber sie war kalt wie eh und je, Holz, Stahl und Eisen ruhten wie gehabt auf dem Fundament aus Beton, vor der Türe lagerten links, zur Autobahn hin, der Granit und die Marmorplatten und warteten auf ihre Bestimmung als Grabsteine, rechts, zum Wäldchen hin, verloren die Fahrräder, die unversehrt unter der Plastikplane standen, langsam ihre Luft, die Autobahn schickte ein stetiges Brummen herüber, waagrecht ragte die Laufschiene des Handkrans, und lotrecht, wie es sich gehörte, fiel die rostige Kette mit dem klobigen Haken.

Schwach fühlte sich Raabe, nun sah er die Welt in jener Mischung aus Klarheit und grellen, drolligen und absurden Augenblicken, die sich ein Zecher nach einem gewaltigen Rausch nur wünschen kann. Manchmal tauchte der Selbstekel auf und wurde verscheucht von einem Gefühl bübischen Stolzes über seine Ausschweifung, an deren genauen Verlauf er sich noch immer nicht erinnern konnte. Um so mehr Vergnügen würde es ihm bereiten, dem Steinmetz davon zu berichten und an die vier oder fünf Buchstaben in Rosamarias Grabstein zu hauen. Und wenn er es mit der Wahrheit nicht so genau nahm, so glaubte er, daß die Damen, ähnlich wie Ärzte, Pfarrer und Steuerberater, einer strikten Schweigepflicht unterworfen waren, was die Leistungen oder das Versagen ihrer Kunden angeht.

Langsam verflog der Nebel, die Sonne kam ein wenig stärker durch, vielleicht würde es noch ein schöner Tag werden. Raabe saß auf der Bank hinter dem Gebäude und wärmte sich dösend.

Warum war es in der Werkstatt so still, warum hörte man

keine Schritte, kein Husten, kein Räuspern? Schlief der Alte noch, und wenn ja, warum schnarchte er nicht wie gewöhnlich? Was hatte er da für eine haarsträubende Geschichte erzählt bekommen? Der Bär, die Bärin, die Fische, das Limnologische Institut in Listwjanka, die schönen Zwillinge und die Bärenfliegen. Er mußte sich Fragen dazu ausdenken, die das ganze als Schwindel auffliegen ließen, sonst würde ihm der Alte einen Bären nach dem anderen aufbinden.

Raabe ging in die Werkstatt, um zu sehen, ob der Alte seine Lage verändert hatte oder ob er nun wenigstens einen Ton von sich gab, doch nichts hatte sich verändert, still war es, die Hasen fraßen Gras, das ihnen Raabe eingestreut hatte, es roch nach Tabak und Alkohol, und der Steinmetz schien noch fahler im Gesicht geworden zu sein. Je freundlicher die Umgebung durch das einfallende Sonnenlicht wirkte, desto kälter, wächserner und leichenhafter sah er aus. Raabe näherte sich vorsichtig, lauschte, ob er Atemtöne hörte, sah ihn scharf an, ob etwas an dem Körper zitterte, doch da war nichts, und so legte er sein Ohr auf die reglose Brust und hörte nichts. Das ist nicht möglich, dachte Raabe, er muß doch atmen.

Dort lag er, war er nun warm, war er kalt, man konnte es nicht fühlen, denn sein Körper war seit jeher von einer gleichbleibenden Temperatur. Er war wie eine Eidechse, ihm tat die Kälte nichts und er war so warm oder, wie meist, so kalt wie seine Werkstatt, seine Werkzeuge und seine Steine.

Wenn er tot ist, wird man ihn waschen müssen, dachte Raabe. Das erschreckte ihn so sehr, daß ihm nichts Besseres einfiel, als sich ebenfalls regungslos niederzulegen und zu hoffen, daß der Alte aus seiner Starre erwache. Was aus ihm, Raabe, werden sollte, wenn der Alte tot wäre, wohin er gehen würde, diese Fragen kamen ihm gar nicht in den Sinn. Was mache ich mit ihm, wasche ich ihn mit Seife oder gar mit Schnaps, fasse ich ihn mit Handschuhen an oder gar nicht, hole ich einen Pfarrer oder Arzt, oder den Apotheker? All diese Gedanken überstürzten sich in seinem verkaterten Kopf, der leise zu dröhnen begann. Er schlief ein. Glaubte, von einem Geräusch geweckt worden zu sein, fuhr hoch. Das Geräusch mochte er sich eingebildet haben, aber der Alte lag nun mit einem blöde geöffneten Mund da, die Kinnlade war ihm auf die Brust gesunken, und ein dünner Faden Speichel rann auf seine Hemdbrust. Raabe wurde ein wenig übel bei diesem Anblick, er suchte ein Tuch, einen Fetzen Stoff, fand nichts und holte sich eine Rolle breites Klebeband, das der Alte zu allerlei Reparaturarbeiten zu gebrauchen pflegte. Mit schnellen Bewegungen, um den Alten nur nicht unnötig lange berühren zu müssen, band er ihm das Kinn mit einem Streifen Kreppband, das er um den Schädel wickelte, wieder an seinen Platz.

Raabe schwang sich, nachdem er die Werkstatt zweimal verlassen und dann wieder betreten hatte, auf das Rad des Steinmetzen und fuhr zum Apotheker, um ihm zu sagen, daß der Steinmetz verstorben sei. Er dachte nicht daran, daß er auch hätte anrufen können, und das war gut so, sagte der ihm später, denn eine solche Nachricht überbringt man nicht telefonisch. Im Lauf der Fahrt wuchs Raabes Aufregung, er fuhr schneller, das Herz raste mit.

Heftig pochte er an die bereits verschlossene Ladentür,

schob die Gehilfin beiseite und sagte: Der Steinmetz ist gestorben.

Sie brachten das Rad im Käfer unter, Raabe klemmte sich dazwischen, und ebenso eilig fuhren sie zurück zur Werkstatt.

Der Brustkorb des Steinmetzen hatte sich, kaum war Raabe zum zweiten Mal aus der Werkstatt gegangen, unmerklich gehoben, verharrte so, senkte sich wieder. Nach einiger Zeit hob er sich wieder. Das Heben und Senken wurde regelmäßiger, ein Ton war zu hören. Sanft knarzende Atemluft in verschleimten Rachenhöhlengängen. Das Geräusch wurde lauter, kräftiger, rhythmischer. Dies war, unverkennbar, das enorme Schnarchen des Steinmetzen, das das Blatt der großen Steinsäge zum Vibrieren bringen konnte. Er schnarchte so laut, daß die Hasen aufgeregt begannen, gegen ihre Maschendrähte zu hüpfen. Er öffnete, wie es Schlafende mitunter tun, schmatzend den Mund und schloß ihn wieder, dabei störte ihn das Kreppband auf unangenehme Weise, doch nicht so unangenehm, daß er erwachte. Er erwachte auch nicht, als der Käfer des Apothekers vorfuhr, die Reifen quietschten gar ansatzweise auf dem ruppigen Asphalt. Der Apotheker sprang eigenartig behend aus dem Wagen, Raabe mußte sich von seinem Fahrrad entflechten. Der Apotheker wollte nicht ohne weiteres eintreten, so wartete er auf Raabe vor der Eisentür. Raabe öffnete, ging zaghaft hinein und hörte bereits den Ton kräftig schlafenden Lebens, als der Apotheker noch die Augen geschlossen hatte, um sich auf den schlimmsten Augenblick gefaßt zu machen. Doch auch er kannte den Signalton des Steinmetzen.

Das nenne ich Humor, sagte er mit einer Stimme wie aus Toledostahl.

Er ging zu dem Steinmetzen, riß mit einem Ruck das Kreppband von seinem Haupt, riß einige Haare mit und zupfte an der Lederhaut. Der Steinmetz hustete zweimal kurz, richtete sich dann auf und griff zu den enthaarten Stellen. Das Kreppband baumelte in der Hand des Apothekers wie ein Skalp.

Unendlich langsam bewegte sich die Hand des Apothekers in Raabes Richtung. Raabe sah sehr genau, daß sie ein wenig zitterte. Leise sagte der Apotheker: Er hat mir gesagt, du seist verstorben.

Der Steinmetz schwieg. Der Apotheker schwieg. Raabe schwieg.

Der Steinmetz räkelte sich und fuhr sich durch die Haare. Er stand auf, trat zu Raabe und fragte: Das hast du gemacht?

Raabe nickte. Der Apotheker sagte sehr leise, es war fast ein Murmeln: O ja, o ja.

Der Steinmetz holte gar nicht so weit aus, doch genügte die Ohrfeige, daß Raabe heftig ums Gleichgewicht ringen mußte. Er hielt sich die linke Wange und sagte: Es pfeift.

Der Steinmetz holte mit der Linken aus und traf die rechte Wange. Pfeift's auch? fragte er, doch da konnte Raabe ihn schon nicht mehr hören.

Er war für vier Tage so gut wie taub. Das Pfeifen wollte die drei Tage nicht enden, nicht leiser werden, immer war es gleich und schmerzhaft. Am vierten Tag wurde es leiser, dann, gegen Abend, war es verschwunden.

Der Steinmetz beobachtete dies, ohne sich zu sorgen.

Am vierten Tag fragte er Raabe mit lauter Stimme: Wirst du das noch einmal tun?

Nein, sagte Raabe und wußte nun, wie der Taubmann sich fühlte.

Fleisch und Genick

Nachdem der Apotheker, nur halb genesen, von einem längeren Krankenhausaufenthalt zurückgekehrt war, den ohnehin aufrechtgetragenen Kopf in einer Halskrause korsettiert, sprach man von einem geheimnisvollen Verkehrsunfall, der mit der Villa Panorama in einem skandalösen Zusammenhang stehen sollte. Um sich jeweils als die geeignete Person darzustellen, das Gerücht aufzuklären oder weitere Gerüchte hinzuzufügen, erzählte man vorsichtig und mit der Maßgabe, nur ganz entfernt mit dem Haus in Berührung gekommen zu sein: einer habe dort einmal bei Bauarbeiten ausgeholfen, er wurde in seinen Ausführungen und Erzählungen, die sich tatsächlich von Satz zu Satz unglaubwürdiger anhörten, von der Frage unterbrochen, ob es sich denn um Hoch- oder Tiefbauarbeiten gehandelt habe. Er verstummte, großes Gelächter, dann eine längere Stille.

Ein anderer behauptete, er habe eine bestimmte, allen bekannte Person des öffentlichen Lebens dort gesehen. Sofort kam die Frage, ob er die Person genau und deutlich erkannt habe. Das habe er; darauf die Frage, ob er sie aus der Ferne oder aus der Nähe gesehen habe. Natürlich aus der Nähe, war die Antwort, sonst hätte ich sie ja nicht genau erkennen können. Gleich darauf wurde seine Erzählung im Keim erstickt, denn zum ersten gebe es in dieser Gegend außer den Damen der Villa Panorama gar keine Personen des öffentlichen Lebens, zum zweiten solle er zunächst einmal klären, warum er selbst dort gewesen sei, da er doch alles aus der Nähe beobachtet hatte.

So und ähnlich gingen die Gespräche, und besonders gerne immer dann, wenn zufällig der Apotheker mit seiner Halskrause in Hörweite war. Saß er in einem solchen Fall, so stand er auf und ging, stand er bereits, so ging er nur. Aufrecht war seine Haltung und feuerrot sein Gesicht. Zuvor hatte er fast zwei Monate, eingespannt in ein Gipsbett, im Kreiskrankenhaus zugebracht. Von zwei Kollegen, nämlich dem Bauunternehmer und dem Steinmetzen, die sich im Abstand von zwei Jahren regelmäßig wieder versöhnten, hatte er sich zu einem Herrenabend überreden lassen, und da er ja nicht trank, hatte er sich auch noch bereit erklärt, den beiden anderen Herren als Chauffeur zu dienen. Sie begannen ihren Ausflug an einem späten Samstagnachmittag, kurz vor Anbruch der Dämmerung. Am Sonntagnachmittag konnte sich der Apotheker für ein Stündchen in seinen VW zum Schlafen legen. In der späten Nacht waren der Steinmetz und der Bauunternehmer sich darüber einig, daß nun der Zeitpunkt gekommen war, Rosamaria zu besuchen. Als sie dann am Montag beschwingt und erbaut aus der Villa Panorama ins Morgengrauen traten, fanden sie den Apotheker zusammengekrümmt und tief schlafend auf dem Rücksitz des Wagens liegend. Kurz entschlossen setzte sich der Bauunternehmer ans Steuer, verwechselte als Fahrer eines Wagens mit Automatikgetriebe Vorwärts- und Rückwärtsgang, gab als dynamischer Mann Vollgas, durchbrach ein Jägerzäunchen aus Fichtenholz, eine Thujahecke, walzte eine Schneise in die Rhododendren, die Fuchsien, entwurzelte eine Stechpalme und prallte am Fuß des Hügels in den Straßengraben, wo der Wagen wie eine Rakete auf der Startrampe auf dem Heck stehend zur Ruhe kam.

Der Steinmetz sagte nach einer kurzen Pause des Erschreckens, er fühle sich wie Gagarin kurz nach dem Start von Sojus 13, griff sich an den Hinterkopf und ertastete eine leichte Platzwunde.

Der Bauunternehmer sagte nach einer etwas längeren Pause, er fühle sich wie nach dem Start der Raumfähre Challenger, nur etwas besser. Er trug eine leichte Gehirnerschütterung und einen gebrochenen Mittelfinger davon. Der Apotheker dagegen schwieg, nach wie vor im Fond seines Wagens zusammengekrümmt. Sie waren davon überzeugt, daß er noch immer schlief, und wollten ihn nicht wecken, auch als sie mit Hilfe dreier Mädchen den Männchen machenden Volkswagen auf seine vier Räder stellten, gingen sie so sanft wie möglich vor. Als sie im Kreiskrankenhaus ankamen, waren sie fast empört, daß der schlafende Apotheker mit sehr viel mehr Aufmerksamkeit bedacht wurde als sie selbst mit ihren offensichtlichen Wunden. Obwohl die Schneisen, die der Volkswagen gerissen hatte, schon nach kurzer Zeit überwuchert waren und die plattgefahrenen Büsche sich unter den pflegenden Händen der Damen wieder aufgerichtet hatten, sprach man von diesem Vorfall noch sehr lange und spann immer neue Geschichten um den Apotheker, den Bauunternehmer, den Steinmetzen, den VW-Käfer und ihren Besuch bei Rosamaria.

So viele Geheimnisse wanden sich also um den Berg und wucherten ebenso wild wie die Pflanzen auf ihm, daß der Taubmann zwischen seiner Neugierde und seiner Angst vor Neuem hin- und hergerissen wurde.

Zum Ölberg

Wie schon oft hatte der Taubmann von seinem Traktorsitz aus versonnen zum sogenannten Ölberg hinübergeblickt. Hatte versucht, die Fuchsienhecken und die Rhododendren zu durchdringen, die Ginsterbüsche und die Stechpalmen, um zu erraten, was dort oben, in der Villa mit dem fremdartigen Namen Panorama vor sich ging, was sich hinter den schnellwachsenden, ja wuchernden Gebüschen zu verstecken suchte.

Ölberg hieß bei den Leuten die Villa Panorama, und wenn jemand von ihr sprach, so tat er es mit einem eigenartigen Lächeln.

Raabe war sichtlich erstaunt, als der Taubmann mit dem Bulldog vorfuhr, um sie zu besuchen. Der Steinmetz hieß Raabe einen Hasen schlachten.

Lächelnd bemerkte der Steinmetz, wie der Taubmann beim Essen plötzlich innehielt, den Bissen auf der Gabel in einer zufälligen Haltung vor seinem Gesicht, den Mund mit einem unvorteilhaften Ausdruck geöffnet zum Zubeißen, den Blick weit hinterm Horizont, durch den Steinmetz, der amüsiert griente, hindurch. An diesem Tag war der Hase besonders gelungen, der Tabakgeschmack war stärker als sonst, der getrocknete Thymian hatte es dem Taubmann angetan. Wohin konnten die Gedanken bei einem solchen Essen wohl schon abschweifen, wenn nicht zu den Düften, den Klängen einer Frau wie Rosamaria? So goß der Steinmetz ihre Gläser voll, stieß an, was den Taubmann aus seiner Erstarrung weckte, und trank aus. Gleich goß er sich ein zweites Glas voll und trank aus. Ein drittes trank er in zwei Zügen, bis seine Augen einen zufriedenen Glanz annahmen. Dann geht ihr also, sagte er.

Raabe antwortete mit der Geste, bei der Daumen und Zeigefinger aneinander reiben, die bedeutet: Frage des Geldes.

Rosamaria, sagte der Steinmetz, liebt nichts so sehr wie mich und ihren Hund. Ständig sitzt sie da, rechnet Menschenjahre in Hundejahre, erkundigt sich und lädt Geschlechtspartner für die Hündin ein, begutachtet sie bis ins Detail, schickt die meisten wieder fort und unternimmt alle Anstrengungen, daß die Hündin noch besser lebt als die Herrin. Nachts bricht sie in Tränen aus, wenn sie wieder einmal durchgerechnet hat, daß ihre Hündin schon zwanzig Jahre älter ist als sie selbst. Wann stirbt sie, wie lang wird sie leben, ist sie gesund, wird sie einen schönen Tod haben, wo begrabe ich sie? Solche Dinge gehen Rosamaria frühmorgens vor dem Einschlafen durch den schönen Kopf. Draußen habe ich einen kleinen Block weißen Carrara-Marmor, ein Abfallstück von Rosamarias Stein. Raabe, morgen fängst du an, machst ihn sauber. Das wird dein Konto bei Rosamaria. Heute gehst du mit deinem Freund noch auf Kredit.

Er stand auf, holte das Bärenfliegenpulver aus dem Rasierschränkchen, streute den beiden eine tüchtige Ration in den Wodka, goß sich ein viertes Mal ein und trank mit den anderen aus. Danach lachte er und sagte Nasdarowje.

Raabe durfte die Knochen abnagen, der Taubmann bekam zur Stärkung noch ein schönes Stück vom Rücken und der Steinmetz aus einer Hinterkeule. Während Raabe den Abwasch machte, saßen der Steinmetz und der Taubmann einander schweigend gegenüber und verstanden sich prächtig. Als Raabe den Nescafé serviert und sie etwas hastig getrunken hatten, legte sich der Steinmetz auf seine Pritsche und rauchte, die beiden anderen zogen sich warm an, stiegen auf den Bulldog und fuhren los zum Ölberg.

Zwei Nasen

Vor der steilen Auffahrt, die schon so lange vor seinem inneren Auge auf ihn gewartet hatte, hielt der Taubmann an, wendete den Bulldog und fuhr im Rückwärtsgang hinauf, falls die Bremsen versagen sollten. Denn mit einer Halskrause wie der Apotheker wollte er seinen Besuch nicht büßen. Für dieses Mal hielten die Bremsen.

Beim Betreten des Raumes begannen die Gerüche seine Körperhöhlen zu durchströmen, die Keilbeinflügel und Schädelgruben zu füllen, das Felsenbein und die Paukenhöhle sowie die Felsenbeinpyramide. Dort strömten die Gerüche und die Erregungen, die sie hervorriefen, vorbei an den Bahnen des Bewußtseins in das Urhirn. Lustvolle Kitzel wurden ausgelöst, die dem Taubmann fremd waren, so fremd, daß er sich sorgte. Wollte man ihn irgendwohin locken, von wo er nicht wieder zurückfinden würde, wollte man ihm eine Welt zeigen, die er den Rest seines Lebens sehnsüchtig vermissen würde? Erregungszustände, die diesen entfernt ähnelten, hatte er zwar schon mehrfach erlebt, doch niemals hätte er sagen können, was nun der Auslöser seiner Lust gewesen war. Das Gefühl, das sich in seinem Unterleib in unmittelbarer Verbindung mit seiner zuckenden und suchenden Nase bewegte, hatte er schon beim Betreten der Bar gehabt, doch war da zuviel widerliches Nebenbei. Nachdem er sich aber daran gewöhnt hatte, verstand er, daß das Besondere an diesen Düften gerade aus dem Nebeneinander von Widerlichem und Schönem zustande kam.

Hier aber, in Rosamarias Zimmer, wo samtbespannte Möbel und die Vorhänge soviel in sich hineingesaugt hatten, daß sie schwer davon geworden waren, brachten die Düfte ihn in einen Zustand zitternder Erregung, die er nun kaum mehr beherrschen konnte.

Während alle Damen des Hauses etwas vorzustellen,

eine Rolle zu spielen hatten, so war dagegen die Chefin, Rosamaria, so alleine nur sich selbst, so sehr durch und durch und von Kopf bis Fuß Dame, Frau, Mädchen und was auch immer sonst ein Mann als Inbegriff des Weiblichen empfinden konnte. Sie betrat den Raum in einem blauen Samtkleid, das nichts von den vulgären Reizen der geschlitzten Röcke und durchsichtigen Hemdchen der anderen Mädchen hatte. Allein der Rücken war ausgeschnitten bis unter die Schulterblätter, die sich deutlich im fülligen Fleisch abzeichneten, wie sich jede kleine Bewegung der Arme, ja sogar der Finger wiederum auf ihnen als Dehnung oder als Zusammenziehen zeigte. Schweigend setzte sie sich auf einen roten Sessel, dem Taubmann schräg gegenüber, und lächelte kaum wahrnehmbar, doch glaubte der Taubmann zu bemerken, wie der Raum auf der Stelle einige Grade wärmer wurde. Wenn sie ihre Stimme erhob, begannen die Katzen zufrieden zu schnurren, die bellenden Hunde verstummten und legten sich ihr zu Füßen, die singenden Vögel hielten inne, lauschten und antworteten. Wenn die Glocken der Kirche läuteten, die der Taubmann in seinem Bauch spüren konnte, war ihr Klang von Bronze, wenn Rosamaria sprach, war der Klang aus einem Amalgam von Silber und Fleisch. Lange Zeit schwieg sie, saß aufrecht, aber bequem auf dem roten Sessel, kalt war das Blau ihres Kleides, warm der Samtton des Sessels und heiß wurde die Erwartung des Taubmannes, daß sie endlich den Mund auftat, denn Raabe hatte ihm vom Zauber ihrer Stimme berichtet. Der Taubmann hatte deswegen darauf verzichtet, sein geripptes Unterhemd anzuziehen, ohne das er sonst sogar im Sommer nicht aus dem Haus ging, damit der Kitzel ihrer Stimme unbehindert bis zu seinem Zwerchfell vordringen konnte.

Sie griff nach einem Buch, der Taubmann konnte den Titel nicht lesen, doch war die Fotografie eines Hundes deutlich darauf zu erkennen. Sie begann zu lesen. Der Taubmann legte seine Hand an das Cognacglas auf dem Tischlein neben sich und spürte, wie es sanft vibrierte. Er sah auf ihre Lippen, die sich langsam, fast träge öffneten und schlossen, nun hörte er sie in seinem Leib, hörte sie schneller und langsamer, je nachdem, wie er sein Zwerchfell anspannte und losließ. Er hörte die Stimme Rosamarias wie die Glocken der kleinen Kirche, hörte sie langsam, wenn er sich entspannte, dann waren die Glocken aus Bronze, hörte sie schnell, wenn er sich anspannte, dann waren sie hell wie aus Silber, dann wurde aus dem DONG ein DING, ein Glöckchen aus der Glocke, aus dem Klingen ein Klingeln. Die Nase blähte und weitete gierig ihre Nasenflügel, sie pulsierte geradezu, war weit geöffnet und dann wieder eng. Er war nahe daran, völlig erfüllt zu sein von Klang und Geruch, und auch ihre Erregung wuchs, denn dies war ein Spiel, das sie nicht kannte, für sie eines der wenigen, die doch alle Spiele dieser Welt zu kennen glaubte.

Dies war ein Spiel aus der allergrößten Entfernung und aus der allernächsten Nähe zugleich, und näher konnte die Nähe und enger das Beisammensein nicht mehr werden, und zu allerletzt dann, wenn sich zwei berührten.

So hatte sie, was sie im Alter von dreizehn Jahren zum letzten Mal getan hatte, die linke Hand unter ihre linke Schenkelhälfte geschoben und unter das madonnenblaue

Samtkleid geführt, bis zum Gesäß emporgeschoben und ließ die schwarzen Härchen durch die Finger gleiten, zwirbelte sie, koste und drückte die weichen Lippen, suchte weiter und fand noch andere Dinge, die ihr Freude machten.

Noch viele Tage lang überlegte sie, wie das denn eigentlich hatte zugehen können. Sie hatten viele Zewatüchlein gebraucht, ein jeder saß in einem samtenen Sessel. Es war, als säßen Nasen in ihrer beider Lenden, so harrten, warteten, schafften sie, bis zwei Nasen ganz urgewaltig niesen mußten.

Zeiten, unverhoffte Tage

So vergingen die Tage, die Monate. Die Halswirbel des Apothekers erholten sich von ihrem Trauma, die gezerrte Muskulatur kräftigte sich, und die Muskelstränge umschlangen fest die Wirbel.

Als der Apotheker zum ersten Mal ohne seine Halskrause, die ihm zum Schandmal geworden war, das Haus verlassen konnte, brachen die Leute schon wieder, kaum daß er außer Hörweite war, in lautestes Gelächter aus. Nachdem man sich endlich an den Mann mit der Halskrause, die er seinem scheinbar sündigen Lebenswandel zu verdanken hatte, gewöhnt hatte, trat jetzt eine erneute Veränderung ein. Wieder wurde der Vorfall zum Gegenstand des öffentlichen Interesses und vielfältigster, lüsterner Spekulationen.

Dies war der Lauf der Zeit. In Asien wurden Revolutionen ausgedacht, geplant, durchgeführt und niedergeschlagen, die Menschen hungerten in Afrika, in der fernen Sowjetunion, in der Ukraine, drohte ein Atommeiler zunächst zu explodieren, dann aber zu schmelzen, um sich glühend mit dem Erdkern zu vermengen, hier wurde ein Spion enttarnt, ein anderer dort eingeschleust. Eine Feuersbrunst zerstörte die Stadt Lissabon. Die Heiligen Männer schickten die Kinder mit dem Schlüssel zum Paradies ins Feld. Raabe erlernte sein Handwerk, Spitzeisen, Flacheisen. Fieber erlernte sein Handwerk, tournieren, reduzieren. Das Opfer lernte sein Handwerk, kobern, hinhalten, Falle schieben. Andre wartete auf etwas Ungekanntes, und in San Francisco drohte nach wie vor das Erdbeben. Es kochten die Köche wie die Vulkane, es klopften die Hauer, die Wirbelstürme wirbelten, und es rasten die Taifune vor Hong Kong. Die Zeit setzte viele kleine Meißel an, hell hämmerte sie hier, klopfte klingend da, sie schien zu vergehen und verging doch wieder nicht. Alles bröckelte, rieselte, doch blieb da Staub, der sich wiederum verfestigte und Stein wurde.

Skarabäus

In der Nacht seines Geburtstages wurde Raabe nicht durch die schneidende Januarkälte geweckt. Die Hammerschläge des Steinmetzen klirrten scharf durch die Halle. Raabe fuhr hoch. Die Erschöpfung von der Arbeit des Vortages schmerzte in seinen Knochen, die Schrunden an den Händen brannten noch. Die feinen, spitzen Steinsplitter in den Knien waren noch nicht herausgeeitert. Die schwere Arbeitshose, die er wegen der Kälte auch beim Schlafen trug, klebte feucht an den beiden Wunden. Seine Gliedmaßen schmerzten wie vor einigen Stunden, als er sich hingelegt hatte. Nichts an ihm hatte sich erholt. Eine furchtbare Müdigkeit drückte ihn auf sein Bett. Nur mühsam konnte er sich aufrichten. Die Hammerschläge taten ihm weh. Der Hammer trifft auf den Kopf des Meißels, das erzeugt ein helles Klirren, Metall auf Metall. Die Spitze des Meißels trifft auf den Stein. Der Stein singt, sagte der Steinmetz. Der Stein schreit, dachte Raabe. Er stieß die schwere Decke von sich, um aufstehen zu können. Er freute sich auf seine Schuhe. Die Schuhe taten ihm wohl. In die Spitzen waren Metallkappen eingearbeitet, die ihm schon oft seine Zehen vor Steinklötzen geschützt hatten. Als der Steinmetz sie ihm gekauft hatte, fand er sie klobig und häßlich. Man steht fest in diesen Schuhen, sagte der darauf. Von unten schützen dich vier Schichten Leder, von oben panzert dich Eisen; was willst du mehr? Das sah Raabe bald ein. Unter das Klirren und Schlagen mischte sich das Husten des Steinmetzen, das Raabe zur Eile antrieb. Der Husten war immer schlimmer geworden, und als Raabe glaubte, tiefer aus der Lunge könne er nun nicht mehr kommen, tönte es noch scheppernder und angsteinflößender durch den halligen Raum. Kommt er vom Staub oder kommt er von der Kälte? Kommt er vom Alter, kommt er von den Zigaretten? Den Tabak baut er selbst an, die Kleidung näht er selbst, und auch die Hasen schlachtet er selbst. Er schläft nicht mehr. Den Tabak fermentiert er im Ofen, Tabakduft und Steinduft in der Halle machen Husten. Den Hasen brät er im Ofen. Der Hase schmeckt nach Rosmarin, nach Knoblauch, nach Tabak, nach Stein. Nachts sitzt er am Tisch. Er raucht, er kritzelt im Dunklen. Und oft, wenn das erste Licht in den Raum fällt, bemerkt er, daß er das Papier zerstört hat. Er drückt den Stift zu heftig auf. Er schläft nicht mehr. Sein Schlaf ist im Stein, sagt er. Vor einigen Monaten hat er die Fähigkeit zu schlafen verloren, noch nie hat er nachts an den Steinen gearbeitet. Gleich am Anfang seiner Lehrzeit hatte er Raabe vor der Nachtarbeit gewarnt. Wenn er nachts arbeite, wecke er seinen Schlaf, der im Stein sitze. Kein Mensch könne ohne Schlaf leben.

Raabe weckte sich durch eisiges Wasser. Das Wasser war nicht viel kälter als seine Haut. Er horchte hinaus, ob er die Wintervögel schon hören konnte. Er lauschte zwischen die regelmäßigen Schläge. Nur das gleichmäßige, entfernte Brummen der Autobahn war zu hören. Er wischte sich das Gesicht ab und betrachtete die grauen Schlieren auf dem Tuch. Der Steinmetz hustete erbärmlich. Er durchbrach die Regelmäßigkeit der Schläge, um zu husten. Er spuckte aus und zertrat den Schleim im Steinstaub. Der Boden um den

Stein herum war mit kleinen Punkten bedeckt, als ob Skarabäen um ihn herum krochen und ihre Kugeln drehten.

Die Skarabäen in meiner Brust drehen ihre Pillen. Weißt du, was der Pillendreher macht? Er dreht seinen Nachkommen ein Nest aus Mist. Der heilige Käfer der Pharaonen. Der Totenkäfer. So leise begann er über die Ägypter zu erzählen, daß Raabe nicht wußte, ob er zuhören sollte oder ob der Steinmetz mit sich selbst, seinem Stein oder seinen Pillendrehern sprach. Er erzählte von übermenschlichen Leistungen, von dreimannshohen Steinblöcken, die die Ägypter oder ihre Sklaven behauen, über weite Strecken geschleift und aufeinandergetürmt hatten, und all dies nur dank eines Pfundes Knoblauch, von dem sie sich einzig ernährten. Und als Raabe widersprach und behauptete, die Ägypter hätten sich außerdem von wildem Honig und Heuschrecken ernährt, fuhr ihn der Steinmetz an, daß ja erst in zwei Stunden Tag werde, daß er um diese Zeit gefälligst schlafen solle und daß er, falls er gebraucht würde, gerufen werden würde. Raabe ging, um Kaffeewasser zu holen. Er solle gefälligst aufpassen, daß der Kaffee nicht wieder voller Staub sei, der ihm aus den Haaren riesele, überhaupt solle er sich sorgfältiger waschen und nicht herumlaufen wie der Golem. Tatsächlich hatte seine Haut die Farbe feuchten Lehms, die sich kaum von der Farbe aller anderen Gegenstände in der Werkstatt, von der Farbe seiner Kleider, seiner Haare, der Bettdecke oder des eben bearbeiteten Steines unterschied. Seine Haut hatte die Glätte geschliffenen Granits, während die des Steinmetzen der Oberfläche eines eben aus dem Berg gesprengten Klotzes glich, durchzogen und gezeichnet von den Furchen der

Sprengkanäle, zerklüftet und zersplittert von der Wucht der Explosion, dem Wegschleudern vom Muttergestein und dem Aufprall auf den trümmerübersäten Grund des Steinbruchs. Wie kann ich schlafen, wenn du klopfst, dachte sich Raabe. Auch sein Schlaf saß in diesem Stein. Der Ofen brachte nicht einmal genug Wärme, um das Kaffeewasser zum Sieden zu bringen. Raabe lief durch die Halle, um sich warm zu machen. Er rieb die Hände, er umarmte sich selbst, er rieb sich die Hüften, die Schenkel, die Brust. Er steckte seine Hände unter den Pullover, fühlte die kalte bloße Haut und suchte die Wärme unter den Achselhöhlen. Er roch an seinen Händen, steckte sie in die Hosentaschen und hielt sich zwischen den Beinen. Wo es warm ist, will ich hin, warm soll es sein.

Wasch dir die Knie aus, sonst mußt du ein Leben lang in deiner Hose stecken, nimm Kernseife, rief der Alte.

Raabe ging zum Ofen, faßte den erhitzten Kessel an, nahm einen Zipfel seines Pullovers als Topflappen. Das Wasser siedete nicht, es köchelte nur schwach. Er brühte zwei Tassen Nescafé auf, aus der Kernseife schnitzte er sich eine Flocke heraus und löste sie mit warmem Wasser in der Gipsschale auf. Er tauchte seine Knie hinein und zog den verkrusteten Stoff von den beiden Schürfwunden ab. Blutschlieren durchzogen die Seifenlauge.

Nimm den Wodka und gieß ihn drauf, sagte der Steinmetz, der alle seine Wunden auf diese Weise desinfizierte. Und gieß mir etwas Wodka in den Kaffee, fügte er hinzu, dann geh zu meinem Bett, da ist was für dich.

Raabe zog den Vorhang vor dem Bett des Alten zurück. Darauf lagen eine Rolle Verbandsmull und ein mit Zeichenpapier umwickeltes Paket. Der Steinmetz sah lächelnd zu, wie Raabe es auspackte. Zwei ovale Lederstücke, grob zugeschnitten, mit elastischen Bändern versehen. Raabe verband seine Knie, wickelte einen Streifen Plastikfolie um die Verbände, krempelte seine Hosen wieder herunter und band die Lederstücke um die Knie. Vorsichtig ließ er sich hinter dem Vorhang nieder und kroch versuchsweise auf den Knien herum.

Geht es wieder, rief der Steinmetz. Geht wieder, antwortete Raabe.

Der Steinmetz stand neben seinem Stein, in der einen Hand noch den Meißel, in der anderen die Tasse. Er schlürfte und sah nach oben. Der Stein überragte ihn um einen Meter. Er schluckte laut und beschwerte sich über den zu kalten Kaffee, er spüre kaum etwas davon, bei dieser Kälte sei eine solche fade Brühe eine gemeine Zumutung. Raabe reichte ihm die Wodkaflasche. Er füllte nach und sagte schluckend, Raabe solle Brot essen, Brot und Margarine. Raabe gehorchte, sah mühsam kauend dem Steinmetzen zu. Noch gelangte kein Licht in die Halle, nur über dem Stein baumelte eine Funzel. Der Steinmetz arbeitete tastend mit dem Meißel. Auch bei völliger Dunkelheit hätte er arbeiten können, immer verlangte er, daß Raabe ihm zusah. Auch wenn Raabe über den flachen Steinen hockte und steinerne Flächen polierte, hatte er ein Auge darauf, daß der Junge ihm zusah. Er behauptete, so würde der Junge lernen, was ein Stein sei. Es sei gut, wenn Raabe auf den Knien hocke und poliere und sich den Hals ausrenke, immer wieder hochschaue, zu ihm und seinem Stein. Raabe polierte, sah dem Steinmetzen zu. Die Knie schmerzten nicht mehr so stark. Die Schmerzen in den Händen wurden durch die Kälte betäubt. Beim Polieren entstand Staub und ein schrilles Geräusch. Der Staub wurde mit Wasser gebunden. Das Wasser war kalt; tränkte die Ärmel von Raabes Pullover und weichte das Leder der Knieschützer auf. Raabe polierte. Raabe hörte die Wintervögel, wie sie zaghaft begannen, kehlig zu singen. Auch das gleichmäßige Summen der Autobahn wurde lauter. In einer halben Stunde würde es Tag werden. Die Vögel und das anschwellende Geräusch der Autobahn kündigten das sacht heller werdende, milchtrübe Tageslicht an. Und der Steinmetz sagte, siehst du, es ist schon Tag, obwohl es noch zu dunkel war, die Lampe zu löschen. Er meißelte und arbeitete mit großer Kraft, nur unterbrochen durch sein Husten. Raabe wurde blaß, als er begriff, daß die Zeit des Steinmetzen und seine, Raabes Zeit, bald zu Ende sein würde. Alles war anders geworden. Es konnte nicht mehr lange dauern.

Raabe war nicht groß, seine Augen dunkel, seine Brust war trotz der langen schweren Arbeit schmal geblieben. Anfangs hatte er gedacht, er könne die bevorstehende Zeit mit dem Steinmetzen nicht durchstehen. Der hatte auch am ersten Tag keinerlei Rücksicht auf Raabes offensichtliche körperliche Schwäche genommen. Er hatte seine Anweisungen gegeben, wie es Menschen eigen ist, die ihr Leben in eine Arbeit einbringen, deren Leben von ihrer Arbeit abzuhängen scheint. Solche Anweisungen waren Befehle, die Raabe entweder ausführen mußte, oder er aber unweigerlich das Gefühl bekommen hätte, er verlöre jegliche Berechtigung, in der Nähe dieses leidenschaftlich arbeitenden Menschen zu sein. Raabe hätte sich selbst verachtet, wenn er gegangen wäre, und abgesehen davon, hätte er nicht gewußt, wohin er gehen sollte oder wohin er ohne sein willentliches Zutun gekommen wäre.

Vier Tage arbeitete der Steinmetz mit wenigen Unterbrechungen weiter. Auch Raabe fand keine Zeit und keine Ruhe mehr zu schlafen, und immer, wenn er es versuchte, hielten ihn der Lärm und seine dahinrasenden Gedanken davon ab. Sein schmächtiger Körper entfaltete viel Kraft, die auch den Steinmetzen erstaunt hätte, wäre er noch in der Lage gewesen, etwas wahrzunehmen, was sich nicht in dem kleinen Lichtkreis um seinen Stein befand. Sobald Raabe seine Augen schloß, krochen Heere von Mistkäfern oder tanzten schwebende Steintrümmer an ihm vorbei. Durch den Schlafentzug verfiel er in einen halb furchtbar anstrengenden, halb beglückenden Zustand der Überwachheit, der Euphorie, des Rausches, der durch die Gleichförmigkeit seiner Bewegungen noch stärker wurde. Sie aßen nichts mehr, rauchten selbstgedrehte Zigaretten und tranken Nescafé mit Wodka.

Am zweiten Tag verließ Raabe die Halle, blinzelte verwirrt in der staubfreien, klaren Luft und fuhr mit seinem Rad zu dem großen Einkaufszentrum, das wie ein gestrandeter Panzerkreuzer neben der Autobahn lag. Der Steinmetz hatte ihn geschickt, neuen Wodka zu holen. Den besten, den sibirischen wollte er; gebrannt mit Wasser aus dem Baikalsee.

So sehr war Raabe entfernt von allem, was außerhalb der Werkstatt stattfand, daß er nicht einmal bemerkte, wie ihn die wenigen Menschen in dem riesigen Einkaufszentrum ansahen. Es mußte ihm etwas Gespensterhaftes anhaften, auf alle Fälle etwas Fremdartiges und Ungreifbares, denn wo er ging, machte man ihm unnötig viel Platz und trat beiseite, als ob ein zwar an die Leine gefesseltes, aber trotzdem unberechenbares Tier vorbeigeführt würde. Oder vielleicht wollten sie auch einfach nicht mit der Staubwolke in Berührung kommen, die Raabe um sich verbreitete. Als Raabe endlich den geforderten Wodka gefunden hatte, zuckte er zusammen, da ein kleiner Junge, der wohl eben lesen lernte, ihn ansprach und fragte, was denn da für eigenartige Buchstaben auf dem Karton gedruckt waren. Und so brauchte Raabe einige Sekunden, um antworten zu können, das sei Russisch. Der kleine Junge lief zu seiner Mutter, die die Szene mißtrauisch aus der Entfernung beobachtet hatte, lachte und sagte, schau mal, der Russe ist ganz staubig.

Nie hatte Raabe gesehen, daß der Steinmetz torkelte, lallte oder Unsinn redete, wenn er trank. Manchmal erzählte er oder er log. Nun lachte Raabe über sich selbst, wie er schwankend durch die Halle ging. Der Steinmetz sah ihm lächelnd zu und begann plötzlich laut russische Trinklieder zu singen, die er wohl aus seiner Militärzeit kannte. Er sang, hustete, trank den Husten nieder. Raabe sah, daß seine Augen fiebrig glänzten. Daß Schweiß den Staub auf seiner Stirn verklebte. Nasdarowje! rief der Steinmetz, sang, schlug mit Hammer und Meißel einen mörderischen schnellen Rhythmus und begann dann, durch den Raum zu tanzen wie ein betrunkener Bär. Er warf das Werkzeug weg, packte Raabe und tanzte mit ihm, laut singend. Raabe mußte lachen wie lange Zeit nicht mehr. Dann verlangte der

Steinmetz nach einem Stuhl. Seine Stirn war heiß. Raabe holte ihm einen Lappen und kaltes Wasser. Das viele Husten nahm ihm die Luft. Er schickte Raabe weg. Raabe ging nicht, wagte aber auch nicht, in der Nähe zu bleiben. So setzte er sich am anderen Ende der Halle und sah zu, wie aus dem Alten ein alter Mann wurde.

Wie die Adern am Hals, auf der Stirn, an den Händen noch stärker hervortraten. Wie der Staub von Strömen immer neuen Schweißes heruntergespült wurde. Wie die Augen weit aufgerissen waren, aber so leer blickten, als sähen sie nichts. Wie sich die Haut blau färbte und die Hände sich mit aller Kraft am Stuhl festhielten. Raabe hatte Angst, daß sich der alte Mann auf die Zunge biß. Speichel lief aus seinen Mundwinkeln. So saß er auf seinem Stuhl; hinten, am anderen Ende der Halle, saß Raabe. Dazwischen stand der nicht fertiggewordene Stein.

Raabe betrachtete den ledernen Beutel, der auf dem Stein lag, nahm nach einiger Zeit, als er das Gefühl hatte, es sei nun vollkommen still, Tabak und Papier heraus. Und während er die erste Zigarette drehte, den groben Tabak in das französische Blättchen einrollte, und beim Ablecken des Blättchens schon den beißenden Geschmack des Tabaks auf der Zunge spürte, stellte er sich die Hände des verstorbenen Steinmetzen vor und versuchte zu errechnen, wie viele Zigaretten sie in seinem Leben gedreht haben mochten. Aber da er das genaue Alter des Steinmetzen nicht kannte, gab er seine Berechnungen auf. Er rauchte zwei Zigaretten, der Tabak brannte auf der Zunge, biß im Hals und zwickte in der Lunge. Raabe drückte die zweite Kippe sorgfältig aus, stand auf und ging zu dem alten Mann. Er griff ihn unter den Armen, faßte ihn um die Brust und zog ihn zu dem großen Tisch, wo er ihn an ein Tischbein lehnte. Aus dem Schrank holte er ein großes Stück saubere Leinwand. Dicke, steife Leinwand. Die Leinwand breitete er auf dem Tisch aus und hob den Körper darauf. Er zog den alten Mann aus, holte einen Schwamm und den Topf mit dem warmen Wasser. Er wusch ihm den Staub vom Leib. Dazu benutzte er ein Stück wohlriechender Seife, das der Apotheker dem Steinmetzen vor Jahren geschenkt hatte. Die Seife gab der Wäsche im Schrank einen guten Geruch. Lavendel. Da der Verstorbene nie Rasierschaum benutzt hatte, sondern immer nur Kernseife, schäumte Raabe die Lavendelseife auf die Gesichtshaut des Toten und rasierte ihn mit einer neuen Klinge, wobei er ihn kein einziges Mal schnitt. So roch der Körper des Verstorbenen nach Lavendel. Auch der Anzug, den Raabe aus dem Schrank holte, auch das Hemd, alles roch nach Lavendel. Aus der Innentasche der Jacke holte er einen vergilbten Briefumschlag. Darin lagen drei Hundertmarkscheine und zwei Groschen. Kein Brief, keine Nachricht. Auf einem der Geldscheine stand auf der linken oberen Ecke ein A geschrieben, dahinter eine Telefonnummer mit vier Ziffern. Es war sehr mühselig, den Verstorbenen anzuziehen. Sein Körper sträubte sich gegen den Anzug, den er sein Leben lang ungern getragen hatte, wenn er nicht seine Arbeit zu Ende gebracht hatte. Das Hemd riß Raabe hinten auf. Nun versuchte er, einen Krawattenknoten zu knüpfen, eine Kunst, die er nie erlernt hatte. Er begnügte sich schließlich damit, die Krawatte um den Kragen zu legen und dem Apotheker den Rest zu überlassen. Er nahm den Tabaksbeutel, seine beiden Hemden, drei Hemden des Steinmetzen und eine Hose, die der Verstorbene selbst genäht hatte. Er ging zu den Hasenställen, streute das in einer Plastiktüte des Einkaufszentrums gesammelte Gras ein und stopfte die Kleider in die Tüte. Allein die Schuhe des Toten, die Raabe mit Margarine eingefettet hatte, rochen nicht nach Lavendel. Raabe ölte noch einmal die Kette und das Tretlager seines Fahrrades, hängte die Tüte an den Lenker und freute sich über die glatte Oberfläche der Straße, als er losfuhr. Noch hatte er sich keine Gedanken gemacht, wo er, nachdem er seinen Telefonanruf getätigt haben würde, hinfahren wollte. Er zögerte, hielt sein Rad an, wendete und fuhr zurück zur Werkstatt. Das Rad rollte beinahe ohne Kraftaufwand. In der Werkstatt ging Raabe zielstrebig zu den Hasenställen und öffnete die Türen. Den rechten Schuh zog er dem Steinmetzen wieder aus und legte eine Reißzwecke hinein. Keines der Tiere wollte den Käfig verlassen. Sie kauerten sich ängstlich und zitternd zusammen, als Raabe die Käfige nach vorne kippte.

Auf der Fahrt zu der Telefonzelle auf dem Parkplatz des Einkaufszentrums machte sich Raabe Gedanken über den Wortlaut des Telefonates, das er führen wollte. Und so erschien ihm der Weg dorthin sehr kurz. Er warf die beiden Groschen ein und wählte die auf dem Geldschein notierte Nummer. Und genau so, wie er es sich vorgenommen hatte, sagte er zum Apotheker, der wie üblich das Telefon erst nach längerer Zeit abnahm, der Steinmetz ist jetzt gestorben, und ich muß jetzt weggehen. Er verabschiedete sich höflich von dem zunächst verstummten Apotheker und hängte dann, ungeachtet der Rufe des verschreckten Mannes, er solle warten, den Hörer auf die Gabel.

Der Apotheker jagte daraufhin seine Gehilfin, der er nicht vertraute, aus dem Geschäft und hieß sie vor der Türe warten, um dringliche Fälle auf seine baldige Rückkehr zu vertrösten. Er setzte sich in sein Auto und fuhr den umständlichen Weg zu seinem Freund. Auf halber Strecke bemerkte er, daß er seinen Schirm vergessen hatte, doch seine Aufregung erlaubte ihm nicht, umzukehren. Beim Einkaufszentrum bog er ab, um eine Runde auf dem Parkplatz zu drehen, da er wußte, daß der Steinmetz und Raabe dort ihre wenigen Telefonate zu führen pflegten. Vergeblich sah er sich dort um nach Raabes schwarzem Rad und seiner staubigen Gestalt, und erschreckt zuckte er, unvermittelt aus seinen Gedanken gerissen, zusammen über den Lärm eines Hupens und Bremsenquietschens von der Autobahn her, das in der Regel einem der zahlreichen tödlichen Unfälle vorausging. Einen Aufprall hörte er nicht, kümmerte sich nicht weiter um den Lärm und fuhr weiter zur Werkstatt des Steinmetzen. Raabe wird sich einen dummen Scherz erlaubt haben, dachte er, als er den Wagen abstellte und ausstieg. So sehr war er aufgeregt, daß er, entgegen seiner Gewohnheit, nicht auf eine glänzende Eisschicht achtete, die sich auf dem feuchten Boden gebildet hatte. Er trat nur knapp daneben, wunderte sich über die weit offenstehende Eisentüre. Ungewöhnlich schnell schlug sein Herz, doch beruhigt hörte er das Geräusch eines fallenden Gegenstandes aus dem Innern, der weitere lebhafte Geräusche zur Folge hatte. Und auch ein vertrauter Geruch verlangsamte seinen Herzschlag, der Geruch nach Lavendel. Und gleich erinnerte er sich an die Lavendelseife, die er vor vielen Jahren seinen Kunden als Weihnachtspräsent geschenkt hatte. Kurz glaubte er, sein Herz höre auf zu schlagen, als er den aufgebahrten Leichnam des Steinmetzen sah. Er ging zu dem großen Tisch und versuchte in seiner Verwirrung, die Hasen einzufangen, die in großer Aufregung um den Toten herumliefen. Es gelang ihm nicht. Da gab er es auf und stellte sich, nun ruhig und andächtig, vor die lavendelduftende Leiche. Was für ein schöner Mann, sagte er, während er sorgfältig die Krawatte zu einem Windsor-Knoten band. Nach einer halben Stunde verließ er den Raum, um den Arzt zu benachrichtigen, der einen Totenschein ausstellen sollte. Doch dies geschah erst am späten Abend, da der Apotheker nun auf der Eisschicht ausglitt und sich das linke Bein böse verstauchte. So mußte der Arzt zunächst den verletzten Apotheker röntgen und versorgen, der mühselig und unter heftigen Schmerzen die Fahrt überstanden hatte, bevor er das Übrige veranlassen konnte.

Auf den Straßen

Natürlich hatte der Apotheker nicht ahnen können, daß das Bremsenquietschen und Hupen, das ihn zuvor so sehr erschreckt hatte, von Raabe ausgelöst worden war, der versucht hatte, die Autobahn mit seinem Fahrrad zu überqueren. Da die Fahrer in diesem Autobahnabschnitt mit sehr hoher Geschwindigkeit fuhren, hatte Raabe die nur als kleine Punkte sichtbaren Wagen weit weg geglaubt und sie zu Vollbremsungen gezwungen. Er selbst aber erschrak in keiner Weise, im Gegenteil, lachend hatte er den wütenden und schreckensbleichen Fahrern zugewunken, war auf einen Feldweg abgebogen, der zur Landstraße führte. Hier fuhr er, nun gänzlich sorglos, übermütig in Schlangenlinien und freute sich, wie seine an die Lenkstange gehängte Plastiktüte hin- und herschwang. Er lenkte in noch kleineren Bögen und versuchte, die Tüte in eine kreisende Bewegung zu versetzen. Er bremste schnell und lachte über die Tüte, die nach vorne schoß und ohne ihn weiter wollte. Seit Jahren, seit dem Beginn seiner Lehrzeit war er im Grunde nicht mehr alleine gewesen. Die nähere Umgebung hatte er nie verlassen, fuhr selten in das Städtchen, um Besorgungen zu machen, da das Einkaufszentrum ja alles bot, was man zum Leben brauchte. Auch nachts war er nur durch einige Dekken und Teppichreste, die als Vorhänge dienten, von dem Steinmetzen getrennt gewesen. Die Autobahn war für ihn etwas wie eine natürliche Grenze geworden. Man hatte ihm beigebracht, daß ein Fluß, ein Berg, ein Moor, eine Schlucht oder ein See natürliche Grenzen sein könnten, aber es schien ihm, als sei es leichter, Flüsse, Schluchten, Seen, Moore und Berge zu überqueren als diese vierspurige Straße. Immer wieder hörte er sie. Je nachdem, aus welcher Richtung der Wind kam, wie das Wetter war, hörte er sie lauter oder leiser. Und bei Regen, so dachte er, singen die Reifen der LKWs am lautesten. Nun fuhr er auf der Landstraße vorbei an kahlen Laubwäldern.

Niemand fährt mehr auf der Landstraße, dachte er. Und

als er eine kleine Ortschaft mit einem skandinavisch klingenden Namen durchquert hatte, wurde er unversehens von einem starken Verkehrsstrom eingeholt. Die Fahrer steuerten auf der engen Straße so dicht an Raabe vorbei, daß er damit rechnen mußte, jeden Moment in den Straßengraben geschleudert zu werden. Es war ihm so, als ob sie eine unerklärliche Wut auf ihn hätten, oder als ob die Fahrer, die er zuvor zur Bremsung gezwungen hatte, die anderen auf ihn gehetzt hätten, um sich für ihren Schrecken zu rächen. Er fühlte sich, kaum daß er das kurze Gefühl des Alleinseins gekostet hatte, von den Autos und LKWs bedrängt und bedroht. Auch er wurde jetzt wütend, fühlte sich ohnmächtig, nun nicht mehr allein, sondern verlassen in einem feindlichen Land. Er wurde ängstlicher, wütender und begann, vor sich hin zu schimpfen, was natürlich niemand hörte, nur wundern konnten sich die wenigen Fahrer, die sich dafür die Zeit nahmen, daß hier jemand auf dem Fahrrad fuhr und heftig vor sich hin sprach. Und wie zum Hohn stanken die Abgase noch betäubender. Die LKWs fuhren in niedrigem Gang, und fast schwarze Wolken, die aus den Auspuffrohren quollen, nahmen Raabe die Sicht, trieben ihm Tränen in die Augen und raubten ihm den Atem. Viele PKWs hatten ihre Scheinwerfer aufgeblendet, so daß Raabe, wenn er sich ängstlich nach hinten drehte, einen schmerzhaften Stich in den Augen fühlte. Die Lampen sollten den Vordermann zur Seite jagen, doch war die Straße zu eng und zu verstopft, um zu überholen oder auszuweichen. Und auch die Wut darüber stand den Fahrern ins Gesicht geschrieben, daß die bewährten Waffen plötzlich wertlos waren, daß der starke Motor, das helle Halogenlicht sie nicht schneller voranbrachten. Raabe sah, wie sie an den Knöpfen ihrer Radiogeräte drehten, um günstigere Verkehrsnachrichten zu finden. Und er bemerkte, wie sehr es ihn verunsicherte, wenn er nach hinten sah, und beschloß, geradeaus, möglichst weit in die Ferne zu blicken. In dem Augenblick, in dem er dachte, es wäre gut, einen Punkt in der Ferne zu sehen, auf den man zusteuern könnte, der größer und größer würde und dann eine Form annähme, vielleicht ein Baum wäre, ein Verkehrsschild, ein Mensch, sah er einen solchen Punkt vor sich und wußte im selben Moment, daß dies eine Frau war. Und obwohl die Person noch so weit entfernt war, daß er ihre Umrisse nicht erkennen konnte und es auch ein Mann hätte sein können, wußte er, daß es eine Frau war.

Ich weiß es, weil ich es mir wünsche.

Seine Angst vor einem Sturz, einem Unfall, wich der Befriedigung, nicht mehr der einzige Mensch auf dieser Straße zu sein, denn die verzerrten Gesichter in den Autos wollte er keinen Menschen zuordnen. Er spürte, daß sie schnell näher kam, daß sich seine Geschwindigkeit und die ihre addierten. Es war ein körperliches Gefühl, sein von Fahrtwind und Kälte gerötetes Gesicht wurde noch etwas röter. Das Blut drängte nach oben, er fühlte eine Schwäche in den Beinen. Er konnte erkennen, daß die Frau etwas trug, wohl einen Einkaufskorb, daß ihr Haar hell war. Hätte Raabe jetzt die Möglichkeit gehabt, die Straße zu verlassen, hätte er es sofort getan, hätte gewartet, bis sie aus seinem Blickfeld verschwunden gewesen wäre und hätte sich dann erleichtert in den Verkehrsstrom eingereiht. Doch rechts trennte ihn ein von Schmutzwasser überfließender Graben von dem Laubwäldchen und links schnitten ihm die dahinschießenden Fahrzeuge den Weg ab. So war die Begegnung unausweichlich, und obwohl Raabe wußte, daß sie nur Sekunden andauern konnte, versetzte ihn der Gedanke, daß er sie oder auch nur ihre Kleider berühren müßte, in eine den ganzen Körper ergreifende Aufregung. Er fühlte eine Beklemmung in der Brust, atmete schneller, es wurde ihm schwindlig und ein leichter Brechreiz befiel ihn. Der Einkaufskorb der Frau war leer, sie blickte verdrießlich auf den Fahrzeugstrom, ihre Strümpfe waren weiß, zu dünn für die Kälte. Sie waren durch den Schmutz um die Knöchel herum gelbbraun geworden. Raabes Blick blieb an diesen verschmutzten, dünnen Waden kleben. Sehr kurz sah er zu ihrem Gesicht hoch, die Lippen waren kräftig geschminkt, die Haare waren voll und sahen aus, als wären sie eben vom Friseur in Locken gelegt worden. Ihre Mundwinkel waren nach unten gezogen, als ob der verbleibende Tag oder das, was vorhergegangen war, ihr Ekel einflößte. Doch als einer der Fahrer hupte und im Schutz seines Bleches eine kleine, obszöne Geste machte, schaute sie kurz auf, sah ihm aus den Augenwinkeln nach und lächelte ein wenig. Auch Raabe wünschte sich ein Blech, hinter dem er seine Scham und seine Erregung hätte verstecken können.

Der Steinmetz hatte einen fetten, alten Hasen besessen. Dieser Hase war der einzige, den er nie hätte schlachten und essen können. Er war der Stammvater der Zucht und hätte etwas Ehrfurchterheischendes verbreitet, hätte er sich nicht durch eine sogar für Hasen außergewöhnliche Geilheit ausgezeichnet. Er besprang bei jeder Gelegenheit jede Häsin, und nachdem man ihn alleine in einen kleinen Käfig gesperrt hatte, durchbiß er mehrmals den Maschendraht, um ans Ziel seiner Wünsche zu gelangen. Der Steinmetz hatte den Hasen Kolle getauft und empfand eine gewisse Zuneigung für ihn, während Raabe ihn mehr und mehr abscheulich fand und später sogar haßte. Er gab ihm immer etwas weniger Futter als den anderen, doch seine Vermehrungswut schien sich durch die Diät noch zu steigern. Entblößt, triebhaft und geil wie der alte Rammler Kolle fühlte er sich, fühlte ein Pochen zwischen den Beinen, wohin das Blut aus dem Kopf mittlerweile zurückgeströmt war. Für eine Sekunde hätte er es beinahe vorgezogen, in den mit Matsch und allerlei träge dahinschwimmenden Abfällen gefüllten Straßengraben zu springen. Er tat es nicht, und als sie drei Schritte vor ihm war, blieb ihm nichts anderes übrig, als stehenzubleiben, abzusteigen und weiter auf ihre Knöchel zu starren. Sie ging an ihm vorbei, scheinbar ohne ihn zu bemerken. Ihre frisch gelegten Haare rochen stark und streiften sein Gesicht.

Er ging hastig weiter, ohne sich umzudrehen. Nach langer Zeit fiel die Beklemmung von ihm ab und er bemerkte, daß er sich wieder auf sein Rad setzen konnte. Er war erst wenige Meter gefahren, als er tatsächlich leicht von einem Wagen gestreift wurde. Er konnte, indem er sich mit dem rechten Fuß abstützte, noch eben einen Sturz vermeiden. Erst wütend und dann auch vor Schmerz schrie er auf und sah im Rückspiegel des Wagens das lächelnde Gesicht eines hübschen, jungen Mannes. Mit einer vom Zorn getriebenen Kraft überwand er den Schmerz und trat in die Pedale. Die Plastiktüte pendelte heftig und drohte hinunterzufallen.

Raabe hielt sie fest und achtete nicht auf das Stechen in dem geprellten Bein. Aber trotz Raabes Wut, trotz seiner Anstrengung bewegte sich die Fahrzeugschlange neben ihm immer noch schneller als er. Gleich würde der weiße Wagen nicht mehr zu sehen sein, und schon wollte Raabes Zorn verrauchen, der Schmerz und das Verlangen, anzuhalten und die Verletzung zu begutachten, stärker werden, als irgend etwas Unsichtbares weit vor ihnen Raabes Gegner bremste. Triumphierend stellte er fest, daß sie immer langsamer wurden, daß er nun rechts neben den Wagen vorbeizog. Seine Wut schwoll erneut an, getrieben von der Aussicht, sich auf irgendeine Weise an dem Fahrer des weißen Wagens zu rächen oder ihn zumindest zur Rede zu stellen. Er wurde schneller und näherte sich immer mehr, er konnte schon wieder den Rückspiegel sehen, sah, wie elegant der Mann frisiert war, wie frisch er wirkte und wie gebräunt seine makellose Haut war. Er faßte seine Tüte fest, streifte sie von der Lenkstange, holte auf, fuhr nun neben den Gegner, holte aus und schlug die Tüte mehrmals auf das Dach des Wagens. Die Schläge waren weich und wirkungslos, der junge Mann im Innern mochte vielleicht ein leises, dumpfes Geräusch gehört haben. Er hielt den Wagen an, kümmerte sich nicht um die hupenden Fahrzeuge hinter ihm und riß die Tür auf. Ratlos stand Raabe da, die Tüte, eine untaugliche Waffe, in der Hand. Der junge Mann kam um den Wagen herum, musterte Raabe verächtlich und hieb ihm wortlos und stark die Faust mitten ins Gesicht. Raabe konnte sich nicht mehr abstützen. Der Mann stieg lächelnd in seinen Wagen und fuhr weiter. Der darauffolgende Fahrer, es wurde immer noch gehupt, beugte sich auf die Beifahrerseite, kurbelte die Scheibe herunter und beschimpfte Raabe heftig. Er drohte ihm weitere Schläge an, öffnete sogar ansatzweise seine Türe. Er stieg aber nicht aus, denn Raabe lag ja schon wehrlos unter seinem Rad und machte keine Anstalten, aus dem Graben herauszusteigen, bevor der Autofahrer nicht abgefahren war. Das vor Dreck dickflüssig gewordene, eiskalte Wasser floß in seine Tüte, durchnäßte die fünf Hemden und die selbstgenähte Hose des Steinmetzen. Der lederne Tabaksbeutel war beinahe wasserdicht. Raabes Gesicht war durch den Sturz ins Wasser nur noch gefühllos.

Heule, wenn du dir auf die Finger haust, dann heilt es schneller, hatte ihm der Steinmetz beigebracht. Trotzdem hatte Raabe nie in seiner Gegenwart geweint. Er stemmte das Rad hoch, kletterte aus dem Graben und zog die Tüte heraus. Das Rad schob er aus Angst vor weiteren Unfällen, vor einer erneuten Begegnung mit dem jungen Mann und wegen der Kälte des Fahrtwindes bis in die nächste Ortschaft. Auch dieses Dorf hatte einen schwedisch klingenden Namen. Natürlich war Raabe nie in Schweden gewesen, überhaupt war er, soweit er sich erinnern konnte, nie im Ausland gewesen. Er dachte an Elche und warmherzige, blonde Frauen, doch keiner dieser Gedanken wärmte seinen Körper. Er sah, wie eine große Limousine in den Hof einer Gastwirtschaft einbog. Ohne zu überlegen folgte er dem Wagen. Er hatte Angst zu erfrieren und war sich beinahe sicher, daß einige Zehen schon abgestorben waren. Der Steinmetz hatte nur noch sieben Zehen gehabt. Er erzählte, wie die fehlenden drei in Rußland erst blau, dann schwarz geworden waren. Als er nach einem Dreitagemarsch zum erstenmal die Stiefel ausgezogen und ausgeschüttelt habe, seien, neben ein paar Steinchen, die schwarzen Zehen einfach herausgefallen. Raabe wollte die Erzählung anzweifeln und fragte, ob sie denn in Rußland keine Socken getragen hätten. Fußlappen, Fußlappen, war die Antwort, die Raabes Zweifel endgültig ausräumte. Er unterdrückte die Tränen, lachte die aus der Limousine aussteigenden, ihn erstaunt Musternden an und überlegte, wie kalt das Wasser des Baikalsees sein mußte, um einen so hervorragenden Wodka abzugeben. Tief in seinem Innern sang er ein sibirisches Lied, stellte das tropfende Rad ab und ging in das Lokal.

Er stand in einer schlicht ausgestatteten Empfangshalle, der Tresen der Rezeption war nicht besetzt. Als die Tür hinter ihm unhörbar ins Schloß geglitten war, überlegte er sich, warum hier wohl nur große, schwere Wagen geparkt standen, warum es so angenehm roch. Wo es gut riecht, ist es teuer, dachte er. In seiner Tasche waren die durchnäßten, aber immer noch gültigen drei Scheine, eine unüberschaubare Menge Geld. Er fror und war müde, sah im Nebenraum Menschen sitzen und essen und trat ein. Die Gesichter der Leute schienen ihm entspannt und strahlten eine Freundlichkeit und Zufriedenheit aus, die Raabe noch mehr Selbstvertrauen gab. Einige sahen hoch und betrachteten ihn, doch er glaubte, keine Feindseligkeit in ihren Blicken zu spüren. Die meisten waren voll und ganz mit ihren Tellern beschäftigt, auf denen sorgfältig nach Form und Farbe geordnete Speisen lagen. Auf alles fiel ein angenehmes, nicht zu helles Licht. Das Gemurmel der Stimmen verstärkte Raabes Müdigkeit und sein plötzliches Wohlbefinden. Erst als er die beiden Kellner in ihren dunklen

Anzügen auf sich zukommen sah, wollte er sich umdrehen und das Lokal auf der Stelle verlassen. Bevor es dazu kam, hatte ihn einer der beiden nach einem kurzen, abwägenden Blick gefragt, ob er denn vorbestellt habe. Raabe verneinte und sagte, nachdem ihm klar geworden war, daß er keinen Anlaß hatte, wegzulaufen, er hätte gerne ein Zimmer. Der Kellner führte ihn zur Rezeption und reichte ihm seine Kellnerserviette. Er schlug leicht auf die Glocke beim Tresen und sagte, gleich würde jemand kommen. Er ging allerdings nicht weg, blieb neben Raabe stehen und fragte, ob er denn gestürzt sei. Raabe nickte, bestärkt von dem Gedanken, daß er viel, viel Geld in der Tasche trug, und daß er alles, jede Freundlichkeit, die Wärme, die ihn beruhigte, den leisen, höflichen Ton des Kellners, bezahlen konnte. Noch immer tropfte aus einigen Löchern in der Tüte Schmutzwasser heraus und bildete winzige Pfützen vor dem Tresen. Aus einem Büro dahinter trat eine Frau, die erst Raabe, dann den Kellner ansah, der fast unmerklich die Schultern hob. Sie sah an Raabe hinunter und lächelte, als sie die Pfützen auf dem Boden bemerkte. Sie wünschen sicher ein Zimmer mit Bad, sagte sie und bat Raabe, ihr zu folgen. Woher sie nur wissen, daß ich so viel Geld habe, dachte sich Raabe für eine kurze Zeit. Dann überließ er sich völlig seiner Müdigkeit. Wohlgefällig betrachtete er die vor ihm gehende Dame, deren Stimme ihn schon zufrieden gemacht hatte, deren Kleid er so schön fand wie ihr Haar, die Farbe ihres Lippenstiftes, ihren Geruch und ihre Waden. Auch das Zimmer, in das sie ihn führte, fand er schön, die Möbel aus rötlich schimmerndem Holz und die Vorhänge aus graublauem, matt glänzendem Stoff. Ob er auch essen wolle, fragte sie. Nein, er wolle nur baden. Sie öffnete die Tür zum Bad. Raabe taten die hellen, klaren Kacheln wohl und er fand, daß die Frau auch einen schönen Hintern hatte, als sie ihn in seinem Zimmer mit Bad allein ließ. Das letzte Gefühl, an das er sich erinnern konnte, war ein Zweifeln darüber, ob die Hitze des seinen Körper überströmenden Wassers lustvoll und angenehm oder schmerzhaft war. Er hatte nicht mehr die Kraft, sich zu entscheiden.

Fischtöter

In dem Augenblick, als Raabe in der Badewanne in einen Tiefschlaf fiel, erfuhr unten in der Küche ein dicklicher Lehrjunge namens Liebherr, daß für den Abend des nächsten Tages siebzehn Karpfen vorbestellt waren. Er stand am Herd und bereitete eine Rinderbrühe zu, als er den Auftrag erhielt, der ihm, der ohnehin schon sein rotglänzendes verschwitztes Gesicht immer wieder mit dem Ärmel abwischen mußte, eine erneute Schweißwelle auf die Stirne trieb. Er hatte die Karpfen, die träge und arglos in einem großen Aquarium nach den aufsteigenden Luftblasen schnappten, totzuschlagen und zu schlachten. Diese Aufgabe war äußerst unbeliebt, und besonders ihm, der sie schon einige Male zu vollziehen gehabt hatte, verursachte sie Übelkeit und einen Hautausschlag, der erst zwei Tage später wieder abklang. Zum Schaden hatte er auch noch den Spott seiner

Kollegen, die ihn, was sein Aussehen dann tatsächlich gut beschrieb, Erdbeere nannten. Die ersten Male hatte er, geschüttelt von Ekel, mit halbgeschlossenen Augen auf die schnappenden Fische eingedroschen, was die Prozedur um eine für beide Seiten schmerzhafte Zeit verlängerte. Dann hatte er sich geschworen, beim nächstenmal sich in aller Stille einen Rausch anzutrinken, bevor er mit dem bleigefüllten Totschläger auf die Tiere losgehen würde. So nutzte er jeden unbeobachteten Augenblick, um die Kochweinflasche anzusetzen. Der Küchenchef drängte ihn, die Fische bald zu schlachten, denn sie sollten längere Zeit in kaltes Wasser gelegt werden, damit sich das Fleisch nach seinem letzten heftigen Zucken wieder entspannen konnte, um seinen ganzen Wohlgeschmack zu entfalten. Er fand immer wieder einen Grund, die Sache hinauszuzögern, bis er schließlich an die drei Flaschen Rotwein geleert hatte. Die Kartoffeln verkochten ihm, die Nudeln wurden zu weich, das Gemüse zu hart, und beim Salzen der Brühe glitt ihm die Hand aus.

In dem Maß, wie Fiebers Brühe ständig neuen schmutzgelben Schaum oben absetzte, den er abzuschöpfen vergaß, fiel drei Stockwerke höher Raabes Badeschaum in sich zusammen. Nach drei Stunden wachte er im völlig schaumlosen Wasser wieder auf. Er stieg aus der Wanne und suchte einen Lichtschalter, inzwischen war es dunkel geworden. Er erschrak über den Anblick seiner Haut, die aufgequollen und faltig geworden war wie die eines alten Mannes. Seine Kleider warf er, um sie zu waschen, ins kaltgewordene Badewasser. Der Schorf der Wunden am Bein war aufgequollen, auf der Höhe des linken Knies betastete er einen schmerzhaften, handtellergroßen Bluterguß, der von dem Zusammenstoß mit dem weißen Auto herrührte, eine Gesichtshälfte und die Nase schienen angeschwollen, aber nicht blau verfärbt, wie er befürchtet hatte. Inzwischen hatte er Hunger bekommen. Trotzdem schlief er, nachdem er sich in die frisch duftenden Laken gelegt hatte, auf der Stelle ein. Über seine Träume hätte er nichts zu sagen gewußt. Er wußte nur, daß er ungeheuer viel geträumt hatte, daß viele Farben und Gerüche in den Träumen waren.

Dies war das erste Mal seit Monaten, daß er nicht durch die Kälte oder durch Lärm geweckt wurde. Das Zimmer war warm, kein lautes Geräusch war zu hören. Er erwachte erholt. Die Schmerzen hielten sich in Grenzen. Zwischen Schlaf und Erwachen empfand er trotz der ungewohnten Umgebung ein Gefühl der Vertrautheit. Eine Weile überlegte er, was das Vertraute hier war, bis er bemerkte, daß die Laken leicht nach Lavendel dufteten. Gestern, oder war es vorgestern, war der Steinmetz gestorben. Das Gefühl für die Zeit, für die vergehenden Tage, das er vor dem Tod des Steinmetzen durch den festen, unverrückbaren Ablauf der Stunden und Tage, durch die Freude auf den Schlaf und durch das ungewollte Erwachen gewonnen hatte, war urplötzlich verflogen. Seinetwegen hätte die Zeit stehenbleiben mögen oder doppelt so schnell vergehen wie bisher, es hätte nichts für ihn geändert. Lange sah er seine Wäsche an, die in der Badewanne lag. Er nahm sie heraus und hängte sie zum Trocknen an die Handtuchhalter. Auf dem trüben Wasser dümpelten die drei Hundertmarkscheine. Einer davon zog blaue Schlieren, die mit Tinte geschriebene Telefonnummer des Apothekers löste sich langsam auf. Geld ist nicht wasserlöslich, sagte sich Raabe und legte sich mit über der Brust gefalteten Händen aufs Bett. Es würde mindestens einen Tag dauern, bis die Kleider getrocknet sein würden. Er überlegte, was er nun tun könnte, ob das Liegen ausreiche. Einen Tag hier, in diesem Zimmer nackt auf dem Bett zu verbringen, das würde bedeuten, noch eine Übernachtung bezahlen zu müssen. Die drei Geldscheine waren lächerlich winzig, wie sie in der großen Wanne schwammen. Was würde ein Zimmer hier wohl kosten? Unsummen, Unsummen, sagte er laut, sprang vom Bett, wrang die Kleider aus so gut es ging, nahm drei Bögen des auf dem Tisch liegenden Briefpapiers des Hauses und legte die Geldscheine dazwischen. Er zog die feuchte Hose, das Hemd an, streifte darüber die Jacke und stieg in seine vor Schmutz und Nässe quietschenden Schuhe. Die restlichen Kleider stopfte er in die Tüte, die er, da sie nun noch schwerer war, mit einem Arm umklammerte. Auf dem Gang war niemand zu hören oder zu sehen. Raabe konnte sich gar nicht erinnern, so viele Treppen hochgeführt worden zu sein. Zwei Stockwerke hatte er ungesehen, aber eine triefende Spur hinterlassend, durchquert, als er die Stimme eines der Kellner hörte, und kurz darauf auch das Geräusch seiner eiligen Schritte. In seiner Not wußte Raabe keinen anderen Ausweg, als die nächste Tür so leise wie irgend möglich zu öffnen und darauf zu hoffen, daß niemand in dem Zimmer sein würde. Doch zu seinem Entsetzen war der Raum hell beleuchtet, und aus dem Bad hörte er ein helles Lachen, Stimmen und einlaufendes Wasser. Für den Bruchteil einer Sekunde wollte er das Zimmer wieder verlassen, doch der Kellner mußte nun wohl auf der Höhe der Tür sein. Und Raabes

Erschrecken war grenzenlos, als er ein dreimaliges, dezentes Klopfen an der Zimmertüre hörte. In welche Situation hatte er sich gebracht. Denn was lag näher als die Vermutung, er habe sich in das Zimmer geschlichen, um einen Diebstahl oder Schlimmeres zu begehen. Und von all den Ausflüchten und Erklärungen für sein Hiersein, die ihm durch den Kopf schossen, war eine erbärmlicher als die andere. So machte er sich auf das Schlimmste gefaßt, als sich nach einer höflichen Wartezeit die Tür öffnete und der Kellner mit einem Weinkühler und zwei Gläsern vor ihm stand. Er sah ihn überrascht, doch keineswegs böse an und übergab ihm mit der Bemerkung, Ach Sie haben den Wein bestellt, an die er sogar ein süffisantes Lächeln anhing, das Tablett und zog sich diskret zurück. Raabe stand, noch gelähmt vor Verwunderung und Erschrecken an der Tür, das Tablett in Händen, wobei an seinem rechten Arm die verschmutzte Plastiktüte baumelte und noch immer in länger werdenden Abständen tropfte. Das Geräusch des einlaufenden Wassers wurde leiser und hörte auf, eine Männerstimme sang eine Melodie, eine Frau lachte und plötzlich stand sie völlig nackt im Raum und sah Raabe an. Ohne nachzudenken sagte er, er bringe den Wein. Er stellte das Tablett auf den Boden und verließ das Zimmer. Es war ihm klar, daß er das Haus durch eine Hintertüre verlassen mußte, denn an der Rezeption würde mit Sicherheit jemand sitzen. Er hörte Geräusche aus dem Gastraum, Klappern von Geschirr und einen Staubsauger. Auf dem Gang sah er ein großes Aquarium. Er blieb stehen und horchte. Träge lagen einige Karpfen um eine Düse herum, aus der frischer Sauerstoff sprudelte. Ohne genau zu wissen warum, ging er durch eine Tür und stand dem ungefähr gleichaltrigen dikken Jungen in weißer Kochkleidung gegenüber. Jetzt haben sie mich, dachte Raabe und beinahe fand er es komisch, daß der Junge der fett gewordene Fieber war und einen Kescher in der Hand hielt.

Ein fast beißender Weindunst, ein stierer, leicht schielender Blick verrieten Raabe, daß Fieber stockbetrunken war. Er sah eine schweißglänzende Stirne und die roten Flecken, die sich aus lauter Ekel vor einer bevorstehenden Arbeit schon jetzt gebildet hatten. Er erinnerte sich an seine eigenen und ihre gemeinsamen Räusche, und in Fiebers Blick konnte er deutlich die Verzweiflung des Geschundenen lesen, so daß Raabe glaubte, keinem Feind, sondern eher einem Verbündeten gegenüberzustehen. Er mußte den andern, der ihn dumpf anstarrte, nur noch davon überzeugen, daß er ihm bei seiner Flucht behilflich sein sollte. Der Betrunkene betrachtete seinen früheren Zimmergenossen mit einer Mischung aus Gleichgültigkeit und Mißtrauen. Sein kurzes Erstaunen, Raabe hier zu treffen, war sofort verflogen und von seiner übermächtig gewordenen Schicksalsergebenheit ausgemerzt worden. Er schien zu ahnen, daß Raabe nicht hierher gehörte, nicht in dieses Hotel und schon gar nicht in die Küche, die sein Reich war, auch wenn die anderen hier ihn bei jeder Gelegenheit wegen seiner Langsamkeit und Schüchternheit ärgerten und gemeine Späße mit ihm trieben, auf die kalte Pfanne Mehl streuten, so daß er sie unnötig mit einem Tuch anfaßte, und den kalten Topfdeckel mit dem heißen vertauschten, so daß seine Hand übersät von Brandblasen war. Als ob er den Eindringling sogar mit Gewalt vertreiben wollte, umfaßte er seinen Fischtöter etwas fester und schob sich, seinen Kescher wie eine Hellebarde haltend, vor die Tür. Raabe wußte, daß er schnell irgend etwas tun müßte, denn jeden Augenblick könnte jemand den Gang hinunterkommen. Vielleicht hatte die erschrockene nackte Frau schon berichtet, daß ein Eindringling in ihrem Zimmer gewesen war, und so käme zur versuchten Zechprellerei auch noch versuchter Diebstahl und Einbruch.

Zutritt verboten, wollte Fieber Raabe zu verstehen geben, indem er auf das Schild an der Tür deutete.

Ich suche den Ausgang.

Der Junge deutete in Richtung Rezeption.

Da ist der Eingang, ich suche den Ausgang.

Der Eingang ist auch der Ausgang, sagte der Junge.

Und der Notausgang? fragte Raabe.

Ist für den Notfall.

Was machst du denn mit dem Ding? fragte Raabe und blickte auf den Totschläger. Bist du der Türwächter?

Nee, Karpfenkiller.

Feine Arbeit, sagte Raabe.

Mordsspaß, sagte der. Er schien ein wenig Interesse für Raabe gewonnen zu haben und musterte ihn genauer, bemerkte seine nassen Kleider und die Schwellung in seinem Gesicht. Aus dem Aufenthaltsraum hinter der Küche hörte man Schreie und Schüsse. Die Köche hatten den Fernseher eingeschaltet. Und du? fragte er Raabe.

Zechpreller, antwortete Raabe, denn er glaubte jetzt, er habe den anderen auf seine Seite gebracht. Er sah, wie es im Kopf des Jungen zu arbeiten begann, und vom Ergebnis dieser Arbeit würde es abhängen, ob seine Flucht gelingen sollte oder nicht. Der Junge bemerkte, daß es Raabe sehr ernst war. Er wollte gar nicht wissen, wie Raabe in das Hotel hineingekommen war, warum seine Kleider naß waren, woher er stammte oder wohin er wollte. Er hätte so gut wie alles dafür gegeben, wenn ihm jemand seine Arbeit abgenommen hätte, und Raabe schien ihm so verwegen und hartgesotten, daß er ihm das Erschlagen und Schlachten der siebzehn Karpfen ohne weiteres zutrauen konnte. Die anderen Köche würden für mindestens eine halbe Stunde nicht in die Küche kommen, so daß Raabe ungestört würde schlachten können. Er bekam eine Schürze umgebunden, und während der Totschläger auf die Köpfe der sich nur träge zur Wehr setzenden Karpfen niedersauste, fischte der Junge mit seinem Kescher das Bassin ab und brachte die an siebzehn fehlenden Fische heran, wobei er immer wieder sagte: Genau über die Augen. Er gab Raabe das schmal zulaufende, außerordentlich scharfe Ausbeinmesser, um die siebzehn Bäuche der teils zappelnden, teils schwach zukkenden Opfer aufzuschlitzen, eine Arbeit, die Raabe vom Schlachten der Hasen schon sehr gut kannte. Dumpf pflatschten die Schwanzflossen auf den Stahltisch, und trotz der weißen Schürze war Raabes Anzug bedeckt von silberglänzenden Schuppen und roch nach Fisch. Und während Raabe die Arbeit erledigte, wurde der Junge redselig und erzählte die Geschichte vom schwarzen Anzug. Als der Junge seine Lehre begonnen hatte, war er in einem neuen, schwarzen und hocheleganten Anzug erschienen, den ihm seine Eltern mit der Auflage geschenkt hatten, ihn zu schonen und erst wieder zur Feier der bestandenen Gesellenprüfung anzulegen. Doch schon nach einem halben Jahr, als er probeweise einmal die Hose angezogen hatte, spannte sie um den Bauch herum so sehr, daß er es nicht mehr wagte, das Jackett anzuprobieren. Und da er immer dicker geworden war, und das in einer Weise, daß er es fast täglich vor dem Spiegel wahrnehmen konnte, war er ganz sicher, daß der Anzug ihm auf keinen Fall mehr passen konnte. Immer wieder bellten Schüsse aus dem Fernseher und gewährleisteten, daß nicht plötzlich einer der Köche hereinkam und sie bei ihrem Tauschhandel ertappte. So glücklich war der Junge über das Geschäft mit Raabe, daß seine roten Flekken wieder verschwunden waren, als die siebzehn Fische hohl und tot auf dem Tisch lagen. Zwölf von ihnen waren bewegungslos, bei fünfen zitterten die Schwanzspitzen, als wären sie von einem sanften Wind bewegt. Dem Jungen stiegen Tränen in die Augen. Angefeuert von seinem Granatenrausch loderte in ihm wieder die Flamme der Zuneigung für Raabe. In seiner Freude gesprächig geworden, erzählte er Raabe, was dieser noch nicht wissen konnte. Das Unglück hatte einen der jüngeren Schüler nicht nur geohrfeigt, sondern geprügelt. Daraufhin war es erneut zu einem Skandal gekommen, das Unglück entlassen worden. Er fand eine neue Stelle in der Stadt. Die Internatsleiterin ihrerseits hatte, dem stärker werdenden Druck der Elternschaft nachgebend, die Leitung ihrer Schule abgegeben und war in den verfrühten Ruhestand getreten.

Auf einen Zettel schrieb Fieber die Adresse des Unglücks in der Stadt und gab sie Raabe, falls er einmal Unterschlupf brauche. Das Unglück sei jederzeit froh, einen Zuhörer für seine Geschichten zu haben.

Am liebsten hätte Fieber ihn überredet, hierzubleiben und ihn für alle Zeiten zu beschützen. Raabe lehnte ab, doch sollte er sich noch etwas wünschen. Einen schwarzen, trokkenen Anzug, sagte Raabe und roch angewidert an seinen Fingern und seiner Jacke. Nun hatte Fieber eigentlich gehofft, er könne bis zum Ende der Lehrzeit wieder seinen früheren Umfang erreichen, er klagte ein wenig, doch dann hieß er Raabe vor Antritt seiner Flucht noch eine halbe Minute warten und holte den Anzug aus seinem Zimmer. Er nötigte Raabe, ihn auf der Stelle anzuziehen, denn er könne ja nicht mit seinen nassen, stinkenden und verdreckten Klamotten in die Kälte gehen. Das sah Raabe ein, er nahm auch das weiße Hemd und die Socken, die Fieber ihm gab. Alles paßte ausgezeichnet. Den alten Anzug stopfte er in eine zweite Plastiktüte mit der Aufschrift HUEBER HERRENMODEN. Der Junge führte ihn, vorbei an Obstkisten und Mülleimern, zum Hinterausgang. Raabe nickte dem Jungen noch einmal zu.

Marmelade

Allmählich bekam Raabe den Eindruck, an seinem Wege verdichte sich die Stadt. Zunächst sah er meist einstöckige, große Hallen, in denen Tiefkühlfleisch, grüne Bananen zum Reifen, Druckerzeugnisse, Elektrogeräte gelagert wurden, kleine und mittlere Industriebetriebe untergebracht waren, Baumschulen in den Hallen mit den gläsernen Dächern, dann kam der erste Imbiß, ein Betonkasten mit einer kleinen Fensterfront, die jedoch mit grüner Kunststoffolie abgedeckt war, dann ein Bierlokal.

Hier standen LKW-Anhänger am Straßenrand und die eine oder andere Frau im Skianzug, die, wenn sie den Reißverschluß ihres Anoraks öffneten, nichts oder unsichtbare Büstenhalter und Korsagen darunter trugen. Wie schon zuvor bei der Frau mit den frischgelegten Haaren überkam ihn ein Gefühl des Unbehagens, der Unsicherheit. Doch dieses Mal war es nicht die Scham vor dem eigenen, ungeübten Begehren, sondern das Bewußtsein, daß diese Frauen sich anboten, öffentlich zugänglich waren, für Geld auch für ihn. Es war die Angst, die nicht gekannte Scheu vor der eigenen Macht, über einen anderen scheinbar zu verfügen. Er vermied den Blickkontakt und fuhr gebeugten Kopfes an den Frauen neben ihren HYMER-MOBILE HOMES und den KNAUS-Wohnwagen vorbei.

Es war ihm, als hätte er in der äußersten Ecke des Blickwinkels zwei zugleich scheu, erschrocken, furchtsam wie auch gleichgültig leer und einladend blickende große Augen gesehen, die er gut kannte. Er hob und drehte den Kopf, um sich zu vergewissern, und es war in der Tat, in lachsfarbenem Skianzug, das Opfer, das an einem kleinen, von Dieselabgasen fast schwarz gefärbten Wohnwagen lehnend auf etwas zu warten schien, oder auch nicht. Sie war so, wie Raabe niemand sonst kannte, einfach da, rund und gut, sehr schlicht, aber mit einer stillen, nicht zu unterschätzenden Kraft, allem die Stirn bieten zu können und vielleicht in vielen Jahren die Siegerin durch ihre Ausdauer,

Duldung des vergeblichen Anrennens zu sein, wie irgendwann die Perle, die in der Auster eingeschlossen, das einstmals winzige Sandkorn, tot, dumm, rund, die Herrschaft über den komplizierten Organismus ergreift. Und wenn die Auster sich längst in Gas und Wasser aufgelöst hat, bleibt die Perle ohne Bewußtsein des Sieges, Triumphes einfach immer da.

Sie erkannte ihn und lächelte. Er drehte einen Bogen und fuhr zu ihr auf den Parkplatz.

Dem Opfer war es gleichgültig, ob ein Freier kam oder nicht, ob er nach billigem Rasierwasser oder nach Knoblauch roch, ob er Türke war oder Grieche, Schwabe oder Bayer. Was sie haßte, war, wenn einer von ihr verlangte, Leidenschaft zu spielen. Da bewegte sie ein wenig heftiger das Becken und nahm die Hand zu Hilfe, damit es schneller zu einem Ende dieser Sache kam.

Eben weil sie auf nichts wartete, weil sie keine Leidenschaften wecken wollte, kamen immer Freier zu ihr. Sie stand da, das genügte. Ihre gleich leeren wie vollen Augen musterten Raabe in Fiebers Anzug, er war eine eigenartige Erscheinung auf seinem Fahrrad. Unter die Bonzen gegangen? In schwarzer Schale aufm Rad. Wien Rechtsanwaltsgehilfe siehste aus, sagte sie und öffnete die zweigeteilte Tür des kleinen Wohnwagens, deren oberer Flügel zum Lüften fast immer halb offenstand.

Wenn es ganz kalt is, stell ich mich in die Tür und halt die Titten oben raus.

Raabe glaubte, einen Anflug von Stolz über diese Lösung in ihren Worten zu hören.

Sie nahm ein Fichtennadelspray und füllte den Raum mit ätzendem Geruch. Auf dem Propankocher brodelte eine große Kanne heißes Wasser, auf dem Boden stand eine Plastikwanne, zahlreiche Spraydosen standen dort, Sagrotan, ein winziges Stück Lavendelseife, verschiedene andere Raumsprays, Deos, ein, zwei vermutlich leere Tränengasfläschchen, ein Zehnerpack Zewatücher, Kassetten mit Volksmusik, ein Karton voller Cola-Dosen, ein Eimer, der fast voll von Kippen war, dazwischen ein paar zerschmorte Gummis.

Hast du Geld? fragte sie und meinte damit: Wie gehts?

Korrekt soweit.

Bist ziemlich gepflegt, sagte sie und hüllte sich erneut in eine Spraywolke ein. Haß ich, wenns stinkt. Hast du Hunger?

Klar. Zum erstenmal sah er sie an wie eine Frau. Sie bemerkte mißtrauisch seinen Blick.

Ficken is nich, sagte sie. Willst du was Süßes?

Ne. Brot.

Sie schnitt, wie Raabe es bei den Bauern gesehen hatte, eine große Scheibe von dem Brot ab, das sie unter dem Herd hervorgeholt hatte, indem sie es an den Oberkörper legte und das Messer zu sich hin führte. Sie schmierte Margarine und ein Johannisbeergelee darauf. Die Körnchen blieben in Raabes Zähnen hängen, der Zucker drang durch die Risse im Zahnschmelz und tat ihm weh. Sie kochte ihm einen Nescafé.

Wie zu Hause, dachte er, nur wärmer.

Die Wärme in dem winzigen Raum war schwer erträglich für Raabe, der so lange in der kalten Werkstatt gelebt hatte.

Er mußte niesen, wurde sofort schläfrig. Es klopfte an der Tür, das Opfer ging hinaus, um einen Kunden abzuwimmeln. Raabe trank den Nescafé, das Gefühl der Wärme überwältigte ihn, er legte sich auf die mit verschiedenen Raubtiermustern bedruckte Überdecke und schlief ein. Die Erschütterungen des Wohnwagens, wenn ein schwerer LKW vorbeidonnerte, waren ihm wie ein Wiegen. Alles, was schnell war, was sich in unregelmäßiger Schwingung befand, kam dem Zustand seiner überreizten Nerven entgegen.

In seinen Träumen drehten sich tonnenschwere Gummiräder, dazu erklang Volksmusik, alles war erfüllt von Fichtennadeln, die pulsierten, wuchsen, platzten, dicke Tropfen grüner, nach Fichtennadel stinkender Flüssigkeit ergoß sich über alles, plötzlich roch es wieder nach Nescafé, fast wäre er erwacht, doch der Duft war zu schwach.

Plötzlich wurde ihm warm, er spürte Fleisch in seiner Nähe, das war das Opfer, das sich ebenfalls hingelegt hatte.

Im Schlaf schien auch sie seine Wärme zu suchen und schmiegte sich etwas an ihn.

Wären sie erwacht, hätten sie ein Rütteln am Türgriff gehört. Das Rütteln verstärkte sich, als die Tür nicht nachgab. Geklopft wurde ganz kurz, gar nicht laut. Auch davon erwachten die beiden Schlafenden nicht.

Draußen entstand eine kurze Pause. Der, der herein wollte, dachte nach. Warum wird sie nicht öffnen, warum ist es dunkel, warum brennt die rote Beleuchtung im Innern nicht, denn dies war das Signal, ein Kunde sei da. Ist sie am Ende weggegangen, was ihr strikt untersagt war? Alles in allem, und da er auch etwas getrunken hatte und da ihm das

Kokain ausgegangen war, was ihn stets gewalttätig, schlecht gelaunt und depressiv werden ließ, eine gefährliche Mischung, und da er seinen Nachschlüssel vor zwei Jahren verloren hatte, holte er aus seinem Auto ein kleines Brecheisen und stemmte die Aluminiumtür mit zwei Handgriffen auf. Auch davon erwachten die beiden nicht.

Er zündete den Glühstrumpf des Propanlichts an und betrachtete die Szenerie. Das Opfer lag in ihrem Herrenpyjama auf dem Bett und schlief fest und, wie er dachte, selig. Sie war, das brachte ihn besonders in Rage, abgeschminkt und trug auch keine Reizwäsche, sie lag da ganz privat. Neben ihr, in ihrem Arm, lag ein junger Mann in einem sündhaft teuren, gut sitzenden Anzug.

Das entzündete seine Fantasie erneut. Würde an seinem seltsam geformten Körper je ein Anzug wie ein gutsitzender Anzug wirken? Hatten die beiden miteinander geschlafen? Warum war er dann angezogen? War es das, worauf das Opfer stand, war es das, was er noch nicht herausgefunden hatte, was ihn so sehr kränkte wie nichts sonst? Nein. Er hätte seine Fantasie noch ganz gerne weiterverfolgt, doch eine ungeheuere Eifersucht raubte ihm nun schier den Verstand. Er wußte aber, daß er durch Toben und Schreien zum Gespött sämtlicher Nutten und Kollegen werden würde. Seine ohnehin nicht übergroße Autorität würde leiden. Nein, er mußte leise, kühl und überlegt vorgehen.

Raabe schlug die Augen auf, denn durch seine Lider war ein Lichtschein gefallen, der ihn weckte. Er spürte schon vor dem eigentlichen Erwachen etwas Unheilverheißendes, es roch plötzlich nicht mehr nach Fichtennadel, sondern nach sauer aufgestoßenem Bier und anderen Ausdünstungen durchzechter Tage und Nächte.

Wie er sich vor dem Lichtschein der Gaslampe dunkel erhob, sah er größer aus als er war, der Große, doch war ihm das nicht bewußt. Mut verlieh ihm allein sein Zorn. Seine Stimme zitterte, doch nur er und das Opfer bemerkten das, Raabe wäre nie darauf gekommen.

Ist das privat oder geschäftlich, fragte der Große und räusperte sich zweimal. Das Opfer erwachte. Wenn es privat war, mach ich euch beide alle. Wenn es geschäftlich war, dann zück den Beutel.

Raabe war zwar hellwach, doch wenn er ihm sein ganzes Geld geben würde, wüßte er noch weniger, was tun, als es ohnehin der Fall war. So stellte er sich schlafend und bewegte sich nicht, sagte nichts und leistete auch keinen Widerstand, als der Große ihn hochhob und aufforderte, seine Taschen zu wenden. Raabe bewegte sich noch immer nicht, der Große zog ihm das teure Tuch vom Leib und wendete alles was zu wenden war, bis endlich zwei frischgewaschene Scheine herausfielen und in spiraliger Bewegung auf den Boden flatterten.

Der Große warf einen verächtlichen Blick auf das Papier, nahm die Hose und das Jackett mit zwei Fingern auf und warf sie vor die Tür. Hoffentlich hat das jemand gesehen, flehte er in seinem Innersten.

Raabe befand, daß es besser wäre, den Kleidungsstücken freiwillig hinauszufolgen.

Warte, sagte der Große, und zwang Raabe, auch seine Unterhose auszuziehen. Tatsächlich fiel noch ein Schein heraus.

Was soll ich denn jetzt machen? fragte Raabe sachlich, mit dem aufrechten Wunsch, eine Antwort zu bekommen.

Der Große musterte ihn von oben bis unten, hieß ihn sich herumdrehen und sagte in Raabes Rücken: Hübsche Knaben gehen ins Museum.

Er warf ihm, als er einige erleuchtete Fenster und zurückgeschlagene Gardinen befriedigt bemerkt hatte, die Unterhose vor die Füße, musterte den geringen Schaden an der Tür und schloß sie hinter sich, so gut es ging. Schnell zog sich Raabe an, es war kalt, und er wollte nichts von dem hören, was in dem Wohnwagen gleich passieren würde.

Was hat der gemacht? fragte der Große.

Marmeladenbrot gegessen, sagte arglos das Opfer.

Raabe fuhr eilig davon, es dämmerte schon der Morgen. Im Morgengrauen war das Opfer davon überzeugt, daß es besser wäre, nie wieder einen Bekannten einzulassen. Der Große wusch sich die Hände mit dem Stück Lavendelseife. Sie war vollkommen mit allem einverstanden.

Verhebung, der zweite Besuch im Museum

Zwar hegte Raabe eine große heimliche Leidenschaft für die Figuren des Bildhauers Michelangelo Buonarroti, die er in dem abgegriffenen Buch des Steinmetzen auf Fotografien immer wieder betrachtet hatte, doch nie stellte er sich vor, daß diese Statuen tatsächlich in Stein gemeißelt existierten, daß man sie anschauen oder sogar berühren könnte. Der Marmor war für ihn zu alltäglich, zu schwer und zu abweisend, als daß er ihn mit den Faunen und den Göttern, den Helden und dem toten Christus in irgendeine Verbindung bringen wollte. Das Gestein mochte einen gleichen Namen tragen wie das von ihm geschliffene, behauene und polierte, doch mußte es von Grund auf anders beschaffen sein, mehr Fleisch als Stein. Er wußte auch, daß diese Figuren in Museen zu besichtigen waren, oder zumindest ihre Abgüsse in Alabastergips, aber ein Museum hatte er nur ein einziges Mal betreten, und die Vielzahl der Bilder hatte ihn so sehr überwältigt, daß er sich auf der Toilette aufhielt, um kettenrauchend abzuwarten, bis ihm Andre Bescheid gab, daß der Besuch nun beendet sei. Es schien ihm sicherer, die Statuen als Abbilder vor sich liegen zu haben, und ihre Beschaffenheit, ihre Größe, ihren Geruch und das auf sie fallende Licht in seiner Vorstellung so zu gestalten, wie es ihm gefiel. So beschlich ihn in der Vorhalle des Museums ein drückendes Gefühl, er fürchtete, daß er seine Bilder ganz anders, unvollkommener antreffen würde. Den eigentlichen Zweck seines Besuches wollte er am liebsten vergessen, und lange zögerte er, ob er denn eine Eintrittskarte kaufen sollte oder nicht, ob ihn schon hier draußen jemand ansprechen würde, um ihm Geld anzubieten, oder ob diese Personen nur im Innern anzutreffen wären. Nur wegen seines eleganten Anzuges wartete ein Wärter fast eine halbe Stunde, bis er den jungen Mann ansprach und ihn bat, nun eine Eintrittskarte zu kaufen oder zu gehen. Denn oft trieben sich hier Streuner herum, die auf irgend etwas zu warten schienen oder sich einfach wärmen oder im Sommer die kühle Luft genießen wollten. So sehr beschäftigte er sich mit seinen Gedanken über die vorgestellten und die wirklichen Statuen, daß er nicht bemerkte, wie ihn ein Herr seit geraumer Zeit beobachtete, der, nachdem Raabe sein verbliebenes Kleingeld zusammengezählt, sich eine Eintrittskarte gekauft hatte und zögernd hineinging, nach einer Weile seine scheinbare Lektüre in einem Katalog unterbrach und ebenfalls in den ersten Saal schlenderte. Die Gesichtszüge des Herrn verrieten keinerlei Aufregung, geschweige denn Anzeichen von Hast oder gar Begierde. Sie waren gleichzeitig feist und etwas hager, matt und entschlossen. Er war einer jener Menschen, die von ihrer Arbeit und dem täglichen Leben zwar nicht überfordert waren, die aber aufgrund einer ihren Stoffwechsel beherrschenden kleinen Angst leichter sind, die erst in ihrer Freizeit, im Urlaub ihre eigentlichen Maße annehmen. Sicherheit stand genauso darin zu lesen wie diese immerwährende Ängstlichkeit; die Begierde entstand in den Momenten, die sie absolut erlaubten oder forderten. Er konnte gleichzeitig einem Menschen lange in die Augen schauen, während er durch ihn hindurchschaute. Eine leise, fast unmerkliche Irritation lag in diesen Blicken, die den Anschein von Geradheit hatten. Er war eindeutig an diesen Ort gegangen, um einen Jungen anzusprechen. Hätte er aber keinen getroffen, wäre er nach Hause gegangen ohne das Gefühl, etwas versäumt zu haben. Mit Sicherheit hatte er sich nicht vorgenommen, noch einen andern Ort aufzusuchen, um einen Jungen zu finden. Er betrachtete sich auch nicht als Homosexuellen oder Bisexuellen, er war in Maßen glücklich verheiratet und hatte Kinder, brauchte die Familie und haßte die ihm unappetitlich und schmutzig erscheinenden Orte, wo sich Homosexuelle trafen, die Parks, die Toiletten, Saunen und dunklen Unterführungen. Er suchte, um einen Jungen zu finden, nie einen anderen Ort auf als dieses Museum, er hatte es nicht nötig, seiner Frau zu verheimlichen, wohin er ging. Er sagte, er gehe ins Museum. Und wenn sie auch keine offensichtliche Veränderung an ihm wahrnahm, wenn er nach Hause zurückkam, so ahnte sie doch, daß irgend etwas vorgefallen sein mußte, das ihn tief im Innern berührt hatte, aber diese Ahnung war nie so stark, daß sie ihn danach gefragt oder nach irgendwelchen Indizien gesucht hätte, Zettel mit Telefonnummern oder Haare am Revers. So kam auch bei ihm nie das Gefühl auf, es fände ein Betrug statt, er hinterginge seine Frau, er verheimliche oder verberge etwas. Raabe sah sich nicht die Bilder an und auch nicht die Porträtbüsten. Er freute sich an den hohen, kühlen Räumen, den Marmorböden und besonders an den Geräten, die in jeder Ecke des Raumes aufgestellt waren, um mit zartem Zittern und manchmal gleichmäßigem, manchmal zuckendem Nadelausschlag die Feuchtigkeit der Luft zu messen.

So folgte ihm der Mann erst in einem Abstand, der seine Absichten in keiner Weise verriet, der keine Körperausdünstung, keinen Hauch von Atem, Seife, Parfum, nicht einmal das Geräusch des Gehens und des sich Raabes Schritten angleichenden Ganges wahrnehmen ließ. Er hielt nicht in demselbem Moment an, um etwas zu betrachten, in dem auch Raabe anhielt, er ging einige Schritte weiter, blieb bei einer kleinen Bronzeskulptur stehen, ging um den Sockel herum, so daß er Raabe im Blickfeld behalten konnte, ohne den Kopf zu wenden. Er wußte noch nicht, wieviel Geld er Raabe anbieten würde, ob er damit warten sollte, bis der Junge selbst davon anfing, ob er ihm einfach soviel geben sollte, wie er verlangte. Dies, dachte er, ist wohl das Beste, denn er hatte die Erfahrung gemacht, daß die Jungs bei der Festsetzung ihrer Preise eine Art Ehrenkodex, auf jeden Fall aber feste Regeln befolgten, daß ihre Preisgestaltung durchsichtiger war als die der Supermärkte und Warenhäuser. Befand sich ein Junge in einer Notlage und brauchte mehr Geld als üblich, so nannte er immer einen Grund, zu dem er verständnisvoll nickte, sei es für die Miete, Drogen oder ein lange fälliges Geschenk für die Liebste. Diesem Jungen würde er soviel geben, wie er verlangte, ohne Zögern, ohne Empörung, dessen war er sich nun sicher. Er tastete nach den Geldscheinen, die er lose in der Tasche trug, um sie ihm schnell geben zu können, ohne eine störende Brieftasche öffnen zu müssen, ohne die Neugierde auf den Inhalt seiner Brieftasche zu wecken, nicht auf das Geld und auch nicht auf die Fotografien seiner Frau und seiner Kinder. Sorgfältig pflegte er seine Visitenkarten und seinen Ausweis im Schreibtisch zu verstauen, bevor er ging, damit nichts aus der Tasche fallen konnte, was mehr über ihn sagte als sein leises Stöhnen im Moment des Orgasmus.

In dem Moment, in dem der Mann seine Geldscheine betastete und bemerkte, daß er diesesmal seine Sicherheitsvorkehrungen vergessen hatte und einige Visitenkarten in seiner Innentasche steckten, beschleunigte er seine Schritte, um sich Raabe zu nähern, sein Gesicht näher zu sehen, einen fremden oder vertrauten Zug darin zu finden. Vielleicht die Verachtung für ihn, den Freier, oder die unstete, verlorene Wut in den Augen, die dem Mann der liebste Ausdruck war, die ihm auf so aufreizende Weise von der Tatsache erzählte, daß es außer der seinen noch eine scheinbar andere, dunkle Welt gab. Nun begann das Spiel, die Unsicherheit, ob die Annäherung zu schnell oder zu langsam erfolgte, das Abwarten, der plötzliche Vorstoß, die undeutlichen und die deutlichen Zeichen und Gesten. Die in letzter Sekunde getroffene Entscheidung, was er von dem Jungen fordern wollte. Er ging etwas schneller, etwas zu schnell, so empfand er sofort, er blickte sich um, ob jemand die übertriebene Hast beobachtet hatte. Aber niemand sah es, auch der Junge nicht, und er bestrafte sich für den Fehler, indem er lange die Porträtbüste irgendeines Wissenschaftlers betrachtete und sich zu erinnern versuchte, welche große Errungenschaft diesem Mann zu verdanken war. Noch bemerkte Raabe nichts vom Interesse des Herrn, er versuchte, herauszufinden, wie wohl die Feuchtigkeitsmesser funktionieren mochten, und er beschloß, daß in ihrem Innern ein Frauenhaar aufgespannt war, das durch sein Ausdehnen oder sein Zusammenziehen der vibrierenden Nadel mitteilte, ob sie nach oben oder unten auszuschlagen habe. Und er bückte sich, um das Gerät genauer untersuchen zu können und wollte sich sogar auf die Knie niederlassen, was jedoch ein Museumswärter verhinderte, indem er zu Raabe ging und sagte: Bitte nicht berühren. Dem Mann, der inzwischen zu einem anderen Ausstellungsstück geschlendert war, schien es, als spüre er die körperliche Nähe des Aufsehers zu Raabe, als fühle er selbst die Hand auf dem Arm des Jungen. Deutlich sah er Raabes Erschrecken durch die Berührung und schon fürchtete er, seine Bemühung sei zunichte, eine Annäherung unmöglich gemacht worden. Er konnte nicht unterdrücken, daß eine Wut auf den Uniformierten in ihm hochstieg und beinahe mußte er lachen, als er bemerkte, daß die Ursache dieser Wut so etwas wie Eifersucht war. Und sofort stellte er, beinahe ängstlich geworden, fest, daß diese Eifersucht ein Gefühl war, das ihn für kurze Zeit seiner Machtposition gegenüber dem Jungen enthoben hatte. Auf seinem Unterarm sträubten sich die dünnen, rotblonden Härchen. Er begann leicht zu schwitzen, spürte, wie sein Unterhemd feucht wurde, eine Gänsehaut erstreckte sich von den Schultern bis zu den Handgelenken. Auch in seinem Inneren sträubte sich etwas, ein unendlich schlechtes Gewissen, eine Abscheu vor sich selbst, vor dem Schmutz, in den er sich begab, und, so dachte er, es war Schmutz, auch wenn er sich diesen Ort einer scheinbar absoluten Sauberkeit ausgesucht hatte, um im Schmutz zu enden. Dies war nun der Moment der Entscheidung, würde er den Jungen nun nicht ansprechen, müßte er gehen. Seine Scham würde so stark werden, daß ihm die Stimme versagen würde. Jetzt schon mußte er sich bemühen, die Heftigkeit und Geschwindigkeit seines Atems zu dämpfen und zitternd seiner Hände und Knie Herr zu werden. Fiel er bereits auf? Hatte nicht eben der Aufseher länger als notwendig zu ihm herübergeschaut? War da ein unangenehmes Lächeln in seinem Gesicht gewesen, ein Blick voller Verachtung und Hohn?

Er wusch sich den ganzen Tag die Hände. So viele Male, hätte man ihn danach befragt, er hätte die Zahl nicht nennen können. Durch das viele Waschen wurde das Fett aus seiner Haut geschwemmt, sie begann runzelig zu werden, auszutrocknen. Er brauchte Cremes und Salben, um zu verhindern, daß die Haut rissig wurde, Schrunden bekam. Nun, in diesem Augenblick, hätte er gerne ein Bad genommen, geduscht, die Hände, die Haare gewaschen. Eine Rasur, das kühle Rasierwasser, wie es auf der Haut verdunstet. Die Zähne geputzt, den Rachenraum mit Mundwasser gespült. Doch nun, in diesem Augenblick, war er hier, um einen Jungen zu finden. Deshalb war er gekommen, er ging langsam auf den Jungen zu.

Interessante Maschine. Wissen Sie, wie sie funktioniert?

Innen ist ein Frauenhaar aufgespannt.

Nach einigen Sekunden folgte Raabe dem Herrn. Er verließ den Ausstellungsraum, ging an dem stählernen Brunnen vorbei. Die Klimaanlage summte laut, dazu das Plätschern des Wassers auf Stahlblech.

Der Herr hatte die Tür der Toilette einen Spalt offengelassen, sah hinaus, ob Raabe kam. Ein anderer Mann stand am Waschbecken und trocknete sich im heißen Luftstrom die Hände. Raabe kam in die Toilette, zögerte, ging dann zum Schein in eine andere Kabine. Endlich brach das Geräusch des Gebläses ab. Eine Tür war zu hören, der andere Mann ging hinaus. Raabe folgte dem Herrn in die Kabine. Der verriegelte die Tür und sah auf Raabes Hals, weil er ihm nicht in die Augen schauen konnte.

Dies war es nun, es galt nichts mehr zu verheimlichen, sondern in der Kürze der gegebenen Zeit alle Wünsche darzulegen; keine falsche Scham, nur alles auf dem kürzest möglichen Weg zu erreichen, was die Angst, die Scham, den Ekel wieder aufhob. Er führte Raabes Hand dorthin, wo er sie sich wünschte. Raabe wollte nicht dorthin fassen, noch niemals hatte er außer seinem eigenen einen Penis berührt. Seine Hand wurde geführt von der schwitzenden Hand des Herrn, der nun im Schutz der Zelle erregt atmete, schnell und laut. Kaum hatte Raabe auch nur den Stoff der Hose des Herrn berührt, bekam er auch schon eine heftige Erektion. Doch so sehr er sich auch bemühte, er konnte Raabes Hand nicht dazu bewegen, seinen Reißverschluß zu öffnen und in seine Hose hinein zu fahren. Der Herr kam jedoch nicht auf den Gedanken, daß Raabe sich vielleicht aus Unkenntnis, aus Angst oder Abscheu sträuben könnte. Der Herr glaubte im Gegenteil, daß er in Raabe einen ganz besonders ausgebufften Jungen gefunden hatte, der dieses sich Sträuben nur spielte, um den Genuß hinauszuzögern, um besonders ausgefallene und lustversprechende Spiele zu spielen. Lange forschte er während des Ringkampfes der Finger und Hände, bis er es fand und auszusprechen wagte, was er wünschte. Hastig flüsternd trug er an Raabes Ohr seinen Wunsch vor. Zunächst war Raabe erleichtert, daß dies alles war und er war überzeugt davon, daß er diesen Wunsch leicht erfüllen könnte. Er packte sein Glied aus der Hose, der andere ebenso, er öffnete den Reißverschluß, und der Penis schnellte hervor. Nun entspannte sich Raabe, um dem Wunsch des Herrn gerecht werden zu können, gab ein wenig Druck auf die Blase, doch nichts geschah. Kein Tröpflein konnte er sich abringen. Eine innere Verkrampfung, die durch den gierigen Blick des anderen ausgelöst wurde, verhinderte die Ausführung des Auftrags, der in einfachem Wasserlassen bestand. Der Herr wollte sehen, wie auf zwei gleichen Wegen der Körper zwei so verschiedenartige Flüssigkeiten entleerte. So sehr er sich auch bemühte, dieser Ausgang blieb verschlossen. Der Herr bemerkte das und zum ersten Mal mit einer leichten Verärgerung im Blick sah er Raabe an.

Ich muß erst ein Bier trinken.

Der Herr verließ als erster die Toilette, nachdem er sich vergewissert hatte, daß niemand ihn beobachtete. Nun hatte er, einer alten Gewohnheit folgend, kurz überprüft, ob seine Brieftasche noch da war, wobei seine diesmal versehentlich mitgeführte Visitenkarte aus der Tasche fiel. Raabe folgte ihm nach einigen Sekunden, sah die Karte auf den Kacheln, hob sie auf und steckte sie ein. Dann ging er weiter, hielt bei dem stählernen Brunnen an und betrachtete ihn eine Weile. Der Herr hatte mittlerweile an einem Marmortischchen in der in einem großen Saal eingerichteten Cafeteria Platz genommen. Der Herr bestellte zwei Bier, die sie schweigend tranken. Mochte es die Kälte des Getränkes im Unterleib sein, oder aber die Weitläufigkeit des großen steinernen Saales, der Herr bezahlte jedenfalls die beiden Biere, steckte Raabe drei Hundertmarkscheine zu und verabschiedete sich mit dem Satz: Jetzt kann ich nicht mehr.

Lebendfrisch

Nachdem Fieber seinen Aufgaben als Fischtöter scheinbar so gut gerecht geworden war, stieg sein Ansehen bei den anderen Köchen. War er vielleicht doch nicht das Söhnlein stinkreicher Eltern, ein fetter Schwamm, wie sie ihn nannten, da er immer so stark schwitzte, während sich alle anderen schon längst an die Hitze in der Küche gewöhnt hatten. War die Erdbeere am Ende doch ein richtiger Kollege? Sie waren milde gestimmt, und einige waren ihm sogar plötzlich wohlgesonnen.

Mehrere Tage wurde sein Leben in der Küche ein angenehmeres, seine Pläne, dort so schnell wie möglich zu verschwinden, hatte er fast schon aufgegeben. Man schob ihm besondere Leckerbissen zu, er durfte die Kaviardosen öffnen und mit dem Perlmuttlöffel probieren, er durfte versuchen, ob die Wachtelbeinchen für den Salat schon durch waren, es wurde ihm leicht und leichter ums Herz.

Er konnte nicht ahnen, daß ein Reisebus mit Japanern vorfuhr, dreißig gutgekleidete Geschäftsleute aus Nagasaki, allesamt die NIKON schußbereit. Sie wollten Fisch essen, so wie sie es gewohnt waren, frischen Fisch, der, so war es ihnen am liebsten, beinahe noch zuckte bei der Zubereitung. Hocherfreut sahen sie die trägen Karpfen in ihrem Bassin. Insgeheim suchte sich schon ein jeder seinen Favoriten aus. Die Bestellung wurde aufgenommen und ging in die Küche. Oui! rief der Poissonnier als Zeichen, daß er die Bestellung verstanden habe.

Auf gehts, Liebherr, sagte er munter, dreißig Karpfen fertig machen.

Fieber gab vor, dringend auf die Toilette zu müssen und legte sein Messer beiseite. Er ging auf sein kleines Zimmer, steckte seine Geldbörse ein, zog die speckigen Jeans und die Lederjacke an und machte sich aus dem Staub, in der Hoffnung, Raabe beim Unglück zu finden.

Nichttragende Säulen

Wie das Unglück im Internat eine niedrige Dachkammer bewohnt und deren Enge geschätzt hatte, wohnte er nun unter einer noch drückenderen Decke. Er liebte die Niedrigkeit des Raumes, verhaßt war ihm dessen enorme Größe und Weitschweifigkeit. Eine winzige Partie des Raumes hatte er mit vier Plastikplanen abgehängt, ein einsames halbdurchsichtiges Zelt, das blau strahlte. Darin schlief er, und seine Verdunstungen und Ausdünstungen sammelten sich über Nacht und klebten als dicke, ölige Tropfen an der Plastikhaut; er konnte sie allmorgendlich zählen, wie sie sich zäh nach unten schoben. Das eiseskalte blaue Licht kam von Leuchtröhren, die er in drei Ecken des fensterlosen Raumes und unter seinem Zelt aufgestellt hatte. Die Tür war ein Schott aus grüngestrichenem Eisen, der Boden betongrau und staubig.

Das Bewohnen dieses Raumes, der nur durch bauliche Auflagen zustande gekommen war, um die Höhe der anderen Gebäude in der Nachbarschaft weder zu über- noch zu unterschreiten, war strengstens untersagt. Einmal, da er fensterlos war, zum zweiten, wegen der zu geringen Dekkenhöhe, zum dritten gab es oben keine sanitären Anlagen, zum vierten gab es Auflagen der Feuerpolizei. Aus diesem Grunde war da, fünftens, ein Staubgemisch von Glaswolledreck und Asbestschwebeteilen in der fast nie bewegten, dumpfen Luft. Die Luft hier war hochgiftig.

Wenn das Unglück sich aufrecht emporreckte, das Kreuz durchgedrückt, ein leichtes Spannen in den Kniekehlen und den Nacken gereckt, so berührten seine Haarspitzen, die er mit Brillantine emporstellte und eifrig in Form hielt, die Deckenplatten aus Asbest mit der Abdeckung aus Glaswolle. Stellte er sich spaßeshalber auf die Zehenspitzen, so wurde seine Tolle niedergedrückt, plattgemacht, er brauchte sich nicht mehr um sein Gleichgewicht zu kümmern, stand dort eingeklemmt an Kopf und Fuß, trug sämtliches Gewicht, freute sich seiner Unerschütterbarkeit, zu verrücken war nun nichts mehr; er vergaß die Welt und wurde nichttragende Säule.

Raabe hatte das Squash-Zentrum, einen in den Asphalt gesunkenen Betonwürfel, endlich gefunden. Er umkreiste es und sah das Unglück, das auf einem Parkplatz spielende Kinder verjagte.

Obwohl das Unglück im unteren Stockwerk die sanitären Anlagen, die Duschen, Toiletten und Waschräume, die hellgekachelten Umkleideräume reinzuhalten hatte, und ausdrücklich nach Geschäftsschluß selbst zu benutzen ermächtigt war, so tat er es doch so gut wie nie. Sein Arbeitgeber, ein weitschweifiger, mitleidiger Verwandter, war der Ansicht, daß solch ausgezeichnete sanitäre Anlagen nicht einmal er selbst in seiner Wohnung zur Verfügung habe. Alles war sehr neu und schön, leicht zu reinigen und keimfrei zu halten. Doch weder die Duschen noch die Waschräume noch die Toiletten reizten ihn zur regelmäßigen Benutzung. Mit Vorliebe urinierte er in Limonadenflaschen, die er dann einmal pro Woche, geschüttelt von Ekel und Widerwillen, in die Toiletten schüttete. Sein großes Geschäft zu erledigen machte ihm schwer nachvollziehbare Mühe, denn aus Ekel unterdrückte er es, solange es ging, das erleichterte den Ablauf nicht, und nochmals schwerer wurde es von dem außerordentlichen Abscheu gegen die sanitären Anlagen, die er doch selbst gereinigt hatte. Im Körper des Unglücks zog sich alles zusammen und machte aus ihm eine Art oben und unten zugeschnürte Wurst.

Raabe sollte bald feststellen, daß es gar nicht die Toiletten waren, die das Unglück so über die Maßen ekelten, sondern die schönen, die gebräunten, die wohldurchbluteten und aknefreien jungen Menschen, die sie benutzten. Das Unglück haßte alles an ihnen. Die perlmuttglänzenden Zähne wie die zitronengelben Sporthemdchen, die rassigen Rasierwasser und die duftigen Deoroller, die teuren Armbanduhren, die in unberechenbaren Abständen Geräusche von sich gaben, ebenso wie die Scherzworte, die sie sich über die Trennwände der Duschkabinen zuwarfen.

Nein, so sagte er, eins von den Weibern hätte er nicht mal mit der Kohlezange angefaßt.

In seinen Bewegungen lag eine unangemessene Eile. Ging er in eine Ecke des Raumes, um dort etwas zu holen, so geschah dies übertrieben schnell und nicht ohne daß er den in der Mitte des Raumes stehenden Tisch einmal sinnlos umkreiste. Die Eile brachte ihn dazu, die falschen Dinge zu tun oder andere Dinge, die er auf keinen Fall tun wollte, zu tun, oder Dinge, die er längst tun wollte, fahrlässig weiter zu verschieben oder Dinge, die er aufgrund seiner übertriebenen Eile vergessen oder übersehen hatte, fielen ihm urplötzlich im falschen Moment ein und lenkten ihn von dem gerade getanen, wichtigen und eigentlichen Ding ab. In seiner Eile konnte es ihm nicht anders ergehen, denn sie bewirkte, daß er sich selbst die Zeit stahl.

Er redete, er aß, er ging, er badete, ja er urinierte und verdaute gar so eilig, daß die dadurch entstehende Verkrampfung all diese Vorgänge verlängerte. Das schnell Gesagte wurde unverständlich und mußte wiederholt werden. Im Gehen stolperte er über seine sich zu hastig bewegenden Füße, konnte eben noch den Sturz vermeiden, hielt inne und hatte den Zweck seines Gangs vergessen.

Wusch er sich anfangs sehr selten, pflegte er später nur noch seine Tolle und gab schließlich das Waschen auf.

Seine Kleider waren verwahrlost, er schien in sich zusammengesunken, ja das Unglück schien Raabe plötzlich von zwergenhaftem Wuchs, er schien geschrumpft und reichte Raabe kaum bis an die Schulter. Von weitem bemerkte man, wenn das Unglück sich näherte, denn es roch, es roch stark, es stank. Später konnte sich Raabe nicht mehr erinnern, wie der Mann hieß, und er bezweifelte, ob der Mann überhaupt einen Namen hatte oder ob er auch seinen Namen durch eine Katastrophe, ein Mißgeschick oder ein Schurkenstück verloren hatte. Vermutlich war Unglück sein Name, dachte sich Raabe. Er roch erbärmlich schlecht, und niemand hätte auf Anhieb sagen können, wonach. Er roch, als ob er einen Harzer Käse in der Tasche trüge und doch roch er nicht nach Harzer Käse. Er roch so, als ob in der anderen Tasche Makrelen steckten und kleine, mit Katzenharn getränkte Schwämmchen unter seinen Achseln eingenäht wären. Er roch entfernt wie Knoblauch, aber so, als ob der Knoblauchgeruch sich mit dem von Kleinkinderkot gepaart hätte. Raabe wußte nicht, ob sich Gerüche paaren könnten wie Hasen, und er nahm sich vor, das Unglück danach zu fragen, warum er so außergewöhnlich schlecht roch. Aus dem Mund, seine Kleider, seine Haare und die blanke, nackte Haut, sogar sein Taschenregenschirm stank, daß man sich wünschte, es möge nicht regnen. Dieser Mann hatte ein Auge für das eigene Unglück wie für das anderer Leute.

Er sah, daß Raabe kein Geld besaß, daß er Angst hatte, die Nacht über im Freien zu bleiben, und er hoffte, daß er ihn davon überzeugen könnte, im Squashzentrum zu übernachten.

Doch Raabe ekelte vor dem Geruch. Er war nicht zimperlich, beim Steinmetz hatte es nach Hasendreck gestunken, nach Tabak, nach allerlei Unrat, doch hatte die Kälte vieles an den Gerüchen gemindert. Während der Steinmetz niemals einen anderen Schmutz als den Staub der Steine angenommen hatte und alles andere von ihm abperlte, als wäre er imprägniert, so schien das Unglück doch sämtlichen Schmutz anzuziehen und sämtliche Gerüche in seine Poren zu saugen und dort zu einem widerlichen Miteinander zu vereinen.

Raabe versprach, er werde wiederkommen und machte sich auf die Suche nach einem Platz für die Nacht. Das Unglück hatte ihm geraten, die öffentlichen Verkehrsmittel zu benutzen und im Fall einer Kontrolle einfach wegzulaufen. Raabe fand das einen guten Einfall, denn er wußte, daß in den Städten ein Fahrrad als Allgemeingut galt, das sich ein jeder nahm, wenn er es brauchte. Er fuhr das VATERLAND-Rad zum Bahnhof und sprach dort ein paar Herumsteher an, ob sie nicht günstig sein Rad kaufen wollten. Keiner hatte Interesse, einer sagte, das Rad sei ja schon antik. Doch plötzlich löste sich aus einer unangenehm dreinblickenden Gruppe ein kleiner, kompakter Mann mit schwarzer Lederhose. Er baute sich vor Raabe auf, die Beine durchgestreckt, den Bauch ein wenig nach vorn. Was willstn du mit meinem Rad, sagte er mit einem Dialekt, der Gemütlichkeit verhieß und Unberechenbarkeit bedeutete.

Raabe sagte, er müsse sich irren, dies sei sein Rad, ganz sicher. Der Mann winkte seinen Freunden, die auch alle kamen.

Wem gehört das Rad? fragte er, ohne Raabe aus den Augen zu lassen.

Dir, sagten sie wie ein Mann.

Raabe tröstete sich mit dem Gedanken, daß er ja ohnehin die öffentlichen Verkehrsmittel benutzen wollte. Nur, wohin er fahren wollte, das wußte er nicht. Ihm war nicht klar, daß er durch sein Äußeres den Anschein erweckte, er sei wohlhabend, und daß er dadurch den Haß der Herumsteher, der Schnorrer, der Säufer, der Weggegangenen, Penner, Windhunde, haltlosen Alkoholiker, gestrandeten, gescheiterten Aussiedler, Haftentlassenen und Gewaltliebhaber erregte. Er bemerkte erst nach einiger Zeit die Blicke dieser Leute, und als er sah, wie zwei Männer in schwarzen Uniformen in einer dunklen Ecke der U-Bahn einen Penner immer wieder mit einem Gummiknüppel in den Bauch stießen, zog er es vor, zu Fuß zurück zum Squash-Zentrum zu gehen. Er lief durch die schönen Straßen, kam in die Außenbezirke, die Vororte, bis er endlich die Umrisse der Squash-Halle in der tiefstehenden Herbstsonne erkannte.

Auf alles machte er sich gefaßt: die Gerüche, die fürchterlichen Geschichten über sein Schicksal, die das Unglück gerne zum besten gab, um sie abzuschließen mit einem Satz wie: Am Ende fügt sich alles, es wird schon.

Doch daß er den schnarchenden Fieber dort vorfinden würde, der sich auf seine Lederjacke in eine Ecke gelegt hatte und offensichtlich sofort eingeschlafen war, damit hatte er nie und nimmer gerechnet.

Sollte er sich davonschleichen, wieder zum Bahnhof, irgendwo anders hin? Es wurde Nacht, auf das Geld, das er von dem Herrn bekommen hatte, mußte er höllisch aufpassen. Trotzdem wollte er Fieber nicht begegnen.

Leise schlich er sich aus dem Raum. Unten begegnete er den schwitzenden und trotzdem gepflegten Squashspielern, die sich am Feierabend hier entspannen wollten.

Am Bahnhof kaufte er zwei Sixpacks und setzte sich in eine ruhige Ecke: nur selten kam hier jemand vorbei, die Bahnpolizisten hatten anderes zu tun. Raabe war so beschäftigt damit, einer Gruppe betrunkener, grölender Reservisten zuzusehen, wie sie sich immer wieder mit Passanten, am liebsten mit offensichtlichen Ausländern anlegten, daß er nicht bemerkte, wie von der anderen Seite zwei junge Männer auf ihn zukamen. Als sie da waren, war es zu spät, wegzugehen. Er erkannte sie wieder, sie hatten am Nachmittag bezeugt, daß sein Fahrrad dem kompakten Mann gehöre. Raabe ahnte nichts Gutes. Sie setzten sich zu ihm und schwiegen zunächst.

Einer zog plötzlich, so unvermittelt, daß Raabe eine Waffe erwartete, einen Flachmann aus der Tasche, trank, und hielt ihn Raabe hin. Er war fast leer. Raabe bot ihnen wortlos Bier an, einer von ihnen konnte die Kronkorken mit den Zähnen öffnen. Raabe wollte das auch lernen.

Paß auf, du brauchst deine Zähne noch, sagte der andere und grinste. Er mußte es wissen, denn ihm fehlten drei Schneidezähne, ansonsten sah man schwarze Stummel.

Raabe mußte lachen, denn er hielt das für einen gelungenen Scherz. Die anderen offenbar nicht. Schweigend und finster tranken sie Raabes Bier. Die Kronkorken steckte der Zahnlose in eine Tasche, die bereits prall gefüllt war.

Kaufst noch was, sagte er, als das letzte Bier getrunken war. Raabe stand auf. Die beiden auch, sie nahmen ihn in ihre Mitte, gingen zum Kiosk und kauften noch zwei Sixpacks. Der Zahnlose wollte unbedingt eine Banane. Raabe kaufte eine kleine Staude Bananen, die sündhaft teuer waren.

Die kommen aus Kenia, sagte der Verkäufer stolz.

Dort wäre Raabe in diesem Augenblick auch gerne gewesen.

Sie aßen eine Banane nach der anderen, wie Kettenraucher rauchen, das Bier vermischten sie in ihren Mündern mit dem Brei, so mußte man sich einige Zeit ernähren können, ohne feste Nahrung zu sich zu nehmen.

Ob sie was essen wollten, fragte Raabe, was Richtiges? Er war überzeugt davon, daß er sie nur durch Bestechung würde loswerden können.

Das bißchen Essen kann ich auch saufen, sagte der Mann mit dem harten Gebiß.

Als das letzte Bier geleert war, geschah, was Raabe befürchtet hatte. Die beiden wollten ihm dringend was Wichtiges zeigen.

Geht das nicht hier?

Beide schüttelten langsam die Köpfe. Er konnte nur hoffen, daß sie ihm wegen seiner Großzügigkeit einigermaßen wohl gesonnen waren. Er mußte, wieder in ihrer Mitte, in die U-Bahn hinuntersteigen. Dort brachten sie ihn zu einer Ecke, und Raabe war sich ziemlich sicher, daß dies die Ecke war, wo zuvor die beiden Schwarzuniformierten ihren Dienst getan hatten. Der Zahnlose hatte plötzlich einen Arm Raabes gepackt und auf den Rücken gedreht, der andere öffnete auch schon sein Jackett und durchsuchte es fast sanft. Er fand nur etwas Kleingeld.

Mehr hab ich nicht.

Davon wolltest Du uns zum Essen einladen? Das gehört sich nicht. Er hieb ihm die Faust in den Magen.

Raabe verschlug es die Sprache, die Luft ging ihm aus. Auf die Frage, wo er das Geld habe, konnte er nichts sagen. Es war nicht nötig. Schon hatten sie ihm die Hose heruntergerissen, die Schuhe ausgezogen, in den Strümpfen nachgeschaut, und sie hatten alles gefunden, was er hatte. Das ging nicht ohne zwei Faustschläge und viele Ohrfeigen. Raabes Schuhe nahmen sie mit.

Die meisten Menschen im Bahnhof hatten es so eilig, daß sie nicht bemerkten, wie Raabe barfuß an ihnen vorbeiging. Er verließ das Bahnhofsgelände, das ihm nun gefährlich erschien und erbrach sich in einem Gebüsch. In dem selben Gebüsch sah er, nachdem er sich ausgeruht hatte, einen Haufen Kartons, aus dem zwei Füße ragten.

Wenn es keine Leiche ist, dann schläft dort einer, dachte Raabe. Er musterte den Haufen, der sich sanft mit den Atemzügen des Schlafenden bewegte, schätzte die Größe der Schuhe ab, beugte sich, öffnete vorsichtig die Schnürsenkel und riß beide Schuhe mit einem schnellen Griff von den Füßen des Schläfers.

Merkwürdigerweise löste er nun, in diesen viel zu großen Clownsschuhen, das Gelächter der Passanten aus. Es ist gut, dachte er auf dem langen Weg zum Squash-Zentrum, daß ich Schmerzen gewohnt bin.

Widerwillig stieg er die steile Treppe hinauf und öffnete das Schott.

Fieber war inzwischen erwacht und aß voller Appetit eine Weißwurst vom benachbarten Imbißstand. Manieren hatten sie ihm scheinbar in dem Restaurant beigebracht. Er saß auf einem Bierkasten, den Pappteller auf einem großen Taschentuch auf den Knien. Ganz aufrecht hielt er seinen Oberkörper, hatte eine Gabel in die Weißwurst gestochen und schlitzte nun den Darm auf, um ihn sauber von der bleichen Wurst abzuziehen.

Ich bin jetzt da, sagte Fieber.

Raabe setzte sich, drehte eine Zigarette und schwieg.

Treppe runtergefallen? fragte Fieber und tauchte seine Wurst in den grobkörnigen süßen Senf, der die nächsten Tage mit allerlei Zubereitungsarten von Würsten ihr Hauptnahrungsmittel sein sollte. Eine füllige Jugoslawin gab ihn lächelnd in großen Mengen kostenlos zu ihren Würsten dazu.

Mehrere Tage saßen sie in dem Raum und taten nichts. Weder unterhielten sie sich noch spielten sie Karten noch lasen sie. Raabe schlief auch so gut wie nicht, während Fieber ständig zu schlafen schien. Am dritten Tag hatte Raabe, der schon wegen seines zerschundenen Aussehens nicht mehr aus dem Haus ging, einen Gedanken ausgebrütet. Er weckte Fieber und fragte: Wo ist Andre?

Fieber sagte gähnend, er solle im Telefonbuch nachschauen. Soweit er wisse, lebe sie bei ihren Eltern.

Ich kann nicht.

Wieso?

Wenn einer so aussieht wie ich, kriegt er noch mehr drauf.

Das mußte Fieber einsehen. Er lieh sich vom Unglück, der ihr Hiersein damit bezahlen ließ, daß er Raabe ständig von den Katastrophen seines Lebens erzählte, ein paar Mark für Wurst, Bier und Senf und ging zur Telefonzelle.

Weißt du, woher die Narben stammen? fragte das Unglück.

Ja.

Raabes Antwort hielt das Unglück nicht von seiner Erzählung ab. Er erzählte von seiner ältesten Schwester, die nach einem Unfall ins Koma gefallen sei. Raabe wurde klar, daß er den Redefluß des Unglücks auch dann nicht unterbrechen konnte, wenn er plötzlich ins Koma fiele. Das Unglück fuhr fort. Raabe lauschte, doch nicht den Erzählungen des Unglücks.

Die Geräusche der spielenden oder sich quälenden Menschen dort unten waren oben nur noch Rhythmus eines hohen, zweimaligen Klackens. Einmal Klack, wenn der harte kleine Ball auf den Schläger prallte und mit großer Wucht von ihm geschleudert wurde. Klack zum zweiten, wenn der schnell dahinfliegende Ball auf die Wände prallte.

Nach einiger Zeit konnte Raabe allein an dem Klack erkennen, wer gerade spielte, wußte, welches der Autos auf dem Parkplatz demjenigen gehörte, und auch die Haarfarbe der Frau, die auf denjenigen wartete, war ihm bekannt. An der Heftigkeit der Schläge konnte er erkennen, ob der Spieler einen guten oder einen schlechten Tag hinter sich hatte. Ja, er versuchte gar, an dem Rhythmus und der Ausdauer der Spieler Rückschlüsse auf deren Geschlechtsleben der vorhergehenden Nacht zu ziehen.

Unablässig erzählte das Unglück weiter. Wie erleichtert war Raabe, daß Fieber in diesem Augenblick zurückkam. Sie aßen schweigend ihre Würste. Das Unglück schien erschüttert von der Erinnerung an das Schicksal seiner anderen Schwester. Fieber brachte einen Zettel mit der Telefonnummer Andres. Raabe dachte daran, wie Fieber damals angekündigt hatte, er wolle mit Andre dasselbe machen wie mit dem Opfer.

Arschloch, sagte er unvermittelt. Fieber schien das gewohnt zu sein.

Als Raabes Gesicht abgeschwollen war und die schlimmsten Blessuren verheilt, machte er sich an sein Tagwerk.

Fieber schlief weiterhin und holte die Würste von der mütterlichen, wohlbeleibten Jugoslawin. Den Senf brachte er inzwischen in großen Cola-Bechern, einen besonders scharfen und einen süßen. Den scharfen aßen sie zu den Würsten, den süßen als Dessert.

Auch beim Essen pflegte das Unglück ungefragt furchtbare Schicksale zum besten zu geben: Dann kam die Sache mit meiner anderen Schwester…

Raabe fiel ihm ins Wort.

Nächste Woche laden wir Andre zum Essen ein.

Sein Tagwerk bestand darin, frühmorgens mit einem Schraubenzieher die Straßenbahngleise abzugehen und nach verlorenem Kleingeld zu stochern. Die Schaffner klingelten erst sehr spät.

Er spie in die Rückgabeschlitze der Telefonzellen. Wenn Geld durchfiel, klebte es entweder am zähen Speichel oder die Leute ekelten sich vor den unappetitlichen Fäden.

Er stahl Schuhe und andere kleine Gegenstände im Kaufhaus, fühlte sich aber immer beobachtet. Die Schuhe waren zu eng.

Was sollen wir kochen?

Würste, sagte Fieber.

Hasen, sagte Raabe.

Nur zwei Straßen weiter befand sich ein Zoogeschäft. Pet Shop, stand über der Tür. Raabe und Fieber erkundigten sich nach dem Preis für ein Kaninchen. Die Verkäuferin bot ihnen ganz junge Kaninchen an, die besonders niedlichen mit roten, erst vor kurzer Zeit geöffneten Augen. Raabe fragte nach einem älteren, stärkeren Tier. Die Verkäuferin war froh, ein erschreckend großes Kaninchen loszuwerden, vor dem sich die Kinder fürchteten. Der Ladenhüter, hieß es. Sie ließ etwas vom Preis nach.

Sie riefen Andre an. Am Telefon war der Stiefvater, der erstaunt war, daß jemand mit ihr sprechen wollte.

Raabe hier. Kommst du zum Essen?

Du kannst doch nicht kochen.

Fieber kann kochen.

Sie versprach, zu kommen.

Wir müssen dafür sorgen, daß er sich wäscht, sagte Raabe zu Fieber, der sich selbst schon lange nicht mehr gewaschen hatte. Das Unglück war noch immer nicht dazu gekommen, das Schicksal seiner zweiten Schwester zu schildern. Sie borgten sich von ihm zwei blaue Kittel, von der Jugoslawin einen Karren zum Transport von Bierkisten.

An einem Platz in der Nähe des Bahnhofs befand sich ein mittelgroßes Kaufhaus. Die Sanitärabteilung war im Erdgeschoß. Sie benutzten den Lift mit der Aufschrift HAUSHAHN NUR FÜR PERSONAL.

Der Abteilungsleiter nickte ihnen freundlich zu. Sie fanden eine dieser Duschkabinen, die transportabel sind, originalverpackt. Der Abteilungsleiter kam mit einem Buch, in das Raabe RAABE hineinschrieb und eine Ziffer, wie sie hinter den anderen Namen stand.

Sie schafften das übermannshohe Paket zur U-Bahn, aber konnten es nicht die Rolltreppe hinunterbringen. Da gingen sie zu Fuß. Raabe war es gewohnt, sperrige Lasten zu transportieren. Trotzdem war es schwierig, die steile, enge Treppe hochzukommen. Sie holten den Schlauch, der zum Reinigen der Duschen unten gedacht war, und schlossen die Kabine an.

Die Kabine hatte in dem niedrigen Raum nirgendwo Platz, nur unter der Dachluke konnten Fieber und Raabe das gläserne Haus aufstellen, dort paßte es millimetergenau hin. Doch nun konnte Raabe nicht mehr heimlich lüften.

Das Unglück sah den durchsichtigen Fremdkörper verwundert an. Aber der Gedanke, daß die Luke, die ihm immer als beunruhigende Drohung erschienen war, nun nicht mehr geöffnet werden könnte, schien ihm zu gefallen und beruhigte ihn.

Ankunft, Langeweile, neue Sprache

Die mit jeder Schwelle wiederkehrende Erschütterung des Zuges empfand der Taubmann als sägendes, quälendes Schlagen. Die Fahrt dauerte schon so lange, daß er vergessen hatte, wie viele Stunden hinter ihm und wie viele noch vor ihm lagen. Sein Körper befand sich in einer schmerzhaften Vibration, die er nicht einmal nach seinen wildesten Traktorfahrten verspürt hatte. Die Bahngleise waren glatt, die Schwellen kamen im immer gleichen, vorausfühlbaren Abständen, das Traktorfahren war ungerade, holprig, unberechenbar, doch in dem Glatten und Geraden, dem scheinbar Sicheren lag die Gefahr lauernd verborgen, man konnte nichts dagegen tun, und so saß er gute zwanzig Zentimeter geschrumpft, durch seine Verspannungen geschnürt, ein Angstpaket, in einem Abteil zweiter Klasse, so weit wie möglich entfernt vom Fenster.

Seine Augen konnten nicht mehr auf einem Ort ruhen, die Nasenflügel blähten sich, rochen nach hier und schnüffelten nach dort, und so schnell, daß er sich nicht einmal umschauen konnte, duftete es einmal nach Käse, das andere mal stank es nach Gülle, das dritte mal nach Diesel und dann wieder duftete es nach Frau, gleich darauf nach Pferd, und beim sechsten Geruch wußte er gar nicht mehr, was da so roch. Er sah hinter sich, hinter den Zug, er hing nun verstört seinen Kopf aus dem Fenster so weit es ging, die Mitreisenden schauten schon besorgt, und nichts konnte er als Ursache der Gerüche erkennen, alles verwob sich vor seinen herumirrenden Blicken zu einem stinkenden Teppich, dessen Webart ihm nichts mehr sagte, genausowenig hätte er am Geruch eines Fußabtreters erkennen können, wer über ihn ein und aus ging. Er fand sich, noch nicht einmal aus dem Waggon ausgestiegen, von einem jungen Mann abgeholt und in Empfang, ja geradezu in besorgte Verwahrung genommen. Der junge Mann kannte ihn wohl von der Fotografie, die er von sich hatte anfertigen lassen müssen und die zwei Wochen vor ihm auf die Reise gegangen war. Und schon, als seine Schwägerin ging und sein Bild in den Postkasten warf, hatte er eine nichtgekannte Aufregung verspürt. Das ist das Reisefieber, sagte ihm die Schwägerin, als sie wiederkam und ihn schwitzend in seiner Kammer liegend fand.

Der junge Mann hatte eine Haarsträhne, die ihm immer wieder in die Stirne fiel, und die er mit einer schnellen Geste über den Scheitel werfen mußte. Überhaupt fuchtelte er aufgeregt und viel, machte seltsame Zeichen, denn er beherrschte die Taubstummensprache und nahm an, daß jeder Taube sie ebenfalls verstünde. Für den Taubmann war es aber in der Tat nur ein Fuchteln, das ihn nur mehr verwirrte und verunsicherte. Der Taubmann und seine Familie hatten ein System von Zeichen und Gesten, mit dessen Hilfe sie sich verständigten. Ihr Tagesablauf und die Verrichtungen, die es zu erledigen galt, waren so regelmäßig, von Tages- und Jahreszeiten bestimmt, daß man sich wie von selbst verstand. Was es zu tun gab, wurde einfach getan, ohne langes Hin und Her.

Wie konnte aber dieser junge Mann ihn nach der Fotografie erkennen, auf der er nicht einmal sich selbst wiedererkannt hatte, und die seine Familie zu lautem Lachen gebracht hatte. Wie konnte er wissen, daß er nicht einem völlig Falschen zufuchtelte, ihn und sein Gepäck ergriff, aus dem Bahnhof führte, in ein Taxi setzte und, nach fünfzehnminütiger Fahrt, die man offenen Mundes hinter sich brachte, in ein vornehmes, altmodisches, aber nicht feindlich scheinendes Haus brachte.

Aber gerade das Harmlose an diesem Haus flößte dem Taubmann nicht gekannte Ängste ein, denn er hatte erwartet, hier sei alles glatt, kahl und mit Franzbranntwein abgerieben, damit sich nirgends etwas nicht Gewolltes, Heimliches festsetzen konnte. Doch nun war es ganz anders. Nichts roch nach Franzbranntwein, nichts war kahl und glatt, es war hell, aber nicht grell, es roch, er wußte nicht nach was, aber einladend und gut. War das eine feindliche List? Alle erweckten den Eindruck, daß sie ihm freundlich gesonnen seien, nur sein Bestes wollten, aber alles in ihm zitterte im gleichförmigen sägenden Rhythmus der Eisenbahnschwellen.

Aus Angst und Erschöpfung schlief er sogleich ein, nachdem ihn der junge Mann auf seine Kammer gebracht hatte, die hier Zimmer hieß und die er mit einem Menschen teilte, der in den nächsten Tagen eintreffen würde; Teppichboden, dachte er, davon hatte er schon gelesen, aber daß in seinem Zimmer einer war, das war ungeheuerlich, so ungeheuerlich, daß er einschlief.

In der Nacht weckte ihn ein donnerndes Dröhnen auf, das er in seinem Bauch spürte, als hiebe man mit Fäusten hinein. Er wußte nicht, ob er träumte, ob er wach war, wo er sich befand, ob er alleine war oder ob ihn gar jemand schlug.

Er wußte nicht, ob er um sich schlug, ob er schrie, ob er in seinem Schlagen den Lichtschalter getroffen hatte, doch wie aus dem Teppichboden gewachsen stand, einen außerordentlich verschlafenen Eindruck erweckend, der ihn sogleich etwas beruhigte, der junge Mann neben seinem Bett.

Erstaunt sah er, wie der Taubmann sich die Ohren, dann den Bauch hielt und leise stöhnte, als könne ein Tauber den Lärm hören, den in der Tat ein Hubschrauber verursachte, der seit einigen Sekunden dicht über dem Gebäude schwebte.

Dem Taubmann war das Dröhnen eines Helikopters vertraut, denn wenn in seinem Bauch die Erschütterung der Rotoren des Rettungshubschraubers waltete, lag in der Regel jemand im Sterben oder war bereits verstorben, auf alle Fälle aber schwer verletzt, eingeklemmt oder überfahren auf der Autobahn.

Auf dem Nachttisch stand ein Glas Wasser, das sich langsam um einige Millimeter bewegte, der Spiegel klirrte leise, und die Tauben, die nachts in den Toilettenfenstern saßen, gurrten erregt.

Der junge Mann sah an dem verstörten Blick des neuen Patienten, daß er eben im Begriff war, aus einem Alptraum zu erwachen, den die Erschütterung der Rotorblätter hervorgerufen hatten. Aber das ist doch nur unser Innenminister, sagte er, wartete einige Zeit, bis der Taubmann völlig aus seinem Alptraum erwacht war, allmählich bemerkte, wo er sich befand, und gab ihm ein Valium. Dann schaltete er ein kleines Fernsehgerät ein, das neben dem Wandschrank stand. Man konnte auf dem Bildschirm ein hellerleuchtetes Haus erkennen, wo eben ein Hubschrauber landete. Einige Männer stiegen aus, darunter einer, der besonders korpulent und schwitzend aussah. Sie gingen in das Haus, umringt von Fotografen und Kameraleuten, unablässig flammten Blitzlichter, die Menschen sahen erschöpft aus, grau oder rot, und sie schienen viel zu reden, und die sich am wichtigsten taten, redeten am meisten. Lange sah der Taubmann auf das kleine Gerät, und der junge Mann blieb bei ihm. Als dem Taubmann die Lider zufielen, war er eingeschlafen, ohne es bemerkt zu haben.

Am nächsten Morgen weckte ihn eine Krankenschwester, und kurze Zeit darauf kam wieder der junge Mann und brachte ihm eine Zeitung, die einen beleibten Innenminister abgebildet hatte. Einen Innenminister auf der Großwildjagd, einen Innenminister mit einem schönen, schwarzen Mann, einen Innenminister vor einem gewaltigen Eichenschrank, der über fünfzigtausend Mark versichert war, und da war er auch noch vor einem Hubschrauber der Bundeswehr abgebildet. Zwar trug er einen militärgrünen Anorak, aber der Taubmann erkannte deutlich das rosige Gesicht vom Fernsehen. So also reist der Innenminister, dachte der Taubmann. Am Mittag sah er dann das Nebenhaus, wo der Hubschrauber gelandet war, denn hier lag, neben dem Herzzentrum mit dem gelb markierten Landeplatz, das Mutterhaus der Partei des Innenministers. So also fliegt der dicke Mann, und einen solchen gewaltigen Schrank besaß er, und gleich in der ersten Nacht hatte er einen so wichtigen Mann gesehen. Langweilig würde es ihm hier nicht werden.

Solferino

Es gibt in jeder Stadt Plätze, denen eine so offensichtliche Armseligkeit, ein so deutliches Elend und eine so unverbrämte Traurigkeit anhaften, daß auch der flüchtige Besucher sofort spürt, dies ist der elendeste, der armseligste, der traurigste Platz in dieser Stadt. Und um so deutlicher ist das zu spüren, wenn etwa im Frühling die Bäume blühen, es duftet stark, das Wetter ist außergewöhnlich gut, die Menschen, die schnell vorbeigehen, haben heitere Gesichter. Um so tiefer scheint der Haß, die Verbitterung auf den Gesichtern derer, die an diesen Plätzen bleiben müssen. Und der Taubmann hatte eben einen solchen Platz ausgesucht, um Raabe zu treffen. Im wunderschönsten Sonnenlicht lag ein kleiner Biergarten, inmitten einer Verkehrsinsel, es duftete nach Linden, denn an den Gestank der Laster, Busse und Autos, die auf einer Ausfallstraße zur Autobahn in Richtung Norden drängten, hatten sich die Nasen so sehr gewöhnt, daß sie ihn kaum mehr wahrnehmen konnten. In diesem Teil der Stadt lagen die Krankenhäuser, dieser Platz hieß der Solferino-Platz, und dort befand sich die Klinik, wo die Operation an den Ohren des Taubmannes durchgeführt werden sollte, und das Heim, wo er das Sprechen und das Leben mit den Geräuschen der Welt erlernen sollte. So lag in Blickrichtung aus dem Wirtsgarten das Schwesternheim des Solferino-Krankenhauses, und Raabe beobachtete die ein und aus gehenden Frauen. Es war das Krankenhaus, wo eine bestimmte Knochenerkrankung behandelt wurde. Die Behandlung bestand in der Regel in der Amputation des befallenen Gliedmaßes. Besonders qualifiziert für diese zahlreichen Amputationen war das Krankenhaus wegen eines angegliederten Krematoriums, dessen gemauerter Schornstein den Klinikneubau nicht mehr überragte. Nur zwei Straßenbahnhaltestellen weiter befand sich das Krankenhaus der Barmherzigen Brüder, das wiederum für seine urologische Abteilung berühmt war, auch dort gingen viele Amputierte ein und aus, aber sie trugen fremdländische Kleider und Turbane, denn dort wurden die behandelt, die in den Minenfeldern Gliedmaße und in den Gaskriegen ihre Haut verloren hatten. Sie gingen auf Krücken oder von ihren Frauen gestützt, oder sie wurden auf Rollstühlen gefahren, wenn beide Beine abgerissen waren, oder die Wunden noch so schmerzten, daß das Tragen einer Prothese unmöglich war. Die Haut war verätzt, die Lungen, die Speise- wie die Luftröhre und das Innere des Mundes, die Augen und die Kopfhaut, so daß sie Haare in Büscheln verloren. Und all diese Symptome wurden hier hervorragend behandelt, tausende von Kilometern entfernt vom Ort des Kriegsgeschehens. Wie in diesem Land all die Mittel, diese Verwundungen hervorzurufen, auf perfekte Weise hergestellt, angeboten und verkauft werden konnten, so waren auch hier die Ärzte, die am besten die weitgereisten Wunden heilen und den Invaliden beibringen konnten, wie man auf einem Bein, auf zwei Stümpfen, mit einer oder keiner Hand, halber Lunge und zerfressener Haut am besten leben konnte. Mehrmals täglich überflogen Helikopter den Platz, um Infarktpatienten im Herzzentrum abzuliefern, das nur drei Busstationen stadteinwärts lag, und einen Innenminister, der zu jener

Zeit immer wieder in das Mutterhaus seiner Partei flog, um sich zu beraten. In derselben Richtung lag auch die Augenklinik, das Blindenheim, ein Rehabilitationszentrum für Drogensüchtige, vier Altenheime, acht Bestattungsunternehmen und eben jenes in einer alten Villa untergebrachte Heim, wo der Taubmann wohnte. In diesem Biergarten trafen sich die Einäugigen, die die Blinden führten, bis es im Biernebel zum Streit kommt, hier stolperten die Einäugigen und die Tauben über die Krücken der Amputierten, die frisch Beschnittenen und die von der Phimose befreiten redeten ihre Geilheit wach, doch die frische Wunde nahm ihnen die Lust am Trieb. Hier lag der Hund des angetrunkenen, wie im Schlaf sitzenden Mannes, er sah so räudig und verhungert aus, daß Raabe ihm die halbe Wurst zum Fressen hinwarf, der Hund verschmähte sie, knurrte Raabe aggressiv an, der Mann öffnete die Augen, lachte in sich hinein, zog ein Hosenbein hoch, zeigte einen geröteten Stumpf und sagte auf seinen Hund deutend: Der hat heute schon gefressen, und faßte sich kaum mehr vor Lachen, nach innen hinein lachte er, bis er die Augen wieder schloß, einen Schluck Bier nahm, um für diesen Tag zu schweigen. Der Hund legte sich wieder zum Fuß seines Herrchens und behielt Raabe mit bösen Augen im Blick.

Blindenfalle

An einer Kreuzung mit sechs Ampeln stand einer mit weißem Metallstock, den beobachtete fasziniert der Taubmann, der sich auf dem Weg zu Raabe befand. Hut, Brillen wie zwei schwarze Ampeln, doch es fehlte der Hund, der ihm den Weg zeigt. Aber so wenigstens beißt er mich nicht, freute sich der Taubmann. Wegen der Nähe der Augenklinik waren tönende Blindenhilfen an den Ampeln angebracht.

Den Stecken hob der Blinde mehrfach hoch. Zuerst wollte er auf sich aufmerksam machen, sich und seine Behinderung mit Hilfe des Stocks vergrößern. Keiner der Wagen ließ sich ablenken. Keiner hielt. Kein Weg wird abgekrümmt, als wärs die Bundesbahn, auf Schiene fuhr jeder seine Strecke. Der Taube blieb stehen und machte sich auf längeres Beobachten gefaßt.

Der Mann mit Brille drohte und schimpfte, schwenkte seinen Stock. Auch dies brachte keinen der unsichtbaren Wagenlenker zum Halten, der Verkehrslärm walzte an dem wütenden Blinden vorbei. Er zog an seinem Stock, der sich wie eine Antenne ausfahren ließ. Keiner empfing das Signal seiner Antenne. Er hielt das Ohr mal nach dort und mal auf die andere Seite, dann wieder nach rechts und links, groß- und vierspurig die Straße, dazwischen vier Schienen, die Straßenbahn stellt eine gleitende Gefahr dar, der Bus bremst nicht gern, die Ampeln summen, zucken wie zum Gruß und Adieu zugleich. Keine will sich so recht entscheiden für eine Farbe, für einen Summton. Sechs Ampeln à drei Farben, für den Tauben ein Blitzen wie im Herbstgewitter, ein Summen wie zwischen wütenden Bienen für den Blinden.

Der Taubmann sah, wie der Mann mit dem Stock losging, dabei war die Ampel nebenan grün, das sah der Blinde nicht, doch hörte er, wie sie lockend ihr Brummen herüberschickte, wie sich das lockende Brummen der Ampelsirene mit dem fordernden Jaulen der Ambulanz, dem Kreischen der Straßenbahnen, dem unterirdischen Summen der U-Bahnen, dem entfernten Dröhnen der Stadtautobahnen und Baustellen vermengte, um den Blinden in die Irre, zwischen den Verkehr, vor den Kühlergrill und unter die Räder zu locken.

Jetzt schien es dem Mann zu bunt geworden im Lärm, er streckt den Stock vor sich, ein Auto aufzuspießen. Das Ampellicht zeigte an, das kleine Männchen ist ganz rot vor Angst, der Blinde sahs mal wieder nicht und ging. Er wäre gegangen, mehrfach plattgefahren, wenn der Taubmann ihn nicht gehalten hätte. So war ich zu dir, mein neuer Freund. Ohne mich wärst du platt wie deine Sonnenbrille. Vielleicht wird das meine letzte gute Tat, bevor ich morgen unter viele Messer gehe. Wie die Kuh werde ich verenden, und nicht einmal ein Kälblein bleibt von mir, dachte er und ergriff die Hand des Gehenden im letzten Augenblick, noch lange bevor einer unter den Fahrern auch nur entfernt ans Bremsen dachte.

Das nächste Mal wenn ich gehe, sagte der Blinde zu dem Tauben, der dazu nickte, stecke ich mir Wachs in die Ohren, denn dies hier ist eine tödliche Blindenfalle.

Das absolute Gehör

Zuerst sah Raabe einen Hut, Taubmann, dann zwei Hüte, dann zwei Köpfe über dem Zaun. Einer davon war der des Taubmanns. Neben ihm ging, wie er mit langsamen Schritten, ein anderer Mann, die Augen verdeckt von einer großen, dunklen Brille, die mehr als die übliche Fläche des Gesichts verbarg. Beide trugen sie Hüte, die aus der Entfernung ausgesprochen elegant wirkten. Die beiden waren ein auffälliges Paar und hätten auch Aussteller auf einer Modemesse sein können, denn so wie sie war hier kein Mensch angezogen. Ihr Kommen war in der Tat ein Auftritt, um den sie mancher Schauspieler beneidet hätte. Der Bebrillte trug einen langen weißen Metallstock, ungeschickt hielt er ihn wie ein lästiges Anhängsel in der Hand. Lange konnte er noch nicht erblindet sein, zu sehr verließ er sich auf die Führung des Taubmanns. Seine Schritte waren unsicher, oft drehte er den Kopf und griff sich an die schwarze Brille, als wolle er sie abnehmen, um doch wieder sehen zu können. Wütend fuhr der kleine Hund den Taubmann an, der Blinde zuckte erschreckt zusammen und wollte nicht mehr weitergehen, verständnislos zog ihn der Taube, der das Tier übersah, zu Raabes Tisch. Etwas verwirrt sah Raabe den Blinden an, der ihm auf eine unerklärbare Weise bekannt vorkam. Was Raabe an eine andere Person erinnerte, das wußte er nicht. War es die Art, sich zu bewegen, das wenige Sichtbare des Gesichtes, der Mund vielleicht, die Ohren? Der Taubmann drückte den Blinden in einen Gartenstuhl, berührte Raabe als Gruß leicht an der

Schulter, zog sein Compliziertenheft heraus, legte es auf den Tisch und setzte sich. Der Blinde begann ohne Vorstellung, Begrüßung oder Verlegenheit zu sprechen. Er schimpfte in einem leisen, einförmigen Tonfall, er wußte wohl selbst nicht, wen er ansprach oder warum.

Mehr als ein Achtelton daneben, murmelte er leise, doch sehr erregt, und wenn der andere auch noch anfängt, dann gibt es eine Katastrophe, dann kommt auch noch die Feuerwehr, ohne das Baß-G zu treffen.

Der Mann zog eine Stimmgabel aus der Tasche, summte einen tiefen Ton, wohl das Baß-G, verglich mit dem A der Stimmgabel, summte sich von A zum Baß-G. Summte nochmals, um zu zeigen, wie fürchterlich sich ein um fast einen Achtelton verrutschtes Baß-G anhört.

Wenn es summt, soll ich losgehen, haben sie mir gesagt. Es summt, ich gehe los. Der Ton ist falsch, das schmerzt. Dann die Feuerwehr dazu. Wenn der mich nicht gehalten hätte, er deutete vage in die Richtung des Taubmanns.

Neben dem Biergarten war eine Straßenbahnhaltestelle, und öfters blockierten PKWs die Schienen, dann ließ der Fahrer eine grausam laute Klingel ertönen, die selbst für nicht so feine Ohren schmerzhaft war. Nun aber, ausgerechnet neben diesem offensichtlich feinsten Ohr des Blinden, mußte diese Folterklingel losschlagen. Er sprang von seinem Stuhl, hielt sich die Ohren und schrie: E oder G, E oder G. Und in seiner Stimme lag der Ausdruck heftiger Schmerzen.

Als wieder Stille herrschte, schlug er erneut die Stimmgabel an, deren feines Silbertönchen man kaum mehr wahrnehmen konnte. Und er rief: Ihr könnt mir die Ohren abreißen, aber jetzt hab ichs!

Er tastete nach seinem Bierglas, das die Bedienung während des ungeheueren Klingelns ungerührt auf den Blechtisch gestellt hatte, schlug mit der umgedrehten Stimmgabel das Glas an, trank einen Schluck, schlug erneut an, trank wieder, bis das Glas leer war. Dann bestellte er Wein, verfuhr mit dem Weinglas, dessen Klang heller war, ebenso, dann bestellte er Sekt und war selig.

Ich habs, ich höre, sagte er immer wieder mit schwerer werdender Zunge.

Der Taubmann hatte ihm recht wenig Beachtung geschenkt, er saß über sein Compliziertenheft gebeugt und schrieb. Erbost stieß ihn der Blinde an der Schulter, so daß der Taube erschrocken hochfuhr.

Der Blinde reichte ihm die Stimmgabel und sagte: Schenk ich dir.

Der Taubmann blickte verständnislos, lachte, sah den Blinden an und ergriff seine Brille, um sie sich selber aufzusetzen.

Raabe sah die vernarbten, unschön anzuschauenden Lider des Blinden und erkannte – endlich – den Klavierstimmer.

Raabe war noch nicht dazu gekommen, ein Wort zu sprechen. Er sagte nur den Satz: Erkennen Sie mich?

Da schwieg der Klavierstimmer eine Sekunde, hob den Finger, um Raabes Stimme in seinem Ohr nachklingen zu lassen, so, wie der Weinkenner den Schluck auf der Zunge bewegt, um auch die verstecktesten Geschmackswärzlein zu bespülen.

Raabe, der Mittelmäßige, sagte er. Und ohne großes Erstaunen, daß Raabe hier mit ihm saß, erzählte er in wenigen Worten, wie er auf einer der Fahrten in dem schwarzen Lieferwagen, übermüdet und betrunken, eingenickt war und – gottseidank langsam – auf die Leitplanke der Autobahn geprallt war. Der Aufprall war jedoch heftig genug, daß sein gesundes Auge so stark durch Knochensplitter verletzt wurde, daß er es ebenfalls verlor. Jetzt ist eben immer dunkel, sagte er. Manchmal rot, manchmal blau.

Aber nun hatte er erreicht, wovon er immer geträumt hatte: Das absolute Gehör.

Kaum war der Klavierstimmer mit seiner Erzählung am Ende, gab der Taubmann Raabe sein Compliziertenheft. Dort stand in einer anderen ungelenken Schrift:

Witz für die Taube Nuß

Es kommt der Blinde in das Warenhaus, den Blindenhund bei Fuß, da packt er ihn und wirbelt ihn durch die Luft, daß ihm das Jaulen vergeht. Kommt der Detektiv vom Warenhaus und sagt: Aufhören, Tierquälerei. Werd mich doch mal umschauen dürfen, sagt der Blinde.

Als Dank hatte ihm das der Blindfuchs hineinerzählt, mit unsicherer, jedoch von der Erinnerung geführter Hand, einen Witz hineinerzählt.

Als sie aufstanden, waren sie so betrunken, vor allem der Klavierstimmer, daß zwei nicht für einen Nachhauseweg genug waren. Raabe ging rechts vom Klavierstimmer, der Taubmann links, im Taumeln füllten sie den Gehweg gänzlich und gingen gut den Doppelweg der schwankenden Betrunkenen.

Schnecken, Hufeisen, Steigbügel

In seinem Gepäck befand sich das Fleischbeschaugesetz in der Ausgabe von 1960. Der Taubmann war davon überzeugt, mit Hilfe seiner Kenntnisse der Doktoren Herr werden zu können, oder zumindest zu wissen, was sie mit ihm vorhatten. Und wenn nichts anderes fruchtete, würde er das Gewollte aufschreiben, denn, soviel hatte er gelernt, das geschriebene Wort galt länger als das gesprochene.

Vor seiner Operation erbat er sich mit Hilfe einer ebenso überschriebenen SCHRIFTLICHEN EINGABE das Fleischbeschaugesetz für den Menschen. Der freundliche Pfleger war verwirrt, mußte aber, als der Taubmann ihm sein Exemplar zeigte, schmunzeln und ging, um einen Anatomieatlas zu besorgen. Tatsächlich fand er einen Arzt, der ihm den seinen auslieh.

In kürzester Zeit kannte der Taubmann das Innere sämtlicher Ohren, die Geheimnisse des menschlichen Kopfes, der Gänge und der Höhlen des Schädels mit deutschen und lateinischen Wörtern. Das Lateinische allerdings mochte er nicht. Schnecken, Hufeisen und Steigbügel kannte er.

Zu dem Sortiment von weißen und roten Tabletten verschiedener Größe hatten in seinem Plastikgefäß noch zwei zusätzliche, weißgraue Pillen gelegen, die er widerwillig schluckte. Sie sorgten dafür, daß er sich nicht erwachend, sondern von zwei kräftigen Händen aus dem Schlaf gerissen vorfand. Seine Gleichgültigkeit war ungeheuer, alles rieselte ab an ihm als wäre er von Teflon überzogen. Er ging steif und so aufrecht, wie die Gleichgewichtsorgane es ihn tun lassen wollten, weder fand er etwas lästig noch angenehm, die Augen hatte er geöffnet, sie sahen nicht auf die Dinge noch hindurch. Ein Pfleger zog ihm ein Flügelhemdchen über, das am Rücken nur zugeschnürt zu werden braucht, und schob ihn über den Gang ins Bad, stellte ihn in der Ecke neben dem Heizkörper ab und ließ das Wasser ein, der Badezusatz roch stechend nach Desinfektion, das Wasser war sehr heiß, aber überprüft mit dem Thermometer und für richtig befunden vom Pfleger. Das Pflaster in der Armbeuge, Blutentnahme am Vortag, löste sich ab, schwamm zwischen dem grünen Schaum, saugte sich voll und versank, ein wenig eingetrocknetes Blut bildete eine winzige Schliere im Grün.

Der Taubmann wußte nicht, ob er den Pfleger jemals schon gesehen hatte, der Mann redete mit ihm. Er trocknete ihn ab und rasierte ihn mit einem Haarschneideapparat, bis nur eine untertellergroße Scheibe Haar als Polkappe auf der Schädelkugel blieb.

Er führte ihn in frischen Papierschuhen durch dunkler werdende Gänge, große, scheinbar luftdichte Türen. Er legte sich kurz auf einen Schragen und bekam eine Spritze in die linke Armbeuge, dann war alles gänzlich gleichgültig, kaum daß er noch bemerkte, sie haben grüne Tücher umgebunden, keine Gesichter mehr, grün und viele Monde über ihm.

Blutuhr

Schneller Wetterwechsel mußte stattgefunden haben, erst hell und stahlblau, Fernsicht und Leichtigkeit des Gemüts. Heiter gingen die einen den Besorgungen, die anderen den Vergnügungen nach.

Raabe war es zu hell, die Menschen zu fröhlich und eilig, er konnte die Dämmerung kaum erwarten und ging zur Verdunkelung in das Kino, vom stahlblauen Himmel in die stahlblaue Kunstnacht. Viel Eisen wurde da bewegt, die Gliedmaßen wie Eisen, die Muskeln mit nietenbesetzten Lederarmbändern im Zaum gehalten. Hunderte starben schnellstmöglich gewaltsame Tode. Einer wurde von einer Kugel durchlöchert, doch stellte er sich selber wieder her, die Maschine, die sich selbsttätig ein- und ausschaltet, sich selbst mit Energie versorgt, sich repariert. Er streute aus einer mit dem Stahlgebiß geöffneten Patrone rauchloses Pulver in den glatten Durchschuß, entzündete es, kleine Explosion im Fleisch, Stichflamme durchfuhr den kolossalen Körper. Doch Ausbrennen, auf die Zähne beißen, bringt die Erlösung, die Gefahr der Selbstvergiftung des Körpers war gebannt, durchlöchert war der Mann, ein Freudenfeuerwerk im Fleisch, erneut kampfbereit die Maschine. Als die Platzanweiserin ihn bat, das Kino zu verlassen, stand Raabe auf und trat mit zusammengekniffenen Augen ins Freie.

Doch war da etwas vorgegangen, etwas aufgezogen. Es fiel ein schattenloses Licht, wie durch Milch gesiebt und weich gemacht. Ziellos ging er und kam zum Marktplatz, wo er an den Taubmann dachte, denn dort roch ein jeder die Welt, vom Orient zum Abendland und bei den Fischgeschäften den Meeresgrund, und Eisluft stieg dazwischen arktisch auf. Vor dem Eisenwarengeschäft stand eine Gruppe von Menschen. Dort herrschte die Zeitlupe, wie zuvor im Film, kein Ton, keine Gesten, nur verlangsamte Bewegungen ohne Ziel. Raabe drang dort ein, der einzige in der wirklichen Zeit, und ehe er sich versah, lag vor seinen Füßen ein Mann, Loch im Kopf, offensichtlich tot, doch zuckte noch einiges an ihm, die Ledertasche lag aufgerissen daneben. Sein Blut versickerte zügig zwischen den Pflastersteinen, Blutuhr bestimmte hier den Lauf der Zeit. Raabe schaute und ging ungerührt davon. Weit hinten rannte einer, keiner hielt ihn. Er war der Schütze und trug eine schwarze Geldbombe. Ein paar Schritte ging Raabe, da war ein Hauch zwischen den Düften aus dem Gewürzstand, der da fremd war. Es war Pulverdampf und der Geruch ließ keinen Zweifel, daß er zuvor zu Gas verdichtet das Geschoß in den Schädel des Mannes getrieben hatte. Nun stieg er, zu harmlosem Rauch geworden, durch Raabes unbewußt geweitete Nasenflügel, vorbei an den nackten Achsenzylindern durch die Höhlungen und Kamine des Siebbeins an der Unterseite des vorderen Stirnlappens. Unvermittelte Kopfbewegungen erfolgten, die Riecheindrücke und ihre Reizleitung schlichen sich vorbei an den Bahnen der bewußten Sinneswahrnehmung hinein in die Gefühlswelten des Urhirnes, durch den Keilbeinflügel, die vordere Schädelgrube über die Spitze der Felsenpyramide. Die Flügelgaumengrube, Paukenhöhle, Mittelohr, Gaumenbein. Am Anfang war das Naserümpfen, der Fluchtgedanke; das Ziel war die Höhle in der sicheren Tiefe. Die Kugel hatte den direkten Weg gebahnt, durch das Stirnbein über der Nase, und alle Höhlen füllten sich augenblicklich mit Blut, allerlei Sekret und zerrissenem Hirn.

Er lief in die nächste U-Bahn und wußte nicht, warum erst dieser Geruch ihn Trauer und Entsetzen über den Tod jenes Mannes fühlen ließ. Er weinte, wie lange nicht mehr oder vielleicht niemals zuvor.

Er weinte, weil ein Mann dort über ihm auf dem Pflaster vor dem Eisenwarengeschäft lag. Das Blut sickerte lotrecht zu Raabe hinunter. Jener Mann würde nicht mehr aufstehen, nein, der war tot.

Frösche und Fäuste

Nach dem Dunkel war Weiß, sein Kopf war mit weichem und lichtdurchlässigem Mull bedeckt. Der Taubmann erwachte und seine Augen waren schon aufgeschlagen. Das Weiß war hell, ein leichter Schmerz, die Wahrnehmung meldete sich stechend zurück nach dem erinnerungslosen, traumleeren Loch der Betäubung. Warum bin ich hier? fragte er sich lange Zeit. Er sah sich in einem Schneefeld, Flocken rieselten und tanzten vor den suchenden Augen, Nebel dazwischen oder Rauch wie von langsam schwelenden Birkenhölzern. Wenn er nur wüßte, wie der Hund bellt oder wie er gar heult, so wäre dies Sibirien, nicht zu kalt und nicht zu warm.

Dann kam die weiche, warme Berührung einer Frauenhand, unmittelbar darauf der Stich in die Armbeuge. Eine leichte Erschütterung des Bettes, nun verrutschte die Mullbinde, und eine Zimmerecke kam ins Bild, zwei Schwesternbeine traten hinzu und verharrten, wechselten Stand- und Spielbein und traten wieder hinaus. Also wurde er von Krankenschwestern gepflegt. Warum? Doch mehr als diese Frage quälte ihn der Durst. Zunächst fühlte er in seinem Mund etwas wachsen wie einen dichten Pelz. Er schlief wieder ein, und der Schlaf hatte aus dem Pelz eine Öde gemacht, durchzogen von Rissen und schrundigen Aufwürfen. Aus dem erneuten Schlaf wurde er geweckt, indem ein Schwämmchen, vollgesogen mit einem Gemisch aus Pfefferminz- und Kamillentee seine Lippen benetzte.

Es stellte sich ein Gefühl der Zufriedenheit ein, alle Fragen wurden unwichtig, die schmerzhafte Trockenheit im Mund wie die Verlorenheit in diesem Krankenzimmer, von dem er nur die Ecke kannte und sofort wieder vergaß.

Über Nacht war eine plötzliche, stechende und feuchte Kälte in die Stadt gekommen, über ihr hing wie an Drahtseilen festgebunden der schmutzige Hochnebel, der nichts abziehen und nichts durchdringen lassen wollte.

Wer so wie am Vortag gekleidet auf die Straße trat, mußte, hatte er noch Zeit dazu, umkehren, um etwas Wärmeres anzuziehen. In der Feuchtigkeit hielt sich die Kälte fest und kroch und saugte sich beharrlich in die Haare, die Kleider, ja in die Poren der ungeschützten Haut und in das

Körperinnere, in die Nase bis tief ins Geäst der Bronchien. Der Taubmann war froh um den weißen Verband, der immer noch die beiden kleinen Wunden abdeckte und jetzt wärmte. Er lieh sich eine Mütze, die unter normalen Umständen viel zu groß für ihn gewesen wäre, schrieb auf einen Zettel ZURUECK 16.00 UHR und verließ das Haus allein und ohne Anlaß.

In der plötzlichen Kälte änderten sich nicht nur die Gerüche, sondern auch die Farben der Gegenstände und der Menschen. Manche bekamen eine frische, rötliche Gesichtsfarbe, andere wurden grau mit einem Stich ins Blaue wie Magenkranke.

Auf der Straße sammelte sich eine besondere Art von klebrigem Staub, der die Autos, die großen blauen Busse, die Plakatwände wie die Häuserwände mit einem schmutziggrauen Film überzog.

Aus für die Bauarbeiter kaum nachvollziehbaren Gründen hatte die zuständige Behörde beschlossen, gerade nun, nach dem Kälteeinbruch, die Straßenbahngleise zu erneuern oder neu zu befestigen. Das Orange der Baumaschinen leuchtete nicht mehr, durch Schlieren von grauem Staub und Spritzer von Teer lächelten ihm, wenn er lange genug dort hinsah, japanische Geishas zu, und baumbestandene Landschaften unter lebhaft wechselndem Wolkenspiel erschienen, durch frühe Nebel fielen kräftige Sonnenstrahlen, der eine und andere Teufel hinkte durch die Landschaft, besonders dort, wo die aufsteigenden Teerdünste eine besonders schwarze Tönung ins Bild brachten.

Die Maschinen, zum Teil standen sie noch untätig am

Straßenrand, waren vielfältiger Art. Unter teerverschmierten Säcken bildeten Eimer von besonders flüssigem Asphalt seltsame Schichtungen, als ob Körper von Verwesenden darunter lägen. Vom bloßen Betrachten der Maschinen konnte der Taubmann noch lange nicht auf den eigentlichen Zweck der Apparate schließen.

Halb war er erschreckt und halb belustigt, als er sah, wie die Maschine, die eben noch so harmlos auf einem plumpen Bein ruhte, nun wie ein gewalttätiger Eintonnenfrosch den Mann, der ihn führte, bis ins Mark erschütterte, gnadenlos in die Höhe sprang und – die Schaufenster des Frisörs begannen zu vibrieren – auf die frische Asphaltdecke klatschte, um sie zu glätten, dabei alles, was versehentlich oder mit Absicht dazwischen kam, einzustampfen in die schwarze dampfende Masse, wo es bis auf ein nicht so schnelles Wiedersehen verschwand.

Und er selbst fühlte jeden Schlag des Frosches von den Schuhsohlen bis unter den Scheitel als Schlag einer riesigen Faust unter der Erde.

Apfelduft

Vor Einbruch der eigentlichen Winterkälte konnte der Fleischbeschauer, ein leidenschaftlicher Apfelesser, einen ungemein preiswerten Restbestand rot-grüner, sanft duftender Boskop-Äpfel kaufen, deren ledrige Haut er so sehr schätzte.

Sein Rücken schmerzte stark, seine Hände hatten vor einiger Zeit begonnen, stärker zu zittern. Im Gegensatz zu früher blieb das Zittern auch wenn er zwei, drei Schnäpse getrunken hatte. Der Schnaps bekam ihm nicht mehr so gut und machte ihm einen saueren Magen. Früher hatte er die Übersäuerung mit warmer Milch bekämpfen können, nun aber wurde es auch davon nicht mehr besser, im Gegenteil, die Milch schien in seinem Magen schwammige Klumpen zu bilden, die noch mehr Säure in sich saugten und sie dort sammelten.

Das Stumpenrauchen, ohne das er nicht mehr leben wollte, machte ihm mehr und mehr eine pelzige, fast fühllose Zunge, diese Fühllosigkeit dehnte sich aus über die Lippen, das Gesicht, und hinein in die Nase, hinunter in die Kehle und die Luftröhre und die Bronchien. Oft und öfter schüttelte ihn ein schmerzhafter Krampfhusten, trocken und bissig.

Früher hatte er diesen nur selten auftauchenden Husten mit Inhalationen von Kamille und Salbeiextrakten gelindert. Jetzt wurde ihm gefährlich heiß und schwindelig unter dem Handtuch über der dampfenden Waschschüssel. Lange mußte er ruhig sitzen, bis die Schwindel nachließen und die innere Hitze ihm erträglich wurde.

Er hoffte auf die heilende Kraft der Äpfel, deren Duft allein ihn schon belebte.

Damit sie nicht zu faulen begannen, lagerte er sie in seinem Schlafzimmer, das er niemals heizte. Dort lagen nun die grün-roten Äpfel, sorgfältig jeder für sich gelegt, auf keinen Fall war eine Berührung gestattet. Sie umringten das Bett aus Kirschholz in der Form einer Spirale, da er sie auf den Knien, sich selbst als Mittelpunkt und Achse, sich streckend und drehend ausgelegt hatte. Das ererbte Bett war sein schönstes Möbelstück. Am Kopfende des Bettes stand der Präparierkasten mit dem Mikroskop aus Leipzig, seinem wertvollsten Besitz.

Er hatte also alles, was ihm an Gegenständen lieb war, um sein Bett versammelt. In seiner kleinen Wohnküche stand und summte eine große Tiefkühltruhe und rostete der Herd, den er schon lange nicht mehr befeuert hatte. Er kochte sich seinen müden Tee mit einem alten Tauchsieder, der, kalkbesetzt, wie ein steinzeitliches Werkzeug aussah.

Er ließ sich zum ersten Mal in seinem Leben außerhalb der Zeiten beurlauben. Er blieb zu Hause. Er blieb in seinem Schlafzimmer. Er blieb auf seinem Kirschholzbett, umringt von der Spirale der Äpfel, deren Duft stärker wurde und ihn zufrieden machte. Es wurde kälter, es gab keine Fliegen mehr. Die Äpfel wechselten die Farbe vom Grün zum Rot. Er lag in seinem Kirschholzbett und blieb dort. Der Apfelduft wurde ihm wichtiger als das Tageslicht, das nun ohnehin schon früh verlosch.

Einmal besuchte ihn der Apotheker und brachte ihm ein Bronchialmedikament. Er bedankte sich, wollte es aber nicht einnehmen, da er davon überzeugt war, es würde doch nicht helfen. Er zeigte dem Apotheker stolz sein Mikroskop und bat ihn, falls er bald versterben würde, das Instrument dem Taubmann zu übergeben. Beim zweiten Besuch des Apothekers ließ der Fleischbeschauer blitzschnell das nichtangebrochene Arzneipäckchen unter das Kopfkissen verschwinden und sagte: Ach, hätte ich als junger Mann bloß einen anderen Beruf ergriffen.

Als der Apotheker gehen wollte, hielt er ihn im letzten Moment und sagte: Nehmen Sie's gleich mit, das ganze Zeug. Wenn ich gesund bin, häng ich den Beruf an den Nagel.

Der Apotheker lud den Kasten für den Taubmann in seinen Volkswagen und fuhr davon.

In der nächsten Nacht, es war außergewöhnlich kalt, verschied der Fleischbeschauer inmitten der Spirale, die durch den Apotheker ein wenig in Unordnung gebracht worden war. Der Apfelduft konnte nun nicht mehr schöner strömen als an dem kommenden Morgen, nachdem die Sonnenstrahlen kräftig durch das kleine Fenster auf die Früchte gefallen waren.

Ohrenmitzler

Nach dem Spaziergang kehrte der Taubmann Punkt 16.00 Uhr in das Heim zurück und schrieb in das Compliziertenheft:

Aus der Ferne vernehme ich ein Beißen, erst unter dem linken, dann unter dem rechten Ohr. Der Ohrenmitzler wird die Larven ausgebrütet haben, der mir als Kind einmal hineingekraucht. Eine Familie von winzigen Ohrenmitzlern ist nun munter am Mitzeln und Kitzeln und wird froh und lustig dabei und sich vermehren in rasender Eile.

Der Mitzler ist hineingekrochen in das Ohr, dort war es still, dann hat man ihn geweckt und Brutstätten wurden die Ohrenhöhlungen, fast von Zucht kann man da sprechen. Da müßte man Proben herausschneiden in Scheiben und sie vorlegen zur bakteriologischen Untersuchung. Handelt es sich nach § 36 Ziffer 2 um schwachfinnige Mitzler, haben sie sich durch Vermehrung von der Bedingttauglichkeit ausgeschlossen nach § 32 Absatz 1 No. 15, und zwar ausnahmslos?

Nein, die Doktoren werden sie wohl gefunden haben, wenn da Mitzler gewesen wären, mit den feinen Lupen und den tödlich eleganten Brillen.

Gehe da so hinauf und sehe die gelblichrot verdreckten Maschinen mit einigen Hinketeufeln darauf.

Auf die Untersuchung per Trichinoskop nach Entnahme müssen mindestens drei Minuten verwendet werden.

Müßte ich die Herren Doktoren fragen, ob das Entnommene und in meinem Grind gefundene (oberhalb der Lymphknoten)

1. von fischig-öligem oder tranigem Geruch war beziehungsweise ferner

2. sonstige mäßige Abweichungen hinsichtlich Geruch, Farbe und Geschmack, Zusammensetzung und Haltbarkeit vorlagen.

Derlei mäßige Abweichungen liegen besonders vor bei oberflächlicher Zersetzung, mäßigem Harngeruch, Geschlechtsgeruch Pfui Deufel, Geruch nach Arznei und Entseuchungsmitteln, Durchsetzungen mit mäßigen Blutungen, Kalkablagerungen oder Mieschersehen Schläuchen.

Nachzufragen: Lag dies vor? Dann bitte für Untauglichkeit abzustempeln zwischen Schulter und Kreuz.

Doch am Ende war, was mich gebissen hat, die Kälte und die gekühlte Nässe, der Staub in der Luft ganz eingefroren zu winzigen, fliegend leichten Kältestaubtrichinen, Kugeln, die man einmal näher untersuchen müßte.

So kam das ans Ohr, die Straßenbahnen, die zum Bremsen Sand verstreuen unter das eigene Getriebe, die Kolosse, so schwer, daß keine Hydraulikhochdruckbremse sie ohne weiteres zum Halten bringt.

Und der Teer, den man als Lungenkranker einzuatmen hat. Alle gingen sie zur Baustelle, die Todgezeichneten mit grauweißen Häuten und gierig schnauften sie die teerigen klebrigen Dämpfe in sich rein zur Heilung. Gegen die rasenden Tuberkel, die durch Teer gebändigt, geteert und gefedert wurden und verklebt, auf daß kein Schaden sie mehr tun können und so gerettet dann futterlos verrecken.

So ist mir der Mitzler von einem Ohr quer durchs Hirn hindurch zum anderen Ohr, um beiderseits die Eier abzulegen, und wer weiß was für Verheerungen er dort dazwischen angerichtet hat.

Nun aber ist dort ein Kanal, der bei anderen Menschen nicht vorhanden ist, so daß bestimmte passende Gedanken wie ein Eilzug dort hindurch geschossen kommen, und da gibt es Gedankenblitze, wie kaum ein anderer sie zündet.

Nicht einmal der Fotograf mit seiner kranken Haut, falls er noch lebendig wäre, hätte einen solchen Blitz entzünden können.

Sollen sie mir ein Gerstenkorn pflanzen ins Ohr und draufbrunsen die sämtlichen Doktoren, bis es keimt und aufgeht, dann die Ohrengänge weitet, drei Bogengänge, Vorhofsgang wie Schneckengang, auf den Paukengang hauen, die Hebelapparate in Bewegung setzen, bis sich die Wurzel ins häutige Labyrinth verirrt, das zarte Gebilde, aufgehängt an Bändern, so daß zwischen ihm und Knochenhüllung mit Flüssigkeit gefüllte Höhlen sind, in denen sich die knöchernen Schnecken winden nach Herzenslust. Dann kann das Pflänzlein dem Schneck als Nahrung dienen, und wenn es groß genug ist, sind alle Höhlen und Gänge geweitet, die Schnecke wach und fett, dann wird das Ohrengerstenpflänzlein ausgerissen und das Rauschen aus der Welt kann einkehren in meinen kleinen Kopf.

Auch waren dort Maschinen, aus denen blaue Flammen züngelten, geführt vom schwarzen Schnauzbart, der die dicken Zigaretten dampft, und Rauch stieb ihm aus der Nase. Gelb und orange sein Anzug, damit man ihn in jedem Nebel sieht, vielfarbig die Kappe.

Beide, Mann und Maschine sind wie Drachen in der großen Stadt, die darauf warten, etwas zu verbrennen mit ihrem Rauch- und Flammenatem. Zum Schluß, um die Sache ordnungsgemäß zu beenden, als von der Stadt und Gemeindeverwaltung amtlich bestellter Drachentöter.

Legt der Menschendrache einen gelben Hebel um, so schießt aus dem Maschinendrachen eine plötzlich gelb und rote Feuerzunge und leckt sich heiß in den schmelzenden Teer.

Legt der Menschendrache einen zweiten mit blauem Band umwickelten Hebel um, so senkt und dreht sich ein Zahnrad, das Funken spuckt aus jeder Lücke, daran sind die

Zähne schuld, die die kleinen Steinchen in dem warmen Schmelz von Teer zerbeißen sollen. Sie fressen sich durch die Straßendecke, wie kein Schnellpflug sich in den Boden gräbt, tief und tiefer fressen sie und kauen Steine, spucken Funken und Zähne, bis eines Tages der Frosch, der unten sitzt, den Froschkopf streckt und glotzt und mit seiner Froscheszunge nach dem Menschendrachen samt Maschine leckt, und schwupp – wie die Fliegen verschwinden sie im Bauch des Erdenfrosches, der nur noch schluckt und glotzt.

Rauschen der Welt, Schmerz der neuesten Art

Heute haben sie mir den Verband von meinem Hirn gewikkelt, daß jetzt die Kälte mir sehr heftig um die wunden Ohren weht.

Dann kam der Schmerz, als sie mir zwei kleine graue Frösche hinter meine Ohren schrauben, in die Schneckengewinde Röhren treiben, ohne auf mein Au! zu hören, denn Au! sagen habe ich gelernt, um die Ärzte vor meinem Schmerz zu warnen.

Doch abgelassen haben sie nicht von mir.

Dinger setzten sie mir auf und glotzten durch ihre Gläser wie die Fische im Aquarium im Wartezimmer.

Beim Morgenessen gibt es weichgekochte Eier mit einer Mütze aus Wolle.

Der Verband ist der Ort zwischen Ohr und Ohr und

Hirn, der Eierwärmer für die weichgekochten Angstgedanken.

Jetzt werden mir auch die Gedanken kalt und fest, und schwer fällt es mir, zu schalten in meiner kleinen Kopf Maschine Hirn, wo ab und zu das Getriebe klemmt, daß alles sich erschüttert. Da mag es krachen. Hören das die anderen wohl, ein Krachen war da kurz, aus den Dingern auf den Ohren, den Hörern, kam es ganz nah bei mir, ein Schmerz, ein Schmerz der neuesten Art.

Ins Mark

Raabe hatte sogar daran gedacht, Grünfutter für den Ladenhüter zu pflücken. Er bewohnte nun den Karton der Duschkabine und entwickelte sich prächtig, wurde zutraulich und ließ sich streicheln.

Was soll denn das sein? fragte das Unglück.

Werden Sie erleben, sagte Raabe.

Von einem Gemüsestand hatte Raabe eine gewaltige Mohrrübe besorgt, als Henkersmahlzeit für den Hasen, den sie beide fast liebgewonnen hatten.

Raabe ließ ihn in dem Raum herumhoppeln, er fühlte sich wohl zwischen ihnen. Vom Unglück borgte er sich eine Rohrzange, machte dem Ladenhüter den Garaus, zog ihn ab, nahm ihn aus und überließ ihn Fieber, der während der Schlachtung ein Bier bei der Jugoslawin getrunken hatte.

Schon beim Anblick des blutigen Kadavers würgte es Fieber. Die Jugoslawin erklärte sich bereit, den Hasen auf Plitvicer Art zuzubereiten.

Muß in Mikrowelle, erklärte sie.

Sie luden sie auch zum Essen ein. Sie wollte Servietten, Plastikmesser und -gabeln, Pappteller, Senf und Bier mitbringen, außerdem Würste, da für so viele Leute der Ladenhüter doch etwas dürftig schien.

Sie stellten sechs Bierkisten im Raum auf, gleich neben der Duschkabine. Auf zwei Bierkisten legten sie Decken zur Polsterung. Als Tisch dienten die Knie.

Fieber versprach, eine Darbietung zur allgemeinen Belustigung vorzuführen. Um die Neonröhren wurden Streifen von rosafarbenem Toilettenpapier gewunden. Nun war gerüstet.

Nur das Unglück stand vor seiner Waschung, was er noch nicht ahnte. Notfalls wollten sie Gewalt anwenden.

Raabe hatte eine Flasche mit Babyseife besorgt, um der Ausflucht vorzubeugen, Seife sei zu scharf für die empfindliche Haut des Unglücks. So viele Schicksalsschläge hat er verkraften müssen, daß sie ganz dünn geworden war.

Fieber hatte einen Satz Socken und zwei Unterhosen gestohlen. Hemden hatte Raabe vom Steinmetzen. Sie dufteten nach den feinen Badezusätzen des Hotels. Fieber erkannte den Geruch unbewußt und begann, über seine ehemaligen Kollegen zu schimpfen. Raabe hörte ihm nicht zu, da schwieg er bald wieder.

Das Unglück kam ahnungslos durch das Schott. Raabe drückte ihm die Babyseife in die Hand.

Schwanger? fragte das Unglück.

Mit dem Ding ist was nicht in Ordnung, sagte Raabe und deutete auf die Duschkabine, die im violetten Schein der Neonröhren etwas Weihevolles bekam, fast wie eine Kultstätte.

Das Unglück war sehr stolz auf seine Fähigkeiten als Klempner, die er sich mit den Jahren als Hausmeister hatte aneignen müssen. Widerspruchslos stieg er in die Kabine.

Der Brausekopf wackelt, sagte Raabe.

Das Unglück griff nach dem Brausekopf, mit beiden Händen, Gegenwehr war jetzt ausgeschlossen, Raabe drehte das Wasser auf und stemmte sich mit dem beispringenden Fieber gegen die Tür. Kurz und laut war der Schrei des Erschreckens in der Kabine, dann war es still, er hatte die Hände erhoben und lehnte sich gegen die Glastür, mit einem Ausdruck unendlicher Trauer in den Augen, als verlöre er mit seinem Geruch alle Erinnerungen an sein gesammeltes Unglück, das einzige, was sein Leben in Gang hielt.

Ohne sich zu beklagen, zog er die bereitgelegten Kleider an und schmierte neue Pomade ins Haar.

Der Taubmann kam und hatte einen Strauß Basilikum mitgebracht. Andre kam und sah nicht anders aus als wie sie immer ausgesehen hatte. Noch immer hatte sie kleine Pickelchen, es mochten einige weniger geworden sein. Sie rauchte Filterlose und freute sich über Raabes selbstangebauten Tabak. Raabe war noch immer verliebt in sie. Seine Liebe hatte nichts Triebhaftes. Vielleicht kommt das noch, dachte er und betrachtete sie scheu.

Der Taubmann und Fieber rauchten appetitanregendes Gras.

Zwar konnte Fieber schon früher einigermaßen Ringe

blasen, doch hatte er sich in dieser Kunst so sehr vervollkommnet, wobei ihm seine wulstig gewordenen Lippen sehr behilflich waren, daß er allgemeines Erstaunen hervorrief, wie dick, fest und, mal kugelrund, mal eiförmig, seine Ringe waren, ganz nach Wunsch. Er verstand es, die Rauchringe so zu blasen, daß sie sich gegenseitig durchdrangen, daß sie sich über einen Gegenstand stülpten und dort lange blieben, bis ein Luftzug sie verscheuchte, ja er verstand es, dem Taubmann einen Heiligenschein zu verpassen, wozu der die Hände brav faltete und die Augen präraphaelitisch und verzückt nach oben drehte.

Das schönste Kunststück aber vollführte er an der Jugoslawin, die Aufstellung nehmen mußte, als handele es sich um die Darbietung eines Messerwerfers. Sie atmete auch schon aufgeregt, als Fieber ihr befahl, die Hände zu spreizen und von sich zu strecken. Lasziv legten sich die gleichmäßigen, dicken Ringe aus Fiebers Mund um die fleischigen, deutlich in drei Teilchen eingeschnürten Finger der Jugoslawin, die ihnen sanft entgegenkam, indem sie, als könnte sie es kaum erwarten, die Hand einem jeden Ring erwartungsvoll entgegenreckte.

Dies war die erste Belustigung, die Fieber darbieten wollte. Auch die zweite Belustigung hatte er vor einigen Tagen schon vorbereitet.

Vor dem Squash-Zentrum befand sich ein Parkplatz. Dort hatte das Unglück ein Schild angebracht: BALL SPIELEN, SKATEBOARD FAHREN ETC POL. VERB. Oft schoß er wutschäumend aus dem Haus, wenn er dort Kinder spielen sah.

Fieber hatte vor einer Woche einem schüchternen Knaben sein Skateboard mit den Worten POLIZEILICH BESCHLAGNAHMT weggenommen. Abends hatte er sich damit auf dem Parkplatz einmal versucht, doch kam er bald auf den Gedanken, daß man damit im Innern der Squash-Hallen wunderbar üben könne.

So zeigte nun zuerst er seine mangelhaften Künste, dann mußten die anderen sich versuchen. Dabei schnitt zu aller Erstaunen die Jugoslawin am besten ab. Sie war es gewohnt, auf kleinstem Raum zu arbeiten und die Balance zu halten.

Zuerst begann Fieber damit, die Fahrer mit den kleinen Squash-Bällen zu beschießen, dann nahmen auch die anderen die Schläger und Bälle und beschossen den Fahrer. Wer nie traf, der mußte als nächster auf das Brett steigen und zwei Runden durch den Raum drehen. Hart und härter flogen die Bälle, denn die Schützen lernten schnell, mit großer Wucht die kleinen Bälle zu schlagen. Das Spiel wurde schmerzhafter und böser, denn wie immer steigert sich die Kraft einer Sache, verursacht sie mehr Schmerz und wird schwer zu beherrschen und gefährlich, wenn sie viele zur gleichen Zeit mit demselben Ziel tun, ob nun alle wissen, welches das Ziel ist oder nicht.

Die Jugoslawin bat nun um ihre Hilfe beim Bierholen. Fieber ging und kam mit fünf Kästen auf dem Karren wieder. Sie hatte den Hasen in einem großen Bräter, Plitvicer Art, darum waren verschiedene Würste gewunden: Debrecziner, Krakauer, Wiener, Thüringer, Nürnberger und Cevapcici. Das alles lag auf einem großen Bett aus Rotkraut, duftete nach Nelken, Apfel und Wein.

Verfallsdatumwurst, sagte sie zu den Würsten.

Dazu gab es einen Reis mit Pinienkernen. Schweigend aßen sie. Fieber machte ihr dreimal ein Kompliment. Überhaupt, er sah sie von Bier zu Bier wohlgefälliger an.

Andre bekam einen halben Rücken, Fieber einen Schlegel, Raabe aß Bauchlappen und die beiden Vorderschlegel, das Unglück bekam ein Stück Rücken, und den anderen Schlegel bekam der Taubmann.

Sie tranken und rauchten. Die Klimaanlage für die Squash-Räume rauschte heimelig, die Neonröhren summten angenehm, eine davon begann zu flackern, wenn sich die Heizung der Duschkabine einschaltete.

Als die fünf Kästen geleert waren, holte die Jugoslawin eigenhändig neues Bier mit Fieber. Es dauerte.

Raabe und Andre schwiegen, das Unglück schien noch immer seiner verlorenen Aura nachzutrauern.

Irgendwann erzähl ich Dir, was mit meiner anderen Schwester war, sagte er unvermittelt und schwieg wieder.

Sie hatten jetzt sechs Kästen Bier getrunken. Andre war als erste eingenickt, das Unglück schien, wie angeblich die Hasen, mit offenen, geröteten Augen zu schlafen. Raabe hatte sich neben Andre gesetzt in der Hoffnung, sie würde sich im Schlaf an seine Schulter lehnen. Der Taubmann rauchte und starrte in die flackernde Neonröhre, die Jugoslawin und Fieber hatten sich in die Duschkabine zurückgezogen, den einzig intimen Platz in diesem Raum, sie paßten auf den Millimeter genau hinein.

Es dämmerte längst, als die Jugoslawin nach Hause ging, sie mußte in einer Stunde schon wieder an die Arbeit gehen. Die anderen schliefen.

Fieber wachte auf, als der Taubmann den Beutel mit dem Gras aus seiner Tasche zog. Er schien ein neuer Mensch zu sein, ging nicht mehr mit eingezogenen Schultern, seine Stimme saß tiefer im Körper, war sicherer. Er weckte Raabe.

Wir machen einen Plan, sagte er zu Raabe.

Er hatte es satt, kein Geld zu haben.

Er öffnete zwei Flaschen, sie tranken weiter, Fieber überlegte sich Möglichkeiten, zu Geld zu kommen. Raabe erzählte sein Erlebnis aus dem Museum. Fieber glaubte ihm nicht. Raabe sagte, er habe einen Beweis. Er suchte nach der Visitenkarte, die der Herr verloren hatte. Sie war weg, sie war ihm wohl aus der Tasche gefallen, als die beiden am Bahnhof ihn durchsucht hatten.

Die Schwulen haben Geld wie Heu, sagte Fieber plötzlich wie haßerfüllt.

Andre wachte auf. Sie hatte die Visitenkarte in der Tasche, die Raabe bei seinem ersten Besuch im Museum gefunden hatte. Sie tranken weiter, der Taubmann rauchte nur noch und griente unablässig vor sich hin.

Nach Einbruch der Dämmerung gingen sie los. Raabe lieh sich das Quickly des Unglücks und fuhr mit Andre vor, um die Adresse aufzusuchen. Das Haus lag in einer teuren Gegend. Ein Doppelhaus, eine Haushälfte lag im Dunkeln. Raabe las das Türschild und verglich mit der Visitenkarte; es war das richtige Haus. Fieber und der Taubmann, der immer noch selig lächelte und keine Idee davon hatte, was sie tun wollten, gingen an einer Baustelle vorbei. Fieber trat gegen Eimer unter einer Plane, die verrutschte. Er tat sich weh, denn dort lag ein großes Brecheisen versteckt, das die Arbeiter zum Anheben der Straßenbahnschienen benutzten.

Raabe und Andre kamen ihnen entgegen und berichteten, sie hätten das Haus gefunden. Sie fuhren zurück, Andre hielt die schwere Brechstange. Raabe stellte das Quickly neben einem kleinen Häuschen ab, das aussah wie ein Tempel.

Sie erwarteten die beiden anderen, gingen zu dem Haus und hebelten die Tür auf. Das Werkzeug machte es leicht. Sie warfen einiges durcheinander, der Taubmann starrte ungläubig, er verstand nicht, was vor sich ging, wußte nicht, wo sie waren. Das Licht ging an, der Mann stand im Zimmer, sie wollten weglaufen, aber er hielt Andre mit einem harten Griff fest.

Du bist ein Früchtchen. Ihr bleibt hier. Ich hol die Polizei, du Früchtchen, sagte er.

Es war nicht der Herr aus dem Museum. Vielleicht hätte Raabe nicht die schwere Brechstange angehoben und gesagt, Loslassen!, wenn er den Mann gekannt hätte. Nun war der Mann unendlich weit entfernt von ihm, das Werkzeug war groß und reichte in die Ferne, erreichte zischend den Nacken des erstaunt blickenden Mannes.

Das Geräusch, als die Brechstange auf den platzenden Nacken des Mannes traf, war nicht laut, nein, es war erstaunlich leise, das Fleisch im Nacken des Mannes bremste den aufklatschenden Schlag, das knallende Eisen.

Was aber davon zu hören war und den Hörenden im Ohr bleiben würde, das war ein zartes Knacken, als das Eisen sich wuchtig zwischen zwei Nackenwirbel drängte, sie auseinandertrieb, denn es war ja ein Brecheisen, sie splittern ließ, den fettigen Strang des Rückenmarks zerrte und mit Splittern durchsetzte und so zerstörte, daß der Mann keinen Schmerz mehr spüren konnte, die Nervenbahnen waren augenblicklich durchtrennt oder blockiert, als das Eisen, Brecheisen, seinen Nacken erreicht hatte. Da mochte das letzte Gefühl des sterbenden Mannes das der Kühle des Metalls gewesen sein, ein bitterer Geschmack im Mund, dann nichts mehr, Schwarz, Schwarz-Blau und Nichts.

Lange kämpfte Raabe um die Ruhe, Andre in die Augen zu sehen. Er suchte dort eine Hilfe oder ein Versprechen. Davon sah er nichts, doch er sah in ihren Augen eine neue Leichtigkeit, heller war ihr Blick geworden, als hätte sich etwas ungeheuer Schweres in ihrem Innern verflüchtigt, sei von ihr abgefallen, habe sich aufgelöst und verflüchtigt. Dabei war ihr Gesicht fast ausdruckslos, Raabe sah keine Angst, keinen Schrecken, keine Furcht, keinen Abscheu vor der Tat wie auch keine Billigung der Tat, keinen Ekel vor der Leiche oder dem dünnen Fädelchen Blut, das aus der unscheinbaren Platzwunde im Nacken rann, über den Hals sich zog und in einigen Sekunden auf den Teppichboden tropfen würde. Nichts von einer großen, auch nichts von einer kleinen Regung war an Andre zu sehen, nur leicht schien ihr geworden zu sein. Fieber war der erste, der sich eine anzünden mußte.

Auch der Taubmann hatte diese Veränderung gesehen, und ihn erfüllte sie mit Schrecken, er sah sie an, sah ihr in die Augen, als warte er auf die Erleichterung, die ihm nur der Funke einer Betroffenheit in ihren Augen verschafft hätte.

Eines war Raabe klar: Trennen mußten sie sich, denn sie waren so auffällig, daß man sie sofort verdächtigen würde. Und wenn man sie auch mit dem Totschlag nicht in Verbindung bringen würde, wie er hoffte, so würde ihr auffälliges Auftreten sehr schnell einen Polizisten zu einer Ausweiskontrolle reizen. Andre lief mit einem Ausdruck grenzenlosen und stummen Glücks weg, ihr Gang war leicht, als spränge ein Reh davon. Sie wird zur Squash-Halle laufen, dachte Raabe.

Fieber ging als nächster. Ich geh nach Plitvice, sagte er.

Wie aber könnte Raabe den Taubmann, der in einem fort nickte, nun im Stich lassen? Er trat auf ihn zu, der Taubmann sah ihn an und hörte auf zu nicken, kurz kam er zu Bewußtsein. Raabe wußte nicht mehr, wie lange dieser Blick wohl gedauert haben mag, doch nun packte der Taubmann ihn an der Schulter und versetzte ihm einen Arschtritt, der ihn nach vorne schleuderte und dessen blaugrüne Spuren noch lange zu sehen waren.

Aus diesem Taumeln, das fast ein Fallen wurde, lief nun Raabe los. Auch er fühlte sich wie ein Tier, ein Stück Wild und, mochte es aus diesem Grund gewesen sein, oder um einen Ort aufzusuchen, wo eine gewisse Stille herrschte, lief zu dem kleinen Tempelchen, das nicht weit von dem Haus entfernt lag. Heftig atmend stand er hinter dem Häuschen, sah den bronzenen Hirschen darin, und sah durch die Geweihe hindurch hinaus, über den schnurgeraden Kanal und darüber, unter den Bögen der beiden Brükken hindurch und gleichzeitig darüber, durch die Schwärme von auffliegenden Tauben hindurch bis zu der Fontäne auf den künstlichen Felsen und hindurch, durch den im Sonnenlicht gleißenden Sprühnebel hindurch zum Fenster des Schlosses, durch den Saal hindurch und durch das rückwärtige Fenster aus Kristallglas hindurch, durch die Schneise im dahinterliegenden baumbestandenen Park und hindurch hätte er sehen können, doch da stand ein Mann.

Da lief, da rannte er wieder los. Im gewaltsamen Rennen stieß er Spaziergänger, die hinter ihm herschimpften, er beachtete sie nicht, er rannte, um den Mann zu bitten, zwei Schritte beiseite zu treten, damit er schauen könne, hindurchschauen bis zum Ende. Er taumelte bereits vor Erschöpfung, doch nun war der Mann nicht mehr weit, nur noch wenige Schritte stand er entfernt. Er sah Raabe nicht an, er blickte in eine andere Richtung und schien nun einen plötzlichen Einfall zu haben, trat beiseite und ging eilig weg. Raabe bildete sich ein, er habe ihn singen gehört, doch das mußten seine aufgebrachten Nerven gewesen sein oder das Rauschen des Blutes in seinen Ohren. Er bildete sich ein, der Mann trüge einen schwarzen Anzug und erinnere ihn an den verstorbenen Steinmetzen, doch das mochte ein Trugbild gewesen sein, das ihm seine Müdigkeit und das Flimmern vor seinen Augen vorgegaukelt hatten. Er blieb stehen, hielt sich mit den Händen die Schenkel und atmete nun fast hechelnd vornübergebeugt, bis er wieder zurückgehen konnte. Er ging den ganzen Weg zurück, und bemühte sich, langsam zu gehen, er ging dahin zurück, um wieder den Standpunkt hinter dem Tempelchen mit dem bronzenen Hirsch einzunehmen.

Doch so sehr er sich auch bemühte, wohin er auch trat, er fand diesen Punkt nicht mehr, an dem man hätte durch alles hindurchschauen können bis zum Ende, wenn dort nicht jener Mann gestanden wäre.

Nun drehte er sich zweimal um sich selbst.

Neben dem Quickly stand Andre und sah ihn wie froh an.

Sie nahmen das Quickly, das das Unglück nun auch noch verlieren würde, und fuhren in eine andere Richtung. Er wollte so lange fahren, bis er den Feuerschein der Raffinerien der Stadt Irkutsk über dem Baikalsee würde leuchten sehen. Er fuhr bis zur Autobahn und fuhr auf dem Seitenstreifen. Er fuhr durch die Vorstadt, an den Wohnwagen vorbei, wo die Huren standen und wo das Opfer lebte.

Andre wollte hier anhalten. Sie sah das Opfer, wie es am Wohnwagen lehnte in dem lachsfarbenen Skioverall. Sie ging auf sie zu und sagte: Ich bin doch deine Freundin.

Das Opfer nickte und ging mit ihr in den Wohnwagen.

Er fuhr durch die Laubwälder und schließlich durch die kalte Hochebene, wo im Dämmerlicht der Schatten des Einkaufszentrums auftauchte und schärfer wurde, schließlich sah man viele Lichter in den Fenstern, die wie Schießscharten in der grauen Wand versenkt waren. Dort verließ er die Autobahn.

Raabe betrat das überheizte Gebäude und fuhr nach unten in den Bauch des Hauses, wo die Lebensmittel verkauft wurden. Er kaufte sich eine Flasche von dem sibirischen Wodka, für zwei reichte sein Geld nicht mehr.

Er lief zur Werkstatt des Steinmetzen, die naturgemäß im Dunkeln lag, unverschlossen war die Eisentür, was hätte man auch hier stehlen sollen? Und ein Dieb hätte das, was es zu stehlen gab, wegschleppen müssen, mit einer Kraft, die kaum einen Diebstahl gelohnt hätte. Er hätte den Steinblock, der noch immer in der Mitte des Raumes stand, stehlen und wegschleppen können, die Brecheisen, die Spitzeisen und die Klöppel, die leeren Hasenställe und die übelriechenden Matratzen, die noch feuchter geworden waren, wie die Feuchtigkeit und der Schimmel nun auch in den Teppichresten und dem Tabak saßen, der noch zum Trocknen ausgelegt lag, sich aber mit kalter Nässe vollgesaugt hatte.

Es war jetzt anders, aber es war doch gleich, und Raabe war nun ein anderer, aber der Gleiche war er doch geblieben, und was er gelernt hatte, war in seinem Kopf, unausreißbar: das Hauen, Polieren, Schärfen, das Schlachten, die Pilze, die Vogelstimmen und das Leben mit der Kälte und der Hitze.

Getriebe

Nach Einbruch der Dunkelheit griff die ölverschmierte Hand des Parkaufsehers nach einem feinziselierten Messinghebel, klinkte ein Zahnrad aus einem flirrenden Getriebe heraus und brachte es so zum Stehen.

So fiel die Fontäne, durch die Raabe hindurch geschaut hatte, langsam in sich zusammen. Das schnurrende Räderwerk, das durch ein Gefälle von nur einem Meter angetrieben wurde und die Fontäne emporstieben ließ, wurde abgeschaltet, das Wasser wurde abgelassen, die Wasserzufuhr wurde geschlossen, um den Kanal zu reinigen und die Ufer zu befestigen.

Über Nacht würde sich der graue Lehmgrund des Kanals in eine von Rissen durchfurchte, betonfarbene Fläche verwandeln, den Ausschnitt einer Wüste, auf der die Schwäne, die Enten und die Haubentaucher verwirrt herumwatscheln, ihr Gefieder beschmutzen und das Wasser suchen würden. Vereinzelt würden Karpfen im Schlamm erstikken, die die Männer, die in hohen Stiefeln und mit starken Lampen durch den Schlamm wateten, nicht hatten abfischen können. Der Müll und Unrat würden zutage kommen, das, was zuvor darunter war, war nun die Oberfläche, alles in der einen, in der Farbe des Lehms.

Er war durch die Dämmerung gegangen, bis die Füße ihm wehtaten. Die Kälte war durch die dünnen Sohlen gedrungen, Frostbeulen waren ihm geschwollen und drückten. Er spürte es kaum, denn eine Wahrnehmung beschäftigte ihn wie noch nie zuvor. War dies das Geräusch des aufplatzenden Nackens des Mannes, Andres Blick, ihr so plötzlich leichter Gang?

Allmählich kroch die Kälte nach oben, durchströmte ihn ganz und ergriff Besitz von seinen Gedanken.

Ohne es zu bemerken, war er wieder zum Kanal gegangen. Ob es wohl tief ist, dachte er. Er wußte, in dieser Kälte wäre ein Sturz ins Wasser wohl der Tod, er konnte nicht schwimmen, doch wenn er nicht ertränke, würde ihn die Kälte töten.

Er steckte sich die Taschen voll mit Steinen, und wartete einen Moment ab, in dem der Verkehr nachließ. Niemand konnte ihn sehen. Er stieg auf die Brüstung und sprang.

Der Aufprall war zwar dumpf, er klatschte in den zähgefrorenen Schlamm, doch schmerzhaft war er.

Er holte sich zwei handtellergroße Prellungen am Rükken und auf der Seite, möglicherweise hatte er sich eine Rippe gebrochen. Doch diese Dinge heilen meist von selbst. Er stieg unter Schmerzen das steile Ufer hinauf, reinigte sich notdürftig vom Schlamm und machte sich auf den Weg zur Autobahn.

Eingang in die Maschine

Er hatte die Motorhaube des Fendt geöffnet und blickte auf die stampfenden Kolben, die sich drehenden Räder, den surrenden Keilriemen, die Stangen, die sich senkten und hoben.

Er spürte die Hitze, die Gerüche des sich erwärmenden und langsam verbrennenden Öls, das Zischen der Hydraulik, die Schläuche, die sich sanft bäumten und pulsierten. Alles floß, war in Bewegung, erfüllte seinen Zweck, an keiner Stelle ein Knoten, nirgendwo wurde etwas gehemmt oder behindert, und er wünschte sich, einzugehen in diese Maschinerie, ein Teil davon zu werden, sich aufzulösen in dem gedämpften, dem still und geordnet tobenden Ganzen.

Da füllte er sich die Taschen mit Steinen, öffnete alle Fenster und Türen des Cockpits und fuhr davon.

Fertigstellung des Monuments

Über dem angefangenen Stein pendelte die Birne, Raabe versuchte sie anzuschalten, doch war sie durchgebrannt. Aus dem Kasten holte er eine neue Birne, dort lagen wohl an die zwanzig Stück. So oft hatte sich der Steinmetz darüber geärgert, daß ihm in gerade diesem wichtigen Moment die Birne durchbrannte, daß er sich entschlossen hatte, Birnen für den Rest seines Lebens zu kaufen. Raabe stieg auf den Stuhl und wechselte die Birne aus, und schon beim Einschrauben erwärmte die neue Birne, die unvermittelt aufflammte, ein wenig seine Hand.

Er nahm die Eisen, prüfte die Spitzen und die Schneideflächen, schärfte dieses und jenes nach und begann mit der Arbeit.

Er arbeitete zügig, er machte keine schnelle und keine überflüssige Bewegung. Um den Klöppel nach jedem Schlag anzuheben, nutzte er die Kraft der zurückfedernden Masse, so wurde die Arbeit leicht, wie auch die geschärften Eisen in den Stein drangen, als wäre er weich und nachgiebig. Er aß nicht, er versuchte, den feuchten Tabak auf der Herdplatte zu trocknen, er rauchte und hustete den ätzenden Rauch wieder aus, er trank in kleinen Schlucken. Zweimal schlief er kurz, wußte aber nicht wie lange, er spürte keine Erschöpfung, keinen Hunger und keine Angst. Die Kälte tat ihm nichts mehr. Er hörte die Autobahn und hielt morgens im Arbeiten für einige Minuten inne, um die Vögel zu hören, Wintervögel waren es schon, dachte er, und tatsächlich wurde es am nächsten Tag nicht hell, da Schnee auf das Oberlicht gefallen war. Es störte ihn nicht, er ging hinaus und ließ sich feinen Pulverschnee auf die Haare fallen und freute sich an der gelben Spur, die er beim Wasserlassen hinterließ, er schrieb in den Schnee, Baikalsee wollte er schreiben, doch er kam nur bis zum ersten Wort. BAIKAL. Es wurde früh dunkel, seine Arbeit ging so schnell voran, daß er begann, vor Vergnügen zu singen. Lieder waren es und Melodien, deren Worte ihm entfallen waren, oder die er nie verstanden hatte, Lieder, die der Steinmetz gesungen hatte.

Durchs Mikroskop

Über mehrere Tage hinweg betrachteten und diskutierten ein Ingenieur und zwei Techniker in der gläsernen Steuerzentrale auf der Staumauer über dem Stausee den Leistungsabfall einer der fünf Turbinen des Kraftwerks. Am ersten Tag erhöhte sich die Leistung kurzfristig, fiel dann aber sofort steil ab. Nach und nach stieg sie wieder an, ohne aber das Leistungssoll zu erreichen. Wie in solchen Fällen üblich, wartete man einige Zeit ab, bis Taucher eingesetzt wurden, die der Ursache der Störung buchstäblich auf den Grund gehen sollten. Nun aber wurde der kostspielige Einsatz unvermeidbar, man tauchte, man fand Fremdkörper und Beschädigungen. Das Wasser mußte abgelassen werden und sauste wie ein Wildwasserstrom zu Tal, das Rauschen war groß, und am Fuß der Staumauer stand ein grüner Traktor, ein FENDT FARMER TURBO. Und obwohl er einige Tage im Wasser gestanden hatte, glänzte er wie fabrikneu. Der Traktor hatte mit seiner hydraulischen Schaufel das Gitter abgerissen, das Fremdkörper und Schmutz vor der Turbine zurückhalten sollte. Das also war der Grund für den Leistungsabfall. Vom Fahrer des Traktors fand man keine Spur, weder auf dem Seegrund noch in den Röhren des Kraftwerks, noch im Ablaufkanal im Tal. Man nahm nun an, daß er in den Sog der Turbine geraten war, dort kurzfristig einen Leistungsabfall hervorgerufen hatte, um aber dann, nicht ohne zur Energieversorgung der Region einen allerletzten Beitrag geleistet zu haben, mit den Elementen sich innigst zu vermischen und in kleinste Bestandteile aufgelöst in einen ewigen Kreislauf einzutreten. Von einem religiösen Standpunkt aus, sagte der Ingenieur, war das ein schöner, ein würdevoller Tod. Aber in seiner Haut wollte ich nicht gesteckt haben, sagte schaudernd der zweite Techniker. Durch das Nummernschild war der Eigentümer schnell ermittelt. Tatsächlich war er vermißt gemeldet. Es kam die Ehefrau und der Bruder des Verschwundenen, um die Unfallstelle zu betrachten. Ohne Zögern stieg der Bruder zu dem Traktor hinunter, drehte den Zündschlüssel, der noch im Schloß steckte, herum, die Maschine sprang an, die Ehefrau stieg ein und sie verließen den See an einem flach abfallenden Stück Ufer und lebten fortan wie Mann und Frau. Oftmals saß der Taubmann abends über dem Mikroskop aus Leipzig und untersuchte das Wasser des Sees. Doch seinen Bruder fand er nicht. An das Akkordeon hatte er den Spiegel des Unglücks geschraubt, und so konnte er sehen, was die Linke mit den Bässen tat. Wenn mein Bruder draufgekommen wäre, wär er noch am Leben, dachte er. Und immer, wenn er auf dem Hohner spielte, verschloß er die Tür, damit nichts von den Klängen entweichen konnte. Dann betrachtete er im Spiegel die Frösche auf seinen Ohren und drehte an zwei winzigen Knöpfen. Nur die Bäuerin hörte Fetzen von Melodien, die der Taubmann spielte, doch nie hörte sie ein vollständiges Lied. Nach einem halben Jahr waren die Batterien der Hörapparate erschöpft. Der Taubmann nahm die Frösche ab und legte sie in die Schuhschachtel mit den Fotografien. Danach erzählte die Bäuerin, daß das wenige, was sie von seinem Spiel hören konnte, schöner als je zuvor gewesen sei.

Zum Baikalsee

An diesem Abend hatte der Apotheker eine Besorgung zu machen, er sollte dem vermeintlich noch erkrankten Fleischbeschauer ein Medikament vorbeibringen, denn der war ja alleinstehend, hatte niemand, kannte niemand, und ruhte noch immer inmitten seiner Äpfel.

Der Volkswagen schlitterte und drehte sich einmal um sich selbst, als der Apotheker bremste. Zwar hatte er nicht zu der Werkstatt des Steinmetzen hinschauen wollen, da er dort nichts und niemand erwartete, doch fiel ihm der Lichtschein der winzigen Birne ins Auge, der sich durch die dünne Schneedecke auf dem Oberlicht hindurchgearbeitet hatte. Das Licht war fahl und zerstreut, verirrte, einzelne Schneeflocken tanzten darin herum und schienen auf und ab zu hüpfen, doch das Auge läßt sich gern täuschen. Wie auch, dachte der Apotheker, sollten die Schneeflocken nicht nach unten fallen, sondern auf und ab hüpfen, und das bei Windstille. Er bog mit seinem Wagen sorgfältig ab, die Reifen waren abgefahren, er schob den Kauf von neuen Reifen seit Jahren vor sich her. Einbrecher können das nicht sein, dachte er, was soll man da stehlen. Schon als er ausstieg, hörte er die regelmäßigen Schläge. Und wäre ihm in diesem Moment auch ein Gespenst erschienen, so hätte er sich nicht erschrocken, sondern gelächelt. Und je näher er der Türe kam, von der die Menninge allmählich absprang und Rostflecken durchließ, je fröhlicher wurde und je lauter lachte er. Er lachte wie noch nie in seinem Leben, als er die Türe öffnete und in die eisige Werkstatt trat, wo er

Raabe im Lichtschein der Funzel rauchen und arbeiten sah. Ha, rief er, noch immer lachend, du bist älter geworden.

Sie auch, sagte Raabe und zeigte auf die Wodkaflasche. Er mußte den Apotheker nicht lange nötigen, er setzte sich auf einen Stuhl und sah zu, wie Raabe die Arbeit des Steinmetzen zu Ende brachte. Die Flächen des Steins waren nun nahezu glänzend poliert, eine schöne Oberfläche mit einer ruhigen, gleichmäßigen Zeichnung hatte der Stein, und von dem großen Block hatte Raabe das meiste weggeschlagen, bis er mit der Zeichnung zufrieden war. Ein Würfel war zurückgeblieben, so groß, daß ihn Raabe mit beiden Armen umfassen konnte.

Fertig, sagte Raabe. Er zog die Laufkatze heran und befestigte den Stein mit den Ketten. Er ging zur Eisentüre und öffnete beide Flügel. Er versuchte, den Wagen des Apothekers zu starten, zurückzustoßen, um den Stein einzuladen. Doch der Wagen, als wollte er sich gegen diese Zumutung wehren, sprang in der Kälte nicht an. Hinter dem Haus, wo noch das Fahrrad des Steinmetzen unter der Plane lag, stand auch ein alter Schlitten, den Raabe nun herausholte und vor die Türe stellte. Mit dem Handkran zog er den Stein hoch und ließ die Laufkatze über den Schlitten gleiten. Das alte Holz ächzte schwer unter der Last, doch der Schlitten hielt und hinterließ zwei rostigbraune Spuren im Schnee. Der Apotheker folgte Raabe, der wie ein Gaul im Geschirr lag und zog, da ging er, faßte den Stein an und half beim Schieben. Sie mußten einige hundert Meter gehen, bis eine Stelle kam, wo seit einem schweren Unfall keine Leitplanken mehr waren. Dort überquerten sie die Autobahn, die Kufen des Schlittens knirschten über den gesalzenen Asphalt, der

Apotheker erschrak, als sich Lichtkegel näherten, doch Raabe sah gar nicht hin, der Fahrer bremste, er war ohnehin langsam gefahren, und schaltete seine Warnblinkanlage ein, bis die beiden mit ihrem Stein auf der anderen Seite der rechten Fahrspur waren. Der Friedhof befand sich gute sechs Kilometer entfernt, und es wäre aussichtlos gewesen, dorthin zu kommen. Der Apotheker sagte keuchend: Weißt du, das hätte er gar nicht gewollt, so einen Stein.

Raabe zog einige Schritte weiter, bis er einsah, daß der Apotheker recht hatte. So kippte er den Schlitten, der ohnehin nicht mehr lange gehalten hätte, der Stein rollte auf den Asphalt und blieb auf der linken Fahrspur liegen und glänzte wie von innen heraus im Dunkeln.

Schön, sagte Raabe, und der Apotheker hatte nur noch die Kraft zu nicken. Langsam gingen sie zurück zur Werkstatt, wo sie die Flasche leerten. Der Apotheker schlüpfte aus seinem schweren Mantel und gab ihn Raabe. Raabe packte den Mantel in die Plastiktüte und wollte ihn erst dann anziehen, wenn es wirklich kalt werden würde. Schon beim ersten Antreten sprang das Quickly an, der Apotheker zog seine Brieftasche heraus, um Raabe sein Geld zu geben, dabei kam eine Fotografie des Steinmetzen als junger Mann zutage, die er wohl selbst schon seit Jahren nicht mehr angeschaut hatte, und deren Existenz längst vergessen war. Der Steinmetz schaute sehr ernst, er trug einen weißen Tarnanzug, die Mütze hatte er abgenommen. Er stand inmitten eines Wäldchens mit kleinen Birken. Der Apotheker wollte Raabe die Fotografie reichen, doch der nahm nur das Geld an. Sie sind ja ganz allein jetzt, sagte er, winkte noch einmal und fuhr davon.

Der Apotheker setzte sich in seinen Wagen und versuchte noch einmal zu starten, doch die Batterie war nun endgültig zu schwach. So schlug er den Kragen seines Jacketts hoch und schaute das Bild des Steinmetzen an, es hatte wieder zu schneien begonnen und die Scheiben des Wagens beschlugen. Der Apotheker wurde schläfrig, der Kopf sank ihm auf die Brust, und er hatte wohl das Bild des Steinmetzen vor Augen, als er im Wegdämmern sagte: Was für ein schöner Mann.